KIRSTIN BREITENFELLNER

Bevor die Welt unterging

Gedruckt mit freundlicher Unterstützung der Kulturabteilung der Stadt Wien.

Grafische Gestaltung: Dorothea Löcker, Wien
Umschlagabbildung: © Onyx/F1online
Druck und Verarbeitung:
EuroPB, s.r.o., Tschechische Republik
ISBN 978-3-7117-2053-5

Informationen über das aktuelle Programm
des Picus Verlags und Veranstaltungen unter
www.picus.at

KIRSTIN BREITENFELLNER

Bevor die Welt unterging

ROMAN

PICUS VERLAG WIEN

*»Die Jugend wäre eine schönere Zeit,
wenn sie erst später im Leben käme.«*

Charlie Chaplin

VORSPIEL
1979

»Wir sehen uns im nächsten Jahrzehnt!« Die Worte des Geografielehrers waren die ganzen Weihnachtsferien durch ihren Kopf gehallt. Judith hatte im Herbst ihren dreizehnten Geburtstag gefeiert und fühlte sich seitdem erwachsen. Trotzdem war sie erschrocken.

Im nächsten Jahrzehnt, das bedeutete, dass sie alt genug war, in Jahrzehnten zu denken, dass sie alt genug war, sich zu erinnern. Natürlich war sie noch nicht erwachsen. Sie wollte nicht einmal erwachsen werden, denn es fiel ihr nichts ein, was daran erstrebenswert sein sollte, außer vielleicht der Freiheit. Zu tun und zu lassen, was man wollte. Sie lebte in einem freien Land, und das war gut so.

Was Judith nicht wusste: Das vor ihr liegende Jahrzehnt sollte aus Blei gemacht sein und nach neun Jahren ein vorzeitiges Ende finden. Wenn sie dann eines Tages wirklich erwachsen sein würde, würde sich niemand mehr nach Freiheit sehnen, sondern alle nur noch nach Regeln schreien. Nicht nur dafür, wie groß Gurken sein mussten und wo man rauchen durfte, sondern auch, welche Wörter man zu verwenden hatte – und demnach, wie man denken sollte. Alle würden nach Sicherheit rufen, weil es noch schwerer sein würde, Krieg und Frieden zu unterscheiden als damals, in den achtziger Jahren, als der Krieg noch kalt war und in einem heißen Blitz zu enden drohte.

Bis ihr Leben losging, würde es noch etliche weitere, zähe Jahre dauern, in denen es scheinen sollte, als ob es zu Ende wäre, bevor es begonnen hatte. Judith gehörte zu denen danach. Das große Fest der Revolution war vorbei und damit der Glaube, dass immer alles besser werden würde. Dieser Glaube einte, ohne dass sie es wussten, die verfeindeten Generationen ihrer Eltern, der fleißigen Kinder des Krieges, des Hungers und des Schweigens, und die der jungen Lehrer, die wütend von den Universitäten an die Schulen geströmt waren, um den Kindern die Zukunft zu bringen: frei von Fesseln, frei zur Lust, frei für den Frieden.

Dazu brauche man nur zu reden, meinten sie, und alles würde gut. Und wenn nicht, dann müsse man eben kämpfen für den Frieden. Notfalls mit Gewalt. Wenn nur der Staat, die Kirche, die Regeln und die Hierarchien niedergerissen sein würden, würde alles gut werden, glaubten die Lehrer mit den langen Haaren und lauten Hoffnungen. Judith war nur allzu bereit, ihnen zu vertrauen.

Es wurde aufgerüstet. Osten und Westen, Gleichheit und Freiheit, standen einander unversöhnlich gegenüber, der Osten stolz und starr wie Beton, der Westen überheblich und flink, auf der Überholspur seiner selbst. Bald wollte der Wald sterben. Kurze Zeit später sollten ihre jungen Lehrer sie hohnlachen. Obwohl sie im Jahrzehnt der sexuellen Befreiung geboren worden waren, sollte es für sie vorbei sein mit der wilden Liebe.

Eine Seuche stand am Horizont, ein Loch tat sich auf im Himmel, durch das die Sonne ungefiltert in ihre Haut brannte. »Make love, not war« wurde heruntergebrochen auf »Petting statt Pershing«. Sie schützten sich mit Sonnencreme. Sie waren nicht mehr immun gegen Kritik, so wie ihre jungen, wütenden Lehrer.

Sie waren geschwächt. Sie waren frei, aber sie wussten nicht mehr, wozu. »No Future« wurde zu ihrem Slogan. Aber wer keine Zukunft hat, hat auch keine Gegenwart.

Sie sollten erst spät Kinder bekommen, zumindest jene von ihnen, die durchgehalten hatten. Die sich durchgerungen hatten, Platz zu nehmen in einem Leben, das weder dem entsprach, was ihnen versprochen worden war, noch dem, wovor sie gewarnt worden waren. Fleiß und Wut brachten einen nirgendwo mehr hin. Denn Jobs und Pensionen hatten sich verflüchtigt.

In fünf Jahren sollte der erste grüne Minister in Turnschuhen sein Amt antreten, um die Wälder und die Freiheit zu retten. Er endete als Lobbyist für die Autoindustrie. Der dicke Kanzler, über den man so wohlfeil spotten, der Boss der Bosse, den man so herrlich hassen konnte, schrieb sich nicht nur erfolgreich die Rettung des deutschen Waldes auf die Fahnen, sondern durfte sich später auch den Fall des Eisernen Vorhangs ans Revers heften.

Während Judith sich auf die Reifeprüfung vorbereiten sollte, sollte der russische Reaktor in die Luft gehen. »Atomkraft? Nein danke!« Die Buttons hatten nichts genutzt.

Es sollte eintreten, wovor sie sich am meisten gefürchtet hatten. Es sollte eintreten, was die Lehrer prophezeit und von dem die Eltern gesagt hatten, dass es nie eintreten würde.

Ihr Leben sollte zu Ende sein, bevor es begonnen hatte. Um drei Jahre später erst richtig anzufangen. Judith sollte sich ins Abenteuer des Denkens stürzen, um dieser Realität beizukommen. Oder um ihr zu entfliehen?

Silvester 1979 hatte sie ihren ersten Schluck Alkohol getrunken. Ihr Vater hatte ihr das Sektglas gereicht mit den Worten:

»Auf deine Zukunft!«

Judith hatte husten müssen, als die Perlen aus Luft und Lust ihren Hals passiert hatten. Schon als Kind hatte sie Kohlensäure nicht vertragen.

Judiths Vater glaubte fest daran, dass Judith dieselben Chancen haben würde wie er, wenn sie sich nur genug anstrengen würde. Schließlich hatte es bei ihm selbst auch geklappt. Leistung machte sich bezahlt, Leistung bedeutete Wachstum, Wachstum bedeutete Fortschritt, Fortschritt bedeutete Reichtum. Das Wichtigste war, dass einem nichts mehr passieren konnte.

»Fordere viel von dir selbst und erwarte wenig von anderen. So bleibt dir mancher Ärger erspart.«

Diesen Spruch von Konfuzius hatte Papa in Judiths Poesiealbum geschrieben. Er sollte sie vor Enttäuschungen schützen und lag ihr wie ein Stein im Magen. Er würde sie daran hindern, sich ins Leben zu stürzen.

Sauer waren die Bläschen zurück in Judiths Speiseröhre und von da aus in ihre Augen gestoßen. Beim Flaschendrehen im Hobbykeller hatte sie vor wenigen Minuten den ersten Jungen geküsst, den Sohn der Bekannten, die jedes Jahr mit ihnen feierten.

Sie war schon seit mehreren Jahren in ihn verliebt gewesen. Trotzdem hatte sie nichts gespürt außer Abscheu vor seinen feuchten, schmalen Lippen und seinen geröteten Wangen. Sie war sicher, dass er ebenfalls nichts gespürt hatte. Nichts, was auch nur annähernd dem nahe kam, was Liebe sein musste.

Am Morgen darauf saß sie mit trockenen Lippen beim Frühstück und drehte den Ehering ihrer Mutter in den Fingern. »April 1966« stand da. Und der Name ihres Vaters. Judith wurde heiß. Dann wich das Blut aus ihren Wangen, und ein kaltes, böses Lächeln schlich sich in ihre Augen.

»Mamaaa …«

»Ja?«

»Wenn ich im September geboren wurde und ihr im April geheiratet habt, dann fehlen da irgendwo ein paar Monate …«

Jetzt war es an ihrer Mutter, rote Wangen zu bekommen. Sie

stammelte etwas wie »Jetzt weißt du es« und »Du bist ja groß genug, das zu verstehen«.

Judith grinste. Sie genoss die Wirkung ihrer Worte, die ihr gar nicht viel bedeuteten, genauso wenig wie die Erkenntnis, dass sie vor der Ehe gezeugt worden war, sie überraschte. Musste es nicht so sein? In den Büchern, die Judith jede Woche aus der Bücherei auslieh, stand nirgends, dass man mit irgendetwas bis zur Ehe warten musste.

Aufklärung war kein Thema für Judith, vielleicht, weil es überall Thema war. In den Kinderbüchern, die ihre Freundin Birte besaß, war alles zu sehen: Mama und Papa lagen aufeinander, das heißt, sie steckten ineinander, das heißt, Papa steckte sein Glied in Mama. Und heraus kam: ein Baby. Aus Mama natürlich. Später. Dann.

Es gab Dr. Sommer und seine Ratschläge, wie man das verhinderte. Indem man ganz einfach zum Frauenarzt ging und sich die Pille verschreiben ließ. Birte kaufte sich heimlich die *Bravo*.

Ihr Vater war Lehrer, hatte einen Bart und kinnlange Haare und war trotzdem viel strenger als Judiths Vater, der sich jeden Tag rasierte, am Morgen abweisend scharf nach Aftershave roch und in der chemischen Industrie arbeitete.

Judith wusste noch nicht, dass sie die chemische Industrie bald für die meisten Übel der Welt verantwortlich machen und in allen Menschen, die dort arbeiteten, Unmenschen sehen würde. Genauso wenig wie sie wusste, dass der Wald bald sterben würde und dann dreißig Jahre später immer noch nicht gestorben sein sollte, genauso wie die Flüsse, in denen man zwanzig Jahre später sogar wieder würde schwimmen können, wenigstens in manchen von ihnen.

»Erst wenn der letzte Baum gerodet, der letzte Fluss vergiftet, der letzte Fisch gefangen ist, werdet ihr merken, dass man Geld nicht essen kann.«

Diesen Spruch kannte Judith noch nicht und auch nicht die unzähligen anderen Sprüche, die ihre Buttons und Aufkleber und Taschen zieren sollten und an denen sie sich festhielten, auch wenn sie wussten, dass sie nicht von weisen Indianern ersonnen worden waren, sondern von gewitzten Werbetextern.

Aber hätten sie nicht zumindest von Indianern ersonnen worden sein können? Damals wusste Judith noch nicht, dass die Grenze zwischen Gut und Böse nicht zwischen Ideologien und Nationen verläuft, sondern das Innere des Menschen auf eine Art zerschneidet, die es beinahe unmöglich macht, beide Seiten gleichzeitig zu sehen.

Judith wusste, was Petting war und wie ein Zungenkuss funktionierte, auch wenn sie sich darunter nichts vorstellen mochte, schon gar nicht, wie es sich anfühlte. Sie dachte an die kalte Feuchtigkeit des Silvesterkusses und an die warme Feuchtigkeit, die zwischen ihren Schamlippen klebte und die Judith so gerne entfernte, wenn sie abends, vor dem Schlafengehen, auf der Toilette saß, obwohl sie sich dabei jedes Mal ertappt fühlte. Ertappt von sich selbst bei Dingen, von denen sie nicht wissen wollte, ob sie erlaubt waren, normal oder abnormal oder wie immer man das nennen sollte.

Sie dachte an das Faltspiel, das sie vor zwei Jahren zu Silvester gespielt hatten, wo man zuerst ein Subjekt, dann ein Verb und dann ein Objekt schreiben musste, wobei das Papier vorher umgeknickt und an den nächsten Spieler weitergegeben werden musste.

»Judith fickt« hatte da gestanden, das Objekt hatte sie vergessen, nicht aber, dass sie gelacht hatte, als ob sie wüsste, was das bedeutete. Sie hatte es überhaupt nicht gewusst und wollte es eigentlich immer noch nicht wissen.

Judith schüttelte sich und lachte auf. Ein klitzekleines Reißen fuhr durch ihre Glieder, eine Abfuhr von Aufregung und

Abscheu, eine Anspannung, die sich entlud und sie gegen das Unbekannte wappnete, das auf sie zukam.

Sie sah ihre Mutter an, von der sie sich manchmal schon so weit entfernt fühlte. Ihre Mutter war aufgestanden, um etwas aus der Küche zu holen, und warf auf dem Weg einen Blick in den Spiegel.

Sie hatte sich angewöhnt, die Wangen einzusaugen, wenn sie fotografiert wurde oder vor dem Spiegel stand. Nun konnte sie gar nicht mehr anders und merkte es nicht einmal. Sie bildete sich ein, dass ihr Gesicht dadurch schmaler aussah, denn ein Gesicht durfte nicht rund sein. Aber es sah einfach nur komisch aus.

»Mama!«, rief Judith tadelnd, zog die Wangen ein und tupfte sich eine imaginäre Creme in die Grübchen.

Ihre Mutter lachte, peinlich ertappt. Aber ändern würde das nichts. Ihre Eltern würden sich nie ändern. Die Hausfrau und der Manager. Die Kleinstadt in einem der wärmsten Teile des Landes, am Fuße der Weinberge. Das Fertighaus aus dem Katalog, mit dunkel gestrichenen Fachwerkbalken zwischen Esszimmer und Wohnzimmer, Eicheneinbauschrank und Kamin in Ziegeloptik, Holzdecken und Raufasertapete. Und davor Judith, das aufblühende Leben mit großem Mund, kleinen Augen und weichen Locken. Eine Idylle.

Manchmal fühlte sich Judith jetzt schon älter als Mama. Mama hatte im Krieg schon erwachsen sein müssen. Sie war vor Bomben weggelaufen. Sie war von ihrer Mutter getrennt worden. Als man ihr mitgeteilt hatte, dass ihr Vater, der eigentlich nur der Mann ihrer Mutter war, gestorben war, hatte sie sich nicht mehr an sein Gesicht erinnern können.

Mama hatte keine Meinung, Beim Mittagessen gab sie Judith immer recht. Und abends, wenn ihr Vater nach Hause kam, wechselte sie die Seiten. Wenn sie zu zweit waren, ließ sich

Mama von Judith beraten. Welche Frisur ihr stand, ob sie abnehmen und wie sie sich gegen ihren Mann durchsetzen sollte.

Judith hatte bald begriffen, dass Mama keine Lösung wollte. Sie wollte nur reden. Sie wollte sich leidtun. Sie konnte nicht genießen.

»Genieße deine Jugend, man hat nur eine«, hatte Judiths Vater hinzugefügt, nachdem er ihr am Silvesterabend, eine Minute nach Mitternacht, auf den Rücken geklopft und sie das Glas Sekt mit geschlossenen Augen ausgetrunken hatte.

Der Alkohol war von der Zunge direkt in Judiths Gehirn gestiegen und hatte es mit einer dunkelroten Verheißung erfüllt. Die Bläschen hatten in ihrer Speiseröhre gekratzt wie kleine Nägel. Sie hatte kichern müssen, bis ihr die Tränen in den Augen standen.

Es leuchtete Judith ein, dass man seine Jugend genießen musste. Sie sollte sich nach Kräften darum bemühen, aber ihre Jugend sollte ihr gehörig auf den Magen schlagen.

Erster Januar 1980. Judith hatte nichts vor. Birte war mit ihren Eltern auf Skiurlaub, draußen regnete es, und die neuen Bücher hatte sie schon gelesen. Judith machte sich eine Kanne mit dem Rest des Karamelltees, den sie sich von ihrem Taschengeld gekauft hatte, obwohl es ihr unsinnig erschienen war, etwas zu kaufen, das Mama sowieso vorrätig hatte. Nur eben nicht mit Karamellgeschmack, und genau dieser kleine Unterschied hatte dem Kauf einen luxuriösen, verbotenen Beigeschmack gegeben.

Sie ging in ihr Kinderzimmer. Auf ihrem Schreibtisch lag »Der gelbe Stern«. Judith hatte das Buch vor den Weihnachtsferien aus der Bücherei ausgeliehen. Es war ein Bildband, und Judith hatte darin alles gesehen.

Zuerst Männer mit Trenchcoats und Krawatten auf dem Weg ins Konzentrationslager, flankiert von Polizei und schaulustigen Kindern. Dann die Erhängten, zuerst von hinten, in einer Reihe baumelnd, dann von vorne, von ganz nah, mit Gesichtern und Namen. Sie hießen Mascha, Kril und Wolodja.

Judiths Augen hatten sich zusammengezogen, und ihr Kopf war fast zerplatzt. Sie hatte nur die Bilder angeschaut und die Bildunterschriften und Zitate gelesen. In der Schule kam der Nationalsozialismus erst später dran. Sie war jetzt darauf vorbereitet.

Sie kannte jetzt Namen wie Tennenbaum und Salomon. Sie lernte die Wörter Untermenschen, Herrenrasse, Menschenjagd und Menschenversuche. Wörter, die ihr in der Kehle stecken blieben und sich dort aufblähten, die nicht zu schlucken waren und deswegen auch nicht zu verdauen.

Sie sah nackte Frauen, die mit vor den Brüsten verschränkten Armen zur Massenexekution liefen, Männer ohne Hemd und mit vorstehenden Rippen, die ihr eigenes Grab schaufelten.

Sie erfuhr, dass man während Erschießungen keine Hemmungen hat, sondern erst abends, wenn man darüber nachdenkt.

Sie studierte den weit aufgerissenen Mund des in einen Rinnstein gestürzten Mädchens und versuchte zu erraten, was es in Richtung Kamera schrie, während seine Mutter es festhielt.

Sie sollte von dem Jungen träumen, dessen Rückgrat zerquetscht worden war, als er durch ein Loch in der Mauer ins Warschauer Ghetto hatte zurückkriechen wollen und dabei von Wachen erwischt und verdroschen worden war. Verdroschen, bis er zerquetscht war und noch an der Mauer starb.

Sie sah Berge von Schuhen und schließlich Leichenberge. Körper mit Köpfen, Armen und Beinen, die noch ganz waren, aber ohne Tonus, schlaff wie Mehlsäcke und weiß wie Maden, und abgemagerte Körper, so braun und fleckig, wie Menschen gar nicht sein konnten.

Die Bilder brannten sich wie Wundmale in ihr Gedächtnis. »Ecce homo, 1945« stand neben einem Bild. Judith wusste, dass *homo* Mensch bedeutete. Der Mann, der mit zur Seite ausgestreckten Armen auf dem Boden lag, ein mit weißem Stoff bespanntes Skelett, mit Rippen aus Elfenbein und einer Bauchdecke, die flach an der Wirbelsäule lag, sah aus wie Jesus, aber er hatte nicht freiwillig gelitten.

Die Wörter prägten Judiths jungfräuliche Fantasie. Buchstabenfolgen wie *Auschwitz*, *Belsen*, *Treblinka* und *Majdanek*, die Begriffe *Unsühnbarkeit* und *Schandphilosophie* – ausgesprochen von einem Thomas Mann, dessen Bücher Judith erst später lesen sollte –, sie brannten wie Geschwüre in ihrem Inneren. Auch wenn sie sie nicht immer spüren konnte, denn niemand konnte des Schrecklichen immer gewahr sein, waren sie da.

Zum ersten Mal war Judith froh, keine Großväter mehr zu haben. Obwohl das auch schon egal war. Die vergangenen vierzig Jahre seien die blutigsten aller Zeiten gewesen, hatte der amerikanische Hauptankläger beim Auftakt der Nürnberger Prozesse gesagt, bei denen die Nazis endlich zur Verantwortung gezogen worden waren. Das war 1949 gewesen, und seitdem waren schon dreißig Jahre vergangen. Es war vorbei. Jetzt war Frieden.

Judith schlug das Buch zu und nahm sich vor, es nie wieder aufzuschlagen. Aber das Buch war stärker. Sie hatte es wissen wollen und wollte es immer wieder wissen, bis sie es nicht mehr aushalten konnte. Als sie es nicht mehr aushalten konnte, brachte sie es in die Bücherei zurück.

Eigentlich war das der Punkt, nein, der Einschlag gewesen, nach dem sie sich nicht mehr als Kind gefühlt hatte. Das Entsetzen, mit dem ihre Jugend geendet hatte, bevor sie beginnen konnte. Sie hatte ihre Schlüsse gezogen, ein für allemal. Es konnte alles passieren. Man durfte niemandem trauen. Der Mensch war eine Bestie.

»Nicht alle Nazis waren Unmenschen«, sagte Oma Finni des Öfteren. Sie hatte als Dienstmädchen bei reichen Nazis gearbeitet. Als sie schwanger geworden war und ihr Vater sie verstoßen hatte, weil der Vater ihres Kindes sie nicht heiraten wollte, hatten die Nazis sie unterstützt.

Sie hatte ihr Kind ins Pflegeheim gegeben und es später, als sie einen Mann zum Heiraten gefunden hatte, zu sich geholt. Dieses Kind war Judiths Mutter gewesen.

»Brust raus, Bauch rein« gehörte zu den Sprüchen, die Oma Finni Judith eingebläut hatte. Und dass eine Frau sich rar machen müsse. Oma Finni war stolz darauf, nicht an Gott zu glauben und für jede Lebenslange einen Spruch parat zu haben. Sie aß ihr Butterbrot mit Messer und Gabel. Vor allem, wenn sie bei ihrer Tochter zu Besuch war, der es erspart geblieben war, ihr Kind alleine aufzuziehen und mit sechsundzwanzig Witwe zu werden.

Oma Finni hatte seitdem keinen Mann mehr gehabt. Vielleicht hatte sie die falsche Methode angewandt, einen zu finden. Vielleicht hatte sie gar keinen gesucht.

Oma Kati dachte nur ans Essen.

»Ihr wisst gar nicht, wie gut ihr es habt«, pflegte sie zu sagen, und Judith verkniff es sich jedes Mal, sie darauf hinzuweisen, dass sie keine Geschwister hatte. »Ihr wisst nicht, was Hunger ist«, fuhr Oma Kati fort.

Judith lernte, dass man *Gottes Gaben* auf keinen Fall wegwerfen durfte.

Wenn Judith satt war, aß sie trotzdem nicht mehr weiter. Oft war es ihr ganz plötzlich unmöglich, das letzte Restchen noch runterzubringen. Zum Glück besuchten sie Oma Kati nur selten, und Oma Kati hatte sie selbst nur einmal besucht.

Sie war Dienstmädchen bei wohlhabenden Juden gewesen vor ihrer Hochzeit mit einem Witwer, der vier Kinder in die Ehe brachte.

Oma Kati hatte darauf geachtet, dass ihre Stiefkinder etwas lernten. Judiths Vater hatte sich vom Elektriker zum Prokuristen eines Chemiekonzerns hinaufgearbeitet. Ein Selfmademan. Vielleicht dachte seine Mutter, dass sie ihm nicht mehr gut zu Gesicht stand. Dabei war sie auf nichts stolzer als auf ihren Sohn.

Auf dem Teetischchen, das ihr Vater Judith zu ihrem Geburtstag gebaut hatte, waren noch die Weihnachtsgeschenke aufgetürmt. Black-Currant-Tee und Räucherstäbchen von ihrer Cousine, ein Arafat-Tuch von ihrer Tante, ein Sweatshirt mit der Aufschrift »Olympic 80 Team« und eine Steppweste von Mama und Papa, ein Tagebuch von Mama, ihre erste Langspielplatte, »Voulez-Vous« von ABBA, von Oma Finni und ein Umschlag mit Geld von Oma Kati.

Judith stellte die Teekanne ab, zündete die Kerze in dem Stövchen an, das sie im Werkunterricht getöpfert hatte, stellte die Kanne darauf und setzte sich auf den Sessel mit dem braunen Cordbezug.

Die Platte lag noch auf dem Spieler. Judith stand auf und ließ die Nadel so sanft wie möglich auf den dritten Song sinken. Als es anfing zu knistern, fiel ihr auf, wie staubig die Platte war. Sie musste sich angewöhnen, den Deckel zu schließen.

Judith hob die Nadel an, ließ den Reinigungsbesen mit den sich sanft biegenden Fasern zärtlich über die Rillen gleiten und pustete dann den darauf haften gebliebenen Staub ins Zimmer. Es konnte losgehen.

»Chiquitita, tell me what's wrong. You're enchained by your own sorrow.« Die sanfte Stimme der blonden Sängerin jagte ihr jedes Mal Tränen in die Augen, Tränen, die sie überraschten und die sie nicht verstand. Die Tränen trieben einen Schauer über ihre Haut, sie machten froh, obwohl Judith traurig war. Sie netzten sie mit Gefühlen, die sie bislang nicht gekannt hatte und die sie nicht annähernd benennen konnte.

Vielleicht hörte sie die Musik deswegen wieder und wieder – um diesem Widersinn auf den Grund zu gehen, einer Betrübnis, die gleichzeitig beglückte.

Mit den Songs hatte Judith begonnen, Englisch zu lernen. *Enchained* bedeutete gefesselt. Aber es klang viel besser. Irgendwie näher und auch geheimnisvoller. Man konnte sich besser hingeben auf Englisch.

»I'm a shoulder you can cry on. Your best friend, I'm the one you must rely on.«

Rely bedeutete vertrauen. Im Leben brauchte man Freunde. Jemanden, auf den man sich verlassen konnte. Wenn Birte aus dem Skiurlaub zurückkam, würde Judith die Platte mit ihr zusammen hören. Sie würden die Texte mitsingen, wie sie es schon mit anderen Schallplatten getan hatten, Schulter an Schulter, Arm in Arm.

»You were always sure of yourself. Now I see you've broken a feather. I hope we can patch it up together«, sang die Sängerin mit den blonden Haaren, die so viel sanfter fielen als die strohigen Haare von Birte.

Judith hatte nur diese Freundin. Und sie liebte sie. Sie wusste, dass Birte sie auch liebte und sogar ein wenig bewunderte. Birte war klug. Aber sie hatte keinen Sinn für Traurigkeit. Birte wollte Zahnärztin werden, weil man da viel Geld verdiente. Judith wusste nicht, was sie werden sollte. Dabei wusste sie sonst eigentlich recht gut, was sie wollte.

»Kisses of fire, burning, burning. I'm at the point of no returning«, drang es aus den Lautsprechern.

Der letzte Song der LP. Sie wusste nicht, warum, aber sie wusste, dass sie so traurig war, dass sie nicht mehr zurückkonnte. Oder war sie darüber traurig, dass sie nicht mehr zurückkonnte? Dabei wollte sie nicht mehr zurück.

Ihr Blick fiel auf das Poster über ihrem Bett, auf dem eine Giraffe und ein Elefant spazieren gingen, umrahmt von Herzchen.

Auf dem Bild darunter war das Kind der beiden zu sehen: eine kleine Giraffe mit Rüssel. Mordillo.

Im Herbst war Judiths Meerschweinchen gestorben, sie hatte sich nicht einmal ein neues gewünscht. Judith dachte an den langen Hals ihrer Mutter und die lange Nase ihres Vaters, von denen sie nur Ersteren geerbt hatte. Mama war neugierig. Aber Papa dachte besser nach.

Sie stand auf, löste die Reißzwecken von der Wand und legte das Poster zusammen. Morgen würde sie sich im Teeladen das Poster kaufen, auf dem stand: »Stell dir vor: Es ist Krieg und keiner geht hin.« Beim nächsten Flohmarkt würde sie ihre Briefmarkensammlung verkaufen.

»Summer night city. Waiting for the sunrise, soul dancing in the dark.«

Judith war bereit. Sie wartete auf den Sonnenaufgang, und ihre Seele tanzte im Dunkeln. Ihre erste Single hatte sie sich im Herbst gekauft. Jetzt war es Winter, auch wenn es draußen regnete, aber danach kam der Frühling, so viel war immerhin sicher.

»Alles ist von oben bis unten verfault«, hatte im Dezember des soeben zu Ende gegangenen Jahrzehnts der Vorsitzende der Kommunistischen Partei Georgiens Eduard Schewardnadse zu dem knapp fünfzigjährigen Kandidaten des Moskauer Politbüros Michail Gorbatschow gesagt. Michail Gorbatschow hatte ihm zugestimmt.

Der jugendlich wirkende Mann mit dem dunklen Mal auf der Stirn hatte seinem Parteigenossen auf einem Winterspaziergang an der Küste des Schwarzen Meeres zu Recht vertraut und sollte von ihm auch später nicht verraten werden.

Nicht einmal Gorbatschow selbst konnte zu diesem Zeitpunkt ahnen, was dem Aussprechen dieser Erkenntnis folgen würde und wie viele Entscheidungen noch notwendig sein würden, um ihr gerecht zu werden.

Am frühen Morgen des nächsten Tages erfuhren die beiden Kandidaten des Politbüros aus der Zeitung, dass die Truppen der Sowjetunion in Afghanistan einmarschiert waren. Schewardnadse flog sofort zurück nach Tbilissi, Michail Gorbatschow verbrachte den Tag damit, sich darüber zu grämen, wie mit ihnen umgesprungen worden war.

Er sollte einen weiteren Weg gegangen sein als die meisten anderen Politiker seiner Zeit, als er am Ende des kurzen Jahrzehnts, das soeben begonnen hatte, den Satz sagen sollte, der die bleiernen Jahre beendete, mit denen oder vielmehr nach denen Judiths Jugend begann.

»Wer zu spät kommt, den bestraft das Leben.«

Er sollte noch mehr als zehn Jahre versuchen, ein korruptes System mit Ehrlichkeit aufzuweichen, bis ihn das Leben oder vielmehr sein Kontrahent Boris Jelzin verraten und damit für seinen Idealismus – oder sollte man vielleicht sagen für seine Naivität oder vielmehr Verbohrtheit – bestrafen sollte.

1. KAPITEL
1980

Die Poren waren riesig. Wie kleine Krater klafften sie in ihrer Haut. Judith brachte ihr Gesicht näher zum Spiegel. Hatte sie das früher nicht bemerkt? Früher hatte sie gar nichts bemerkt. Sie hatte geschlafen. Ihre Kindheit verschlafen und sich selbst keines Blickes gewürdigt.

Sie hatte nicht gesehen, ob ihr Pony, den Mama mit einer schlechten Schere schnitt, schief oder gerade war, und wenn sie es gesehen hätte, wäre es ihr egal gewesen. Je näher sie dem Spiegel kam, desto merkwürdiger wurde ihr Gesicht. Desto weniger wusste sie, ob sie es schön oder hässlich finden sollte.

Links neben der Nase saß ein Pickel. Judith riss ein Taschentuch in zwei Teile und drückte von beiden Seiten dagegen. Sie spürte einen Nadelstich in ihrem Gesicht, und auf dem Spiegel klebte ein kleiner weißer Fleck.

Judith wischte ihn erschrocken weg. Der Pickel sah jetzt schlimmer aus als vorher, rot und aufgedunsen. In seinen Krater trat eine wässrige Flüssigkeit.

In ihren Augen standen Tränen. Sie nahm einen Wattebausch und reinigte die Stelle mit dem blauen Gesichtswasser, das sie sich letzte Woche gekauft hatte. Es hieß Clearasil und machte alles noch schlimmer, fand Judith, aber das Brennen, das es hinterließ, gab einem das Gefühl, etwas getan zu haben.

Besser war der Abdeckstift, der brachte den Pickel zwar nicht zum Verschwinden, aber er leuchtete dann nicht mehr so stark aus dem Gesicht heraus.

Judith nahm die neue Haarschere, die sie ihrer Mutter abgerungen hatte, und begann, ihren Pony zu schneiden, der schon die Augen bedeckte.

»Siehst du denn überhaupt noch was?«, hatte Oma Finni beim letzten Besuch gefragt.

Judith hatte natürlich bejaht. Die feinen honigbraunen Haare flutschten seitlich weg, sie drückte sie zur Stirn, die neuerdings oft fettig glänzte, und es gelang ihr eine schöne, ziemlich gerade Linie direkt über den Augenbrauen. Sie nahm ein Haargummi und band sich einen Pferdeschwanz, entfernte das Gummi aber gleich wieder. Ihr Gesicht sah fremd aus, entblößt, und das linke Ohr leuchtete rot. Das linke Ohrläppchen tat immer noch weh.

Vor einer Woche hatte sie sich ein drittes Ohrloch gestochen. Sie hatte plötzlich gewusst, dass sie es haben wollte, an dem Nachmittag bei Birte. Birte hatte in der Tiefkühltruhe nach Eiswürfeln gesucht, aber nur eine gefrorene Leberwurst gefunden. Damit hatte Judith das Ohrläppchen gekühlt.

Birte hatte Judith ihren alten medizinischen Ohrring gereicht, sie hatte ihn kurz entschlossen gegen die Haut gequetscht, und er war tatsächlich eingedrungen. Doch dann steckte er fest. Judith wollte ihn in einer Aufwallung von Panik wieder herausziehen. Eigentlich tat es nicht sehr weh. Nicht so weh wie eine Wunde im Krieg. Wie verhungern im Lager.

Judith nahm all ihren Mut zusammen, den sie noch nicht kannte und der dann doch verfügbar war, und drückte den Ohrring so fest hinein, dass das hintere Häutchen einen knackenden Laut von sich gab.

Das Ohr wurde knallrot, und Judith lachte. Sie hatte es geschafft. Sie konnte etwas aushalten.

Nachts lag sie neuerdings wach im Bett und dachte darüber nach, wie es war, wenn man tot war. Wie konnte man denken, dass es einen einmal nicht mehr geben würde? Noch weniger konnte Judith sich vorstellen, dass es sie noch nicht gegeben haben sollte. Die ganze Zeit vor ihr. Diese Jahrmillionen, die sich abgespult hatten in kalter Gleichgültigkeit einem Mädchen namens Judith gegenüber, das in eine Zeit geboren werden sollte, die eine beispiellose Epoche des Wohlstands und Friedens genannt werden und in einer Epoche enden sollte, in der man Krieg und Frieden nicht mehr so leicht voneinander würde unterscheiden können wie die Jahrhunderte zuvor.

Judith wusch ihre Haare, ging mit dem Handtuchturban auf dem Kopf in ihr Zimmer und legte ihre neue LP auf. »The Age of Plastic« von The Buggles hatte sie sich von ihrem Ostergeld gekauft.

»Living in the plastic age. Looking only half my age. Hello doctor lift my face. I wish my skin could stand the pace. In the bed I read my mind.«

Die elektronischen Beats wummerten in ihr Hirn und noch mehr in ihren Bauch. Sie belebten ihre Sinne und klärten ihre Stimmung auf. Aber die Zweifel blieben. Konnte man im Bett sein eigenes Gehirn lesen? War man nicht in seinem Kopf gefangen? In seiner Zeit?

Warum war sie gerade jetzt geboren worden, in eine Zeit, in der es Zahnärzte, Röntgenstrahlen und Roboter gab, in der man zum Mond flog und Musik hören konnte, während man durch die Gegend spazierte?

Birte hatte zu Weihnachten einen Walkman bekommen von ihrem Onkel, der in Los Angeles lebte. Judith hatte sich einen zu Ostern gewünscht, aber ihre Eltern hatten nur gelacht. Ein Walkman kostete zweihundert Mark. Von Mama und Papa und beiden Omas konnte sie sich einen zum Geburtstag wünschen, was sie auch getan hatte.

Birte hatte sich Dauerwellen machen lassen mit einem Stufenschnitt. Sie sah seitdem ganz anders aus. Wenn sie auf dem Sofa saßen und die Songtexte mitsangen, bei denen Judiths Brust sich weitete, schmiegten sie sich aneinander wie zwei kleine Katzen.

Neulich hatte Birte den Arm um Judith gelegt, und Judith hatte kurz die Augen geschlossen. Ein Mensch hatte einen Körper. Judith hatte gar nicht gewusst, was ein Körper war, obwohl sie so gerne kletterte und Rad fuhr und schwamm und tauchte, und noch weniger, dass zwei Körper sich wie einer anfühlen konnten. Seit Birte ihre Dauerwelle hatte, wusch sie sich andauernd die Haare. Und Judith hatte begonnen, den fettigen Schimmer wahrzunehmen, der nach einem Tag ihren Haaransatz dunkler erscheinen ließ als die Spitzen.

Sie telefonierten stundenlang, bis sich ihre Mütter und am Abend auch ihre Väter beschwerten, dass sie die Leitung blockierten und niemand anrufen könne. Später hätte Judith nicht mehr zu sagen gewusst, was es da so Dringendes zu besprechen gegeben hatte, mitten im Flur, wo die Telefone standen und jeder, der es gewollt hätte, das Gespräch hätte belauschen können. Es ging um alles und um nichts, und das war es, was ihre Mütter und Väter so ärgerte.

»Macht ihr wieder heiße Luft?«, pflegte Birtes Vater zu spotten.

Und Judiths Vater beschwerte sich über die Telefonkosten. Seit zwei Jahren konnte man tagsüber für eine Einheit von dreiundzwanzig Pfennig im Ortsgebiet, der nun Nahbereich hieß, nicht mehr so lange telefonieren, wie man wollte, sondern nur noch acht Minuten. Birtes Vater hatte seiner Tochter zum Geburtstag eine Sanduhr mit genau dieser Zeiteinheit geschenkt.

Wenn Judith bei Birte übernachtete, redeten sie bis Mitternacht, standen dann noch einmal auf und schlichen sich in den Vorratskeller, der bis zur Decke mit Lebensmitteln gefüllt war.

Hier gab es alles, was länger als ein paar Tage haltbar war: Fisch- und Gemüsekonserven, Reis, Nudeln, Marmelade, Kekse, Knäckebrot. Zusammen mit zwei bis an den Rand gefüllten Gefriertruhen voll Fleisch, Gemüse und Speiseeis konnte eine Familie damit gut und gerne ein halbes Jahr überleben.

Judith und Birte holten sich jedes Mal eine Packung Knäckebrot, eine Dose mit Hering in Tomatensauce und ein Glas Schattenmorellen. So sehr Nachkriegskind war Birtes Vater, der Herr dieser Schätze, dann doch nicht, dass er den Schwund bemerkt hätte.

Das Raubgut, das tagsüber nicht einmal halb so gut geschmeckt hätte, machte sie glücklich, weil sie ein Geheimnis hatten. Sie konnten einander vertrauen.

Sie hatten begonnen, miteinander zu duschen, Arm an Arm, Hüfte an Hüfte, das warme Wasser rann an Judiths Ohren herab, den Hals hinunter und auf ihre jungen, spitzen Brüste, die klein waren im Vergleich zu denen von Birte, die ihre Brüste hasste, weiß und prall, den Körper einer Frau, der ein Mädchen einhüllte und sie daran hinderte, Frau werden zu wollen.

Sie schrubbten sich gegenseitig den Rücken trocken und föhnten die Haare, bis sie vom Kopf abstanden wie Wattebäusche, zogen ihre neuen T-Shirts mit der Aufschrift »Fruit of the Loom« an und gingen in die Fußgängerzone, voller Erwartungen und ohne eine Idee, was sie dort finden würden.

Judith war gleich, um drei, mit Birte an der alten Brücke verabredet, die die obere von der unteren Fußgängerzone trennte. Dort trafen sich die Mofahelden aus der Vorstadt, dort stand die Telefonzelle, die Judith brauchte, wenn Birte sich wieder einmal verspätete.

So wie heute. Judith hatte keine Zehnpfennigmünzen und musste einen Fünfziger opfern. Birte sei nicht zu Hause, sagte ihre Mutter. Sie wisse nicht, wohin sie gefahren sei. Sollte Judith weiter warten und ihre Zeit verschwenden, oder sollte sie nach Hause oder in die Bücherei gehen und sich ihren Nachmittag verderben lassen? Ohne Birte war der Nachmittag definitiv verdorben.

Judith setzte sich auf das steinerne Brückengeländer. Der alte Mann, der ein Pappschild um den Körper geschnallt hatte mit der Aufschrift »Freiheit für Rudolf Heß« war schon zweimal an ihr vorbeigegangen.

Er sah aus wie Rudolf Heß selbst, den Judith in einem Buch gesehen hatte. Schmales graues Gesicht, verbitterte Mundwinkel, starrer Blick. Aber er konnte nicht Rudolf Heß sein, denn der saß in Berlin-Spandau im Gefängnis und hatte Angst davor, vergiftet zu werden.

Der alte Mann mit dem Schild sah aus, als ob er Gift verschluckt hätte und es seitdem in der Kehle trug, ohne es schlucken oder wieder ausspucken zu können. Aber das hätte Judith noch nicht formulieren können. Sie konnte es nur fühlen und dieses Gefühl aufbewahren über die Jahrzehnte in den Tiefen des Gedächtnisses, in dem Wichtiges und Unwichtiges nebeneinander schlummern wie falsche Freunde.

»Wer ist Rudolf Heß?«, hatte Judith ihre Mutter gefragt, als sie das Schild zum ersten Mal gesehen hatte.

»So ein alter Nazi«, hatte Mama geantwortet, »beachte ihn nicht. Der geht damit schon fast so lange herum, wie du alt bist.«

Judith hatte verstanden, dass Rudolf Heß keine Bedrohung mehr darstellte, außer für sich selbst, dass Rudolf Heß und sein

Doppelgänger mit dem Pappschild nur alte Männer waren, die nichts verstanden hatten. Pappkameraden mit falscher Adresse, aus der Zeit gefallen und beinahe bedauernswert.

Den Straßenmusikanten, der in der Mitte der Brücke zur Gitarre Songs von Bob Dylan sang, hatte Judith schon früher wahrgenommen. Er lächelte ihr zu, als ob sie einander kennen würden, und Judith lächelte zurück.

Nach dem Song machte er eine Pause und winkte sie zu sich. Judith ging hin, obwohl sie es nicht gewollt hatte, halb aus Scham, halb aus Neugier. Er war klein und hatte ein quadratisches, irgendwie verschobenes Gesicht und fettige Haare.

»Ich heiße Happy, und du?«, sagte er.

Judith nannte ihren Namen und verstummte. Was wollte der Mann von ihr, der aussah, als ob er dreißig oder sechzig sein konnte, ein Zwerg, dessen Lächeln Judith trotzdem entwaffnete?

»Du musst dich nicht vor mir fürchten«, sagte er.

»Ich fürchte mich nicht«, begann Judith, als Birte plötzlich am Ende der Brücke auftauchte.

Judith rannte erleichtert davon. Sie wusste nicht, dass Happy der Keil sein würde, der ihre Clique spalten würde, nachdem er sich in der Wohngemeinschaft von Heidi und Nosso eingerichtet haben würde als ungern gesehener Gast, der nichts zahlte und dafür umso lieber mit seinen Kontakten zur Roten-Armee-Fraktion prahlte.

Ein Revoluzzer, der sich in einem verschlafenen Nest vor der Polizei und der Politik versteckte und glaubte, zu den verfolgten Gerechten zu gehören, obwohl er, wie er sagte, nur ein paar Gefängnisbesuche in Stammheim gemacht hatte, nur ein paar Kurierdienste mit Drogen oder Waffen oder beidem.

Birte sah verschwitzt aus.

»Ich habe Astrid getroffen«, stieß sie hervor, »und wir haben uns ausgemacht, zusammen joggen zu gehen. Machst du mit?«

Natürlich machte Judith mit. Bei allem, was neu war. Essen mit Stäbchen. Besuch im Burger-Restaurant. Pulloverstricken aus Alpakawolle. Zauberwürfel.

»Ich kaufe mir einen BH«, verkündete Birte jetzt.

Das Kaufhaus Ganz lag am Ende der Brücke. Hier gab es alles, von Taschenbüchern der Reihe dtv pocket bis zu Miedern für Omas. Die Unterwäscheabteilung befand sich im ersten Stock.

»Astrid hat einen BH, der aussieht wie ein Bikini, mit Streifen und aus Baumwolle«, sagte Birte und schaute sich um.

Judith entdeckte den Ständer gleich. Das blau-weiße Modell gefiel ihr am besten. Leider gab es bei ihren Brüsten nichts, was gehalten werden musste. Aber das war jetzt egal.

Birte entschied sich für das rot-weiß gestreifte Modell und zwängte ihren Busen in das C-Körbchen. Judith probierte das A-Körbchen, aber die Verkäuferin, die ihren Kopf in die Garderobe steckte, als sie kichernd dort standen, riet ihr zu Größe B.

»Er ist schließlich noch im Wachsen begriffen«, meinte sie zwinkernd.

Und dass die Mädchen sich nicht zu genieren bräuchten, schließlich könnte sie ihre Oma sein. Birte blieb bei Körbchen C, obwohl es wie angegossen saß.

»Dann kann er wenigstens nicht weiterwachsen«, meinte sie.

In der Modeabteilung kaufte Judith sich von ihrem Taschengeld und ihrem restlichen Ostergeld eine Piratenhose in Türkis und Birte eine schwarze Gymnastikhose und ein weißes T-Shirt. Dazu würde sie das Jackett ihres Vaters und ihre Adidas-Turnschuhe anziehen für die Disco in der evangelischen Teestube am Samstag.

Die nächsten Stationen verliefen nach dem Fußgängerzonenprogramm, das Judith und Birte mindestens einmal die Woche absolvierten. Im Teeladen kaufte sich Judith Schwarztee mit dem Namen Tropenfeuer und Birte Vanille und Wildkirsch. Im Bonbonladen füllten sie die durchsichtigen Tüten mit Teufeln, Schnullern und sauren Gurken, von denen ihnen schlecht werden würde, das wussten sie jetzt schon, aber es gehörte zum Spiel.

In der Bücherei lieh sich jede ein Buch aus, Judith »Die drei Fragezeichen« und Birte einen Band von »Hanni und Nanni«, dabei war sie dafür nun wirklich zu alt, fand Judith, behielt dieses Urteil aber für sich.

Birte hatte ihren Walkman dabei, sie setzten sich auf die Brücke, dehnten den Kopfhörer über beide Köpfe und aßen. Mit dem Walkman war man da und doch nicht da. Man wurde umtost von Musik, sah den alten Mann mit seinem Schild, den Sänger mit der Klampfe, die Mofahelden und den kleinen, stinkenden Bach wie durch einen Filter: schön und fern.

Es war wie Verliebtsein, von dem Judith bisher nur jenen feuchten, kalten Silvesterkuss kannte, der ihr diesen Zustand in weitere Ferne gerückt hatte. Die Mädchen, die bereits verliebt waren, benutzten eine kryptische Sprache, die den Überschwang der Gefühle auf ein Dramolett aus drei Akten herunterbrach:

»Ich bin in ihn.«

»Ich gehe mit ihm.«

»Es ist aus.«

Vielleicht steckte auch gar nicht mehr dahinter, als diese drei prosaischen Kurzformeln verrieten.

Heute war der letzte Schultag vor den großen Ferien gewesen. Sie hatten ihre Zeugnisse bekommen. Aber die waren nicht wichtig gewesen. Wichtig gewesen war, dass der Junge, der in der Klasse eine Reihe hinter Judith saß, ihr eine Haarlocke abgeschnitten hatte. Judith hatte nichts bemerkt, außer dem quietschenden Geräusch der Schere.

Als sie sich umgedreht hatte, hatte er die Locke in der Hand gehalten. Sein milchiges Gesicht mit dem hellen Flaum um den Mund, vor dem sich Judith ekelte, hatte gegrinst, und er hatte ihr einen Zettel zugeschoben und dann noch einen und dann noch einen und dann noch einen und dann noch einen.

Judith holte die zusammengeknüllten Papierstücke aus ihrer Tasche und zeigte sie Birte:

Auf dem ersten stand: »Der Lutz will mit dir gehen.«

Auf dem zweiten: »Aber wenn ich's dir sage, Lutz ist total abgefahren (auf dich, versteht sich!).«

Auf dem dritten: »Preisfrage: Hat Herr Lutz M., wohnhaft in A., angeklagt der mehrfachen Vergewaltigung minderjähriger Mädchen, überhaupt Chancen bei dir?«

Judith hatte begonnen zu kichern, als sie das gelesen hatte. Da war schon der nächste herübergeschoben worden: »Du kannst unseren sensiblen Lutz in seiner ehrlichen, romantischen, mit Absichten verbundenen Liebe enttäuschen!!«

Judith hatte ein Stück Papier aus ihrem Heft gerissen und geschrieben: »Du hast echt Talent, du solltest Tagebuch schreiben!«

Drei Minuten später hatte sie die Antwort erhalten: »Du willst also nicht!? Hartherziges Weibsstück!«

Vielleicht steckte hinter dem Verliebtsein doch mehr. Judith fühlte sich aufgerichtet.

Birte las die Zettel.

»Du Miststück«, sagte sie und versuchte, amüsiert zu wirken. »Sind jetzt alle in dich verliebt?«

Judith zuckte zusammen. Natürlich hatte sie bemerkt, dass mehr als ein Junge in sie verliebt war. Die anderen sagten es ihr ja auch ständig. Aber noch mehr hatte sie beschäftigt, warum sie selbst sich in keinen von ihnen verlieben konnte. Musste sie jetzt ein schlechtes Gewissen haben?

Birte lud Judith zu sich nach Hause ein. Sie hörten Musik, sangen, wie immer, ihre Lieblingsplatten durch, aßen Nusskuchen, redeten über Jungen, und Birte gestand, dass sie sich manchmal ein bisschen freute, wenn Judith einen Pickel hatte, so wie heute.

Judith hatte auf der Toilette gesehen, dass er sich wieder mit Eiter gefüllt hatte und rot war wie zuvor. Sie wusste nicht, ob Birte nur ehrlich war oder ob sie sie treffen wollte.

Dann, eine halbe Stunde später, wusste sie, dass es nur ein Probeschuss gewesen war. Als Birte ihr den Zettel gegeben hatte mit der Auflage, ihn erst zu Hause zu lesen. Natürlich las Judith ihn gleich auf dem Heimweg, sobald Birtes Haus nicht mehr in Sichtweite war, bei der kleinen Brücke über den Bach, über deren Absatz sie mit dem Fahrrad immer so hart bretterte, dass ihre Scheide wehtat.

Dort stand in Birtes geradliniger Handschrift: »Wir wollen uns nächstes Schuljahr neben Jungen setzen, tut uns leid für dich, aber das ist im Moment wichtiger.«

Wir, das waren Birte und Astrid. Es war Birtes Idee gewesen, das wurde Judith mit dem Schlag klar, der nun durch ihre Glieder fuhr, ihre Poren nach innen zog und ihren ganzen Körper verschloss.

Verrat, dieses Wort stand groß am Himmel geschrieben, unter dem Judith stand wie ein gescholtenes Menschenkind, das dachte, nichts falsch gemacht zu haben, und eine Strafe erhielt, die in keinem Verhältnis zu der Untat bestand, die es begangen hatte. Judith war sich jedenfalls keines Vergehens bewusst. Verrat kannte Judith bisher nur aus dem Märchen. Jetzt war er wahr geworden.

Astrid hatte keine Meinung und keine Ideen. Sie war zu naiv, um gemein zu sein. Birte hatte Judith ausgetauscht gegen die Gewissheit, den Ton angeben zu können ohne Widerrede, gegen die Möglichkeit, neben einem Flaumgesicht zu sitzen, seinen Achselschweiß zu riechen und sich erwachsen zu fühlen.

Es tat weh, weil es so banal war. Es tat weh, weil sie geglaubt hatte, dass Birte sie liebte. Aber das stimmte nicht. Birte liebte das Leben, Birte liebte ihre Zukunft, ihre zukünftige Liebe mehr als Judith. Und Judith hatte keine Lust, mit ihr darüber zu sprechen, weil es so klar war, dass es nichts mehr zu sagen gab.

Sie hatte ihren Eltern nichts sagen wollen. Aber als Mama sie beim Abendessen mitleidig anschaute und fragte, was sie denn habe, brachen die Tränen aus ihr heraus.

Mama und Papa setzten sich mit ihr aufs Sofa, lasen den Zettel und sagten nicht einmal, dass sie sich daraus nichts machen solle, weil es noch andere Mädchen gebe.

Es gab keine anderen Mädchen, neben denen Judith sitzen wollte, aber darum ging es gar nicht. Es ging darum, dass sie sich in Birte getäuscht hatte. Es ging darum, dass Birte sie eiskalt abserviert hatte.

Judith spürte die Kälte als ein taubes Gefühl im Magen und als eine eiserne Pranke auf ihrem Herzen. Sie hatte gar nicht gewusst, dass Liebe so wehtun konnte. Sie hatte gar nicht gewusst, wie wichtig es war, Eltern zu haben, die zu einem hielten.

An diesem Tag war zum ersten Mal eine Welt untergegangen. Judith hatte die ganzen Ferien versucht, es zu verstehen. Sie hatte Birte kein einziges Mal angerufen, und Birte hatte sich auch nicht gemeldet. Judith hatte ihre Ferien absolviert wie eine

Pflichtübung, benommen und wie betäubt. Sie war im Baggersee neben der Autobahn baden gewesen, sie hatte mit ihren Eltern Oma Finni und Oma Kati besucht. Sie hatte sich in Spanien von der Sonne dunkelbraun brennen lassen. Sie hatte die ganze Zeit nicht gewusst, was sie nach den Ferien tun würde. Und dann hatte sie so reagiert, als ob sie es immer schon gewusst hätte.

Am ersten Schultag stand Judith früher auf als sonst. In ihrer Klasse gab es außer Birte und Astrid nur noch vier weitere Mädchen, die Birte und Judith und Astrid bisher für altmodisch gehalten hatten. Für brav.

Der Gang war schwer, aber er musste gegangen werden. Sie war allein auf der Welt. Aber alleine konnte niemand überleben. Schon gar nicht in der Schule. Judith hatte keine andere Wahl. Sie musste bitten.

Sie hoffte, dass die anderen es ihr nicht zu schwer machen würden. Sie hoffte, dass sie sie nicht verachten würden. Judith hatte nicht gewusst, wie sehr Scham brannte, sie glühte in ihrem Magen, sie erhitzte ihre Ohren, sie lähmte ihren Mund, sie ließ ihre Augenlider zucken.

Karin war die Erste, die im Schulhof eintraf. Judith fing sie vor der Tür ab und erklärte ihr, dass Birte und Astrid nicht mehr neben ihr sitzen wollten wegen der Jungen. Karin sah sie an und verstand.

Judith konnte es nicht glauben, trotz der Erleichterung, die sich sofort in einem Teil, wenn auch nur einem winzigen Teil ihres Magens ausbreitete. Der Rest ihrer Eingeweide sollte Monate, sollte Jahre brauchen, um sich wieder zu lösen. Ein Teil ihres Magens sollte verkrampft bleiben bis zum Schluss, bis sie die Schule verließ.

Aber da sollte sich eine neue Angst um sie gelegt haben wie ein Ring aus Eisen, ein Schatten aus dunkler Materie, eine

Angst, so groß, wie sie nur die Angst vor dem Tod sein kann, eine Angst, die den Menschen belagert von Anfang an und erst sichtbar wird, wenn klar wird, wovor man sich fürchten kann, wenn sie eine Gestalt und ein Gesicht bekommt, und sei es auch nur eine Schimäre oder eine Fratze.

Jetzt atmete Judith auf. Sie hatte Karin unterschätzt. Vielleicht weil sie nie wirklich mit ihr geredet hatte. Petra war die Nächste, die ankam. Karin erklärte Petra, dass Judith nun bei ihnen sitzen würde, auch wenn fünf natürlich eine blöde Zahl war. Denn da waren noch Heike und Nina.

Heike und Nina trafen zusammen ein, wie immer. Sie waren ebenfalls einverstanden. Also setzten sie sich in eine Reihe mit drei Tischen. Auf den freien Platz neben Judith setzte sich der Klassenstreber.

Jetzt waren sie zwei Ausgestoßene. Judith hatte auch immer über den Streber gelacht, pflichtschuldig und mit einem schlechten Gewissen. Über seine Bundfaltenhosen, seine Pickel und seine Schuppen, die leuchtend auf den Schultern seiner dunklen Strickjacken lagen. Über seine Beflissenheit, wegen der er nicht bemerkte, dass er sich gerade damit ins Unglück ritt, der Beste sein zu wollen.

Judith hatte ihre Schlüsse bereits gezogen gehabt und sich immer bemüht, nicht zu den Besten zu gehören, jedenfalls nicht zu den Allerbesten. Der Streber verstand nicht, worum es ging in der Schule, er sah, verblendet von seinem Ehrgeiz, den Neid der anderen nicht.

Er hatte Angst, aber vor dem Falschen. Er dachte, dass Bravsein etwas nutzte im Leben. Judith wusste, dass sie selbst brav war, obwohl sie es nicht wollte. Sie nahm sich vor, das zu ändern.

Der Klassenlehrer vergab gleich am ersten Tag die Referate für den Deutschunterricht. Judith fand die Bücher auf der Liste langweilig. Lauter Klassiker von unschuldigen Fräuleins und tapferen Rittern. Wen interessierte das noch?

Sie meldete sich und schlug »Das kurze Leben der Sophie Scholl« vor, das sie im Kaufhaus gesehen und durchgeblättert hatte, während Birte ihre Gymnastikhosen anprobiert hatte. »Das Tagebuch der Anne Frank« hatte sie schon gelesen. Sie war beeindruckt gewesen.

Der Lehrer war begeistert. Sophie Scholl hatte Widerstand geleistet. Sie hatte nicht klein beigegeben. Sie war ohne mit der Wimper zu zucken zur Hinrichtung durch das Beil gegangen und nur einundzwanzig Jahre alt geworden. Judith würde sich das Buch zum Geburtstag wünschen.

Davor würde sie das Tagebuch beginnen, das Mama ihr zu Weihnachten geschenkt hatte. Sie hatte es bereits begonnen gehabt, aber, als sie ihre ersten Einträge noch einmal durchgelesen hatte, die ersten Seiten enttäuscht wieder herausgerissen. Wenn sie einmal alt war, würde es sie nicht mehr interessieren, was sie gegessen hatte und welchen Tee sie sich gekauft hatte.

Judith hatte noch nichts erlebt und deswegen noch nichts zu erzählen. Anne Frank hatte etwas zu erzählen gehabt. Aber sie war nur sechzehn Jahre alt geworden. Konnte man sich wünschen, etwas zu erzählen zu haben, so wie Anne Frank und Sophie Scholl? Natürlich nicht. Sophie Scholl hatte auf allen Bildern fettige Haare. Wahrscheinlich hatte sie keine Zeit, sich die Haare zu waschen. Sie musste kämpfen.

Judiths Leben war langweilig. Es war bedeutungslos, es war zu leicht, um wahr zu sein. Aber Judith wollte ihm noch eine Chance geben. In ihrem Tagebuch über ihre Gedanken. Sie schwor sich, nie mehr etwas über das Essen zu schreiben. Wozu auch, wenn man immer satt war!

Noch am selben Tag zog sie das Buch hervor, das mit blauem chinesischem Stoff beklebt war und auf dem Pagoden und fremde Pflanzen zu sehen waren.

Als Erstes klebte sie die Locke hinein, dazu die fünf Zettel über die unsterbliche Liebe von Lutz M. Sie beschrieb den ersten Schultag nach dem Verrat. Den Zettel von Birte hatte sie in den Bach werfen wollen, ihn dann aber aufgehoben.

Jetzt nahm sie ihn, verbrannte ihn über dem Teelicht und spülte die Asche im Waschbecken weg.

Judith wollte nicht mehr an den Schmerz denken, es wäre ja gelacht gewesen, Birte so viel Macht einzuräumen. Sie wollte nicht mehr an Birte denken. Dann fiel ihr einen Monat lang nichts mehr ein, was sie schreiben konnte.

1.10.
Birte ist Popperin geworden. Sie trägt ihre Angepasstheit vor sich her. Benetton, Lacoste, Karottenhosen, Karos, V-Pullover, Kaschmir, College-Schuhe. »Sehen und gesehen werden ist des Poppers Glück auf Erden.«

Zum Geburtstag habe ich einen Walkman und »The Wall« von Pink Floyd bekommen. Ich habe die Platte gleich auf Kassette überspielt, um sie unterwegs hören zu können.

»We don't need no education.« Das finde ich zwar nicht, aber es klingt gut.

13.10.
A. hat mir in der Pause eine halbe Tüte Chips geschenkt. Ich weiß jetzt, was es bedeutet, verliebt zu sein. Ich erzähle es aber niemandem, damit es nicht peinlich wird, wenn es nichts wird.

Wenn man verliebt ist, hat man ein idiotisches Grinsen, sobald man denjenigen sieht. Ich weiß nicht, was ich glauben, hoffen, raten oder andeuten soll. Niemand will sein Gesicht verlieren, also warte ich. Ich kann nichts tun.

A. hat mir oft den Ball gegeben beim Sportunterricht. Karin und die anderen sagen immer, der wäre in mich. Ich hoffe es!

Sie sagen auch, dass M. in mich wäre. Das kann vielleicht stimmen, aber ich finde den nicht gut.

18.10.

Es hat manchmal Nachteile, ein Mädchen zu sein. Man muss immer warten, bis einen jemand zum Abschlussball auffordert. Man kann dann auch schlecht absagen.

Jungen können fragen, wen sie wollen. Man muss warten, bis ein Junge einen fragt, ob man mit ihm gehen will oder bis er sich mit einem verabredet.

Ich habe mir vorgenommen, bis zum Abschlussball keine Gummibärchen mehr zu essen, damit oder wenn es mit mir und A. klappt. Ich habe es als Gebet auf einen Zettel geschrieben und ihn verbrannt. Die Asche ist in einer kleinen blauen Dose.

Es kommt mir wirkungsvoller vor als ein normales Gebet. (Blöd, oder?!?)

20.11.

Ich habe seit Tagen nichts zu lesen. Meine guten Bücher kenne ich fast auswendig, und in der Bücherei finde ich keine mehr. Heute war echt nichts los.

A. könnte ruhig mal anrufen. Ich werde jetzt langsam böse. Ich weiß nicht, was ich denken soll. Manchmal bin ich überzeugt, dass A. mich auch gut findet. Manchmal zweifle ich daran.

Vielleicht will er gar keine Freundin haben. Ich wüsste es gerne. Dann wüsste ich Bescheid und bräuchte nicht immer darüber zu grübeln. Aber woher sollte ich es erfahren?

Wenn ich jemanden (Jungen) von unserer Klasse fragen

würde, würde er es sofort A. erzählen. Außerdem würde ich so etwas nie fragen, wenn ich nicht weiß, wie er mich findet. Aber sonst eigentlich auch nicht.

Ich bin zu schüchtern. Ich wüsste es gerne vor den Weihnachtsferien, sonst würde ich die ganze Zeit darüber nachdenken.

Ich versuche mir einzureden, dass ich es aufgeben kann, dass ja doch nichts mit uns passiert, aber ich finde ihn immer noch gut. Abends bin ich überzeugt, dass ich ihn nicht mehr gut finde. Wenn ich ihn dann in der Schule sehe, ist es vorbei.

Als ich mich bei der Lateinarbeit umsetzen musste, grinste ich A. an, und er grinste zurück. Als unser Streber seinen Aufsatz vorlesen musste, grinste ich A. auch an und er mich. Ich will aber nicht, dass es so aussieht, als ob ich ihm nachrenne.

PS: Neulich haben Papa und Mama zum ersten Mal kapiert, dass wir in der Schule nicht aufstehen müssen, wenn wir antworten. Oh Mann, in welchem Jahrhundert leben wir denn! Wenn die wüssten, wie wir auf den Tischen lümmeln!!!

3.12.
Ich schreibe das Tagebuch zum Teil auch, damit ich nicht vergesse, wie man als Kind und Jugendlicher denkt. Damit ich mal nicht so blöd werde, wie manche sind.

Judith begann, Sprüche zu sammeln. Sie schrieb sie auf die linken Seiten des Tagebuchs.

»Stell dir vor: Es ist Krieg und keiner geht hin!«, schrieb sie mit ihrer Kinderhandschrift, die sie begonnen hatte umzubauen.

Das Poster hing nun schon seit fast einem Jahr über ihrem Bett.

Bei »Atomkraft? Nein danke!« ließ sie die Schrift nach rechts kippen, in hohen, engen Buchstaben.

»Wir wollen uns nicht zu Tode verteidigen lassen«, schrieb sie in Druckschrift.

»Wir sind die, vor denen uns unsere Eltern immer gewarnt haben« mit rotem Filzstift.

»Haut die Popper platt wie Whopper« mit Bleistift, um es gleich darauf wieder wegzuradieren. Es war zu kindisch.

»Jute statt Plastik« stand auf der Tasche, die sie im Teeladen erstanden hatte.

»Petting statt Pershing« sparte sie aus.

»Frieden schaffen ohne Waffen«, schrieb sie mit runden, ein wenig nach links geneigten Buchstaben, genauso wie »Schwerter zu Pflugscharen«.

Sie sollte die runde Schrift ein paar Monate später gegen die spitze austauschen und diese wieder gegen die runde, bis sich die beiden vermischen sollten zu einem schnörkelbetonten Schriftbild, das seinen Gestaltungswillen genauso preisgab wie seine Ratlosigkeit.

Im Herbst, auf der Schülerdemo unter dem Motto »Bildung statt Bomben«, bei der die Sonne vom Himmel knallte, hörte Judith zum ersten Mal, dass man nicht *Bombenwetter* sagen sollte, *durch den Rost fallen* oder *bis zur Vergasung* oder *im Anmarsch*. Das waren Wörter aus dem Krieg, der in ihrem Kopf noch weiterlebte, ohne dass sie es bemerkt hatte.

»Bei der Rüstung sind sie fix, für die Bildung tun sie nix«, skandierte Judith, eingehakt mit älteren Schülern, die sie nicht kannte, die aber einen nachhaltigen Eindruck hinterließen.

Sie trugen Parkas und weinrote Hosen, sie hatten lange Haare und breite Schuhe und sahen einfach nett aus.

»Ein Schritt vor und zwei zurück, das ist Bildungspolitik.«

Judith marschierte mit und war zum ersten Mal Teil von etwas, das Sinn machte.

»Bildung statt Bomben«, es war so sonnenklar, dass sie nicht verstand, warum Papa darüber lachte und sie Revoluzzer nannte. War er für Bomben? Wenn, dann wohl Chemiebomben!

An diesem Abend kam es zum ersten Mal zu einem Disput zwischen Judith und ihrem Vater, nach dem Judith sich machtlos fühlte. Papa weigerte sich einzusehen, worum es ging. Glaubte er, dass Bomben besser waren als Bildung?

Er faselte etwas davon, dass »diese Kommunisten« nur die Jugend verführen wollten. Und Judith begann, die Kommunisten, für die sie sich eigentlich nie interessiert hatte, zu verteidigen. Schließlich hätten sie doch etwas Gutes gewollt.

»Etwas Gutes?«

Papa wurde laut und so rot im Gesicht, dass Judith Angst bekam. Er bellte sie an, dabei erhob er sonst nie seine Stimme.

»Geh doch rüber! Dann wirst du sehen, wie es dort ist. Protest ist dort jedenfalls nicht erlaubt. Und Jeans und Altherrenunterhemden auch nicht!«

Er warf einen abschätzigen Blick auf Judiths T-Shirt, das tatsächlich ein Altherrenunterhemd war, das sie sich im Secondhandladen gekauft hatte, direkt nach der Demo, wo sie all ihren Mut zusammengenommen und ein Mädchen gefragt hatte, wo es diese lässigen Teile gab. Judith starrte Papa an und wusste nicht, was sie sagen sollte.

»Und jetzt geh in dein Zimmer«, sagte er mit einem solch endgültigen Tonfall, dass sie tatsächlich davonrannte.

Sie knallte die Kinderzimmertür zu und ließ sich in den Cordsessel fallen. Sie war kein kleines Mädchen, das man aufs Zimmer schicken konnte.

Es ärgerte sie, dass Papa recht hatte mit dem Kommunismus. Aber sie wollte es ihm zeigen. Denn er hatte trotz allem überhaupt nicht recht. Sie brauchte nur noch die Argumente, mit denen sie ihm das beweisen konnte.

Judith stand auf und kramte ihr Arafat-Tuch aus der Lade hervor.

Am nächsten Tag kaufte sie sich im Farbengeschäft eine große Dose brombeerfarbenen Lack und strich ihr Fahrrad. Sie überredete ihre Mutter, mit ihr nach Heidelberg zu fahren.

Dort suchte sie die Fußgängerzone nach Freaks ab, wie die Leute, die ihr neuerdings so gut gefielen, genannt wurden, und wusste zum ersten Mal, was sie werden wollte. Ein Freak.

In einem Laden fand sie den Schlampermantel, wie er genannt wurde, mit den langen Bändeln, den alle trugen. Er war aus dünner Baumwolle, ungefüttert, innen grün und außen türkis und kostete nur fünfunddreißig Mark, aber Mama wollte nichts davon wissen, ihn zu kaufen.

Zwei Wochen später fuhr Judith zum ersten Mal alleine mit dem Zug nach Heidelberg und erstand den Mantel von dem Geld aus ihrem Sparschwein, das sie zerschlagen hatte, ohne ihre Eltern zu fragen.

Sie saß in der Straßenbahn auf dem Weg zurück zum Bahnhof und gab sich Gedanken hin, während der herbe Geruch des Parfüms an ihr heraufstieg.

Sie hatte zwei kleine Fläschchen gekauft, Moschus und Patschuli. Sie rochen fremd und verboten, nach Leder, Haaren, Erde und Urin, betäubten sie mit einer Süße, in der Gefahr lauerte. Wie würde sie reagieren, wenn sie gefoltert würde? Wann würde sie ihre Freunde verraten? Würde sie es schaffen zu schweigen?

Was wäre, wenn sie, um ihr Leben zu erhalten, gezwungen würde, tagelang zu stehen ohne umzufallen? Wann würde sie kapitulieren? Und was gab dann zuerst auf? Der Kopf oder der Körper? Konnte man sich danach noch achten?

Mit solchen Spekulationen kam Judith nie zu einem Ende. Vielleicht kamen sie auch deswegen so oft zurück. Nicht einmal seiner selbst konnte man sich sicher sein. Und dann war man noch von den Umständen abhängig, vom Zufall.

Wenn man im Krieg, Judith hatte es in Filmen gesehen, zum Bahnhof rannte oder wie sie selbst gerade mit der Straßenbahn fuhr, um seinen zum Wehrdienst eingezogenen oder zur Deportation abgeholten Ehemann ein letztes Mal zu sehen.

Wenn alles davon abhing, ob die Straßenbahn schnell genug fuhr oder die Ampel rechtzeitig umschaltete. Man konnte nicht einmal etwas tun, um das Fahrzeug zu beschleunigen. Und am Ende sah man nur noch den davonfahrenden Zug. Es war aus.

Der letzte Tagebucheintrag des Jahres, ihr Fazit des ersten Jahres des neuen Jahrzehnts, fiel lapidar aus.

31.12.
Karin, Petra, Heike und Nina sind nett. Sie laden mich zu ihrem Geburtstag ein. Und ich habe sie zu meinem eingeladen. Aber ich habe keine Freunde mehr.

Vor der Silvesterparty, die sie zum letzten Mal mit ihren Eltern, den Bekannten und dem schmallippigen Sohn der Bekannten verbringen sollte, nahm sie die Schere und schnitt ihre Haare kinnlang ab.

Den Pony hatte sie schon seit Herbst herauswachsen lassen und mit einer Spange zur Seite gehalten. Jetzt war ihre Stirn frei und ihr Kinn und ihr Hals und ihr Nacken. Die Pickel, die bis jetzt von den Ponyfransen verdeckt worden waren, leuchteten rot. Judith kam sich nackt vor.

»Living in the plastic age. Looking only half my age«, summte es in ihr. Das Herz schlug den Beat. Sie sah aus wie zwölf, dabei fühlte sie sich mindestens wie zwanzig. Uralt.

2. KAPITEL
1982

Der Wald begann wenige Meter hinter ihrem Haus, auf dessen Dach Judith soeben zum ersten Mal geklettert war. Sein gesundes, sattes Grün sandte eine missverständliche Botschaft. Denn der Wald starb. Nur sah man davon nichts. Sein Untergang sollte in aller Stille vor sich gehen.

Das stand in dem Artikel, den der Geografielehrer mitgebracht hatte. Der Geografielehrer mit dem Vollbart und den großen Schweißflecken unter den Achseln, genannt Geo-Georg oder der Heilige Georg, in dessen Unterricht sie unter dem Tisch stricken durften, hatte gemeint, sie sollten protestieren. Und zwar laut.

Denn der Wald konnte nicht rufen. Man konnte nur in ihn hineinrufen. Mit dem Wald, aber das wusste Judith noch nicht, würden die Protestierer ein großes Echo erzeugen.

Der Geografielehrer würde zusammen mit dem Biologielehrer marschieren, der zwar kein Nazi war, aber gerne davon erzählte, wie er bei der Hitlerjugend durch Klettern auf Bäume und Schwimmen im eiskalten Fluss abgehärtet worden war. Sie nannten ihn Häuptling Kalter Fluss, aber davon durfte er natürlich nichts wissen, während der Heilige Georg seinen Spitznamen kannte und offenbar auch genoss.

Heute konnte man in den Flüssen nicht mehr schwimmen, selbst wenn man gewollt hätte. Dass das schlimm war, darin waren sich der Geografielehrer und der Biologielehrer einig, obwohl sie einander sonst nicht ausstehen konnten. Der Wald würde die Deutschen einigen. Aber einstweilen bedeutete sein Sterben für Judith bloß, dass sie sich allein fühlte. Eine Bedrohung.

In den Rhein, der hinter dem Horizont floss, der von Judiths Dach aus gesehen mit weißen Schloten markiert war, wollte schon lange niemand mehr die kleine Zehe stecken. Aber bis vor Kurzem hatte es niemand vermisst oder zumindest nicht darüber geredet. Jetzt war alles anders.

Begonnen hatte es mit dem Magazin, das *Spiegel* hieß. Auch so etwas wie ein Echo. Geo-Georg hatte gleich drei Ausgaben des Magazins auf dem Lehrerpult liegen lassen, zur Ansicht bis zur nächsten Stunde. Auf dem Cover des ersten Magazins ragten schwarze Schlote, aus denen rötlicher Rauch stieg, über einem grazilen Fichtenwald empor. »Saurer Regen über Deutschland. Der Wald stirbt«, lautete die Schlagzeile. Auf dem zweiten war ein Polizist mit Schutzhelm abgebildet, unter dem stand: »Polizei: Schläger oder Prügelknaben« Das dritte hatte die »Mode-Droge Astrologie« zum Thema. Auch in den beiden letzten ging es um den Wald.

Aber außer Judith hatte sich niemand dafür interessiert. Birte hatte sogar offen die Nase gerümpft. Sie kam neuerdings geschminkt, mit glänzender Hautcreme und Lippenstift, der ihr sonst so blasses Gesicht zu einem Signal machte, einem Signal, das Judith auf dem Schulhof, im Fahrradhof und in der Fußgängerzone begegnete und das sie als Stoß in die Magengrube wahrnahm, dort, wo ihre Verletzung saß und schwelte.

Konnte man einen Verrat vergessen? Sie hatte Birte nicht verziehen, obwohl sie wusste, dass sie das sollte. Sie hatte Astrid verziehen, mit der sie sogar manchmal sprach, wie um ihr das schlechte Gewissen zu erleichtern.

Astrid tat ihr leid, dabei hatte sie durch den Deal nur gewonnen. Judith gegen Jungen, Astrid war die neue beste Freundin von Birte und stieg mit ihr auf zu den Mädchen, die man zu Partys einlud, zu denen Judith neuerdings nicht mehr hinging und so lange nicht mehr hingehen würde, bis sie nicht mehr eingeladen werden würde.

Judith hatte gleich in der Schule angefangen, den ersten Artikel zu lesen, und das Heft mit nach Hause genommen. Am nächsten Tag hatte sie auch noch die beiden Folgehefte mitgenommen, in denen die Geschichte fortgesetzt wurde. Sie hatte auch den zweiten Artikel ganz durchgelesen, obwohl er sehr lang und schwer zu verstehen war. Beim dritten hatte sie irgendwann aufgegeben. Sie hatte es trotzdem verstanden.

Der Wald vergreiste und das Ökosystem brach zusammen. Die ersten großen Wälder würden schon in den nächsten fünf Jahren sterben, sagte ein Professor, der es wissen musste. Der satanische Stoff, der alles zerstörte, hieß saurer Regen.

Die Flüsse waren Kloaken, aber die Bäche, die makellos erscheinenden Bäche, waren auch kaputt. In ihnen gab es fast keine Fische mehr. Judith versuchte es zu denken. War das, was man nicht sah, realer als das, was man sah? Und worauf konnte man sich dann noch verlassen?

Durch die Dachluke schwoll Musik herauf mit trompetenähnlichen Klängen, die nicht schmetterten, sondern an Judiths Herzen zogen, nein, sogen. Auf dem Dach, über den Dingen und sogar über den Bäumen thronend konnte man besser nachdenken.

Judith konnte sogar den roten Turm der Stadtkirche sehen. Es schien ihr, als wäre das Rattern der Züge noch nie so laut gewesen. Das Dach war warm von der Sonne, und ihr Herz wurde abwechselnd zusammengezogen und dann jäh auseinandergepresst, sodass es sich mit pochendem Blut füllte.

Zusammengezogen, wenn sie an den Satz dachte: »Im Jahr 2000 werden wir keine Straßenbäume mehr in den Städten haben.« Im Jahr 2000 würde Judith alt sein. Aber sie würde vielleicht Kinder haben.

Auf dem Cover der Platte gaben einander zwei Männer die Hand. Ein Mann brannte. So wie ihr Herz. Sie war mit Anders verabredet. Anders, der so sanft und rebellisch war, der blonde, lange Haare und kastanienbraune Augen hatte und ihren Körper gleichzeitig heiß und kalt werden ließ, auch wenn er nicht da war.

Anders, der Schwarm aller Mädchen. Er hatte ihr am Mittwoch gestanden, dass er sie mochte. Heute war Freitag. Sie würde ihn später gleich treffen.

»Ach so, ich dachte, du magst alle Mädchen«, hatte sie ängstlich und gleichzeitig forsch herausgebracht.

»Nein«, hatte er gesagt und ihr dabei ruhig in die Augen geschaut, »ich mag speziell dich.«

Sie hatte Anders schon lange beobachtet. Wie er tanzte und dabei seine schlaksigen Glieder lässig um sich warf, wie er, einer plötzlichen Eingebung folgend, in die Knie ging, die Hüften seitwärts schwang und sich wieder emporschnellen ließ.

Sein Gesicht lächelte dabei ohne Unterbrechung, aber so, als ob er davon nichts merken würde. Er sah aus, als ob er für sich alleine tanzte, nicht für die anderen, so wie die meisten auf der Tanzfläche, die heimlich Blicke auf das Stufenpodest warfen oder es bewusst ignorierten. Denn dort saßen die anderen, die Feiglinge, Zuschauer und Juroren.

Die Unsicheren, die nur so taten, als ob sie tanzten, versuchten, nirgends anzustoßen, während sie von einem Fuß auf den anderen trippelten, mit steifen Hüften und in sich gewandten Blicken.

Anders tanzte, wie man nur tanzen konnte, wenn es keine Regeln gab. Wie man nur tanzen konnte, wenn man nicht dachte. Judith sollte Anders drei weitere Monate lang beobachten, bis sie sich zum ersten Mal auf die Tanzfläche trauen würde.

Sie würde tanzen wie er und sich dennoch zum ersten Mal frei fühlen. Sie würde tanzen, bis sie ihren Kopf nicht mehr spürte, nur noch die Glieder, die taten, was sie wollte, und doch der Musik gehorchten, in ihren Rhythmus schlüpften und hüpften vor Freude.

Judith würde ihren Kopf schütteln, bis die Bilder verschwammen und sie sich zum ersten Mal mit Leben füllte. Sich eins mit dem Leben fühlte. Was immer das war, das Leben. Tanzen war wie Drogen, nur besser.

Sie wusste, dass Anders kiffte, aber das machte ihr nichts aus. Sie würde es einmal probieren und dann wissen, dass es nichts für sie war. Sie würde steif daliegen, mit Ameisen von Angst im Kopf und einem Krampf in den Gliedern, ausgeliefert und eingesperrt in ihre Gedanken, die wie gefährliche, innovative Insekten versuchten, ihr Gehirn umzubauen.

Sie nannten es *stoned*, und Judith hatte keine Ahnung, was daran gut sein sollte. Ab da würde sie sich weigern zu kiffen, umso mehr, je mehr sie sich damit aus der Gemeinschaft ausschloss. Sie wollten Freaks sein, frei sein und unangepasst, aber wenn jemand nicht mitmachte, waren sie gekränkt.

Sei spontan! Wenn Judith diesen Wahlspruch hörte, der Befreiung und Zwang so perfide vereinte, schnürte es ihr die Brust zusammen. Sei spontan, das hieß, dass man tun sollte, was sie taten.

»Ich hatte gestern das Gefühl, dass du dich ein wenig zurückgezogen hast«, hieß es dann später, in den WGs, vor allem von jenen, die davon ausgingen, dass alles, was man besaß, auch ihnen gehörte, und wenn es die eigene Seele war, was umgekehrt aber nicht galt, und wenn es nur den von der Mutter geschickten Gugelhupf betraf.

Rückzug war nicht erlaubt, gefordert war, loszulassen, sich einzubringen, engagiert zu sein, authentisch zu sein. Was immer das war.

»Kann ich dann auch einen Kuss bekommen?«, hatte Judith ein wenig schnippisch gefragt, an dem Tag, als Anders ihr in der Teestube gestanden hatte, dass er sie mochte, vor allen Mädchen.

Sie hatte ihren Kuss bekommen, und als sie gespürt hatte, wie ihre Unterhose nass wurde, war die Teekanne umgefallen, die sie auf das Podest mitgenommen hatten. Ein ganzer Liter dunkelbrauner, nach Vanille duftender Flüssigkeit hatte sich auf den billigen Spannteppich ergossen.

Judith und Anders hatten gelacht und sich weiter geküsst, Anders' Zungenspitze hatte ihre Mundhöhle und die Wurzel ihrer Zunge berührt. Ihr Mund hatte einen Innenraum, der voller Nerven war und voller Lust. Über ihren Körper, der bis jetzt nur gekitzelt und geschmust worden war, liefen abwechselnd kalte Schauer und Wellen von Hitze, die den letzten Rest der Kindheit verbrannten.

Dann hatte Anders sie im Sommerregen nach Hause begleitet, sie waren nass geworden bis auf die Unterhosen, hatten ihre Schuhe ausgezogen, um in die Pfützen zu springen, Pfützen voll von warmem Regen.

Da hatte Judith noch nicht gewusst, dass es kein Wasser war, sondern verdünnte Lösung, imstande, Marmor, Stein und Eisen zu zerfressen. Half die Liebe gegen den sauren Regen? Sie hielt doch allem stand, Marmor, Stein und Eisen und sogar dem Tod. Judith wollte standhalten. Wenn die Liebe nicht hielt, worauf konnte man sich sonst verlassen?

Heute war sie mit Anders am Spielplatz verabredet. Judith kletterte vom Dach, nahm ihr brombeerfarbenes Fahrrad und fuhr in die Stadt hinunter. Sie summte »Wish You Were Here« und »Here Comes the Sun« und fühlte sich in der fremden Sprache mehr zu Hause, als sie es in ihrer eigenen je gekonnt hatte.

Ein neuer Mensch wurde aus diesen Songs geboren, die wie glänzende Steine in undurchdringlichem Wasser lagen und über die man sprang, bis man ans Ufer kam.

Ein Mensch mit Untiefen, mit Unmengen von unsichtbaren Gefühlen unter einer opaken Oberfläche und im Seichten, im Sichtbaren liegenden verwundbaren Stellen, auf denen man ausrutschen konnte. Kein heller Bach, sondern ein Sumpf, warm und verwirrend und geheimnisvoll, aus dem sie sich selbst nicht mehr aus eigenen Kräften ziehen konnte.

Judith schoss bergab, die Bremsen quietschten, und wenn sie den Kopf hob, sah sie am Horizont eine Phalanx von weißen Schloten wie Wächter ihrer Zukunft blitzen. Aus den dicken Türmen des Atomkraftwerks, das zehn Kilometer von ihnen entfernt stand, stieg behäbiger Dampf auf.

»Atomkraft? Nein danke!« Papa hasste den Aufkleber, den Judith auf ihr Fahrrad geklebt hatte, obwohl sein alarmierendes Gelb und Rot überhaupt nicht zu dessen beruhigender Farbe passten. Papa behauptete, dass die Atomkraft gut für den Wald sei, weil sie sauber sei.

Genau davor hatte der Heilige Georg sie gewarnt: vor Leuten, die den Teufel mit dem Beelzebub austreiben wollten. Die von Restrisiko redeten bei der größten Gefahr, die der Menschheit bisher gedroht hatte oder vielmehr mit der die Menschheit sich selbst bedrohte. Mit der Apokalypse.

»Atomkraft ist sicher«, hatte Papa gesagt.

»Klar«, hatte Judith gekontert. »Bis zum großen Knall.«

Sie war stolz auf diesen Satz gewesen. Sie musste ihn Anders erzählen, von dem Papa noch nichts wusste. Nicht dass er kiffte, nicht dass er die Hauptschule besuchte, nicht dass seine Eltern geschieden waren.

Judith wusste, dass Papa alles über sein Elternhaus wissen wollen würde.

»Sage mir, mit wem du verkehrst, und ich sage dir, wer du bist«, war einer der Sprüche, mit denen Papa sich seine Welt zurechterklärte und die Judith hasste.

Anders war natürlich noch nicht da. Judith hatte gewusst, dass er zu spät kommen, aber nicht, dass er Eleonore mitbringen würde, die sich Ella nannte, halbe Italienerin war und dicke Pausbacken und spaghettigerade, glanzlose dunkelbraune Haare hatte.

Judith wusste nicht, was sie davon halten sollte. Hatte er Ella zufällig getroffen oder absichtlich mitgenommen? Das hatte er ihr voraus. Anders kannte alle. Es machte ihm nichts aus, Leute anzuquatschen. Judith entschied sich, nicht gekränkt zu sein. Sie hatte Ella schon länger kennenlernen wollen.

Anders gab Judith einen Kuss und wandte sich dann Ella zu, mit der er gerade über ein Buch namens »Der Papalangi« redete, das Ella aus der Tasche zog, um es Judith zu zeigen.

Auf dem Buch stand »Der Papalagi«, aber Ella und Anders wussten, wie man ihn aussprach, mit einem N vor dem G.

Und dass der Papalagi ein Himmelsdurchstoßer war, einer, der alles falsch machte, im Gegensatz zu den Südseeinsulanern des Südseehäuptlings Tuiavii aus Tiavea, der dieses Buch verfasst hatte.

Nicht nur die Schreibweise, auch der Titel des Buches war verwirrend, denn der Papalagi, das war, wie Judith erst durch mehrmaliges Nachfragen herausfand, nicht der Autor des Buches, der Südeseehäuptling, sondern das waren wir alle, das war der Westen und Europa und also das Leben, das sie kannte und an dem der Südseehäuptling kein gutes Haar ließ und das er einfach im Singular über einen Kamm scherte.

Judith versuchte, nicht zu überrascht dreinzuschauen, und nahm sich vor, das Buch in der Bücherei auszuborgen.

Sie schaukelten eine Runde, wobei sie mit den Beinen schlenkerten und juchzten, als ob sie sich von ihrer Kindheit verabschieden wollten oder vielmehr an ihr festhingen, an diesen Ketten, die sie mit der einfachen, unverdorbenen Freude verbanden, die der Papalagi, also ihre Eltern, ihnen wegnehmen wollten und an denen sie sich festhalten würden, solange es ging.

Als es zu nieseln anfing, nahm Anders sie mit zu sich nach Hause. Er wohnte in der Fußgängerzone unweit der Teestube, in einem alten Haus mit schiefen Wänden und knarrenden Stiegen. Anders' Zimmer befand sich unter dem Dach und war nur sechs Quadratmeter groß. In einer Ecke lag eine Matratze, in der anderen stand ein Schreibtisch, und in einen kleinen Verschlag hatte Anders seine Klamotten gestopft. Durch die Luke strahlte die Sonne, die gerade wieder aus den Wolken hervorgebrochen war.

Eigentlich sei es zu schön, um zu Hause zu hocken, überlegte Anders, und Judith hatte nicht den Mut zu protestieren. Sie hätte auch nicht gewusst wogegen, deswegen stimmte sie zu, einen gewissen Nosso zu besuchen, den Anders ebenfalls kannte und der schon achtzehn war.

Er ging auf Judiths Schule, zwei Klassen über ihr, hatte schiefe Zähne und ein sympathisches Lachen. Judith hatte ihn schon im Raucherhof beobachtet, in den sie noch nicht durften, aber den sie von manchen Klassenzimmern aus sehen konnten.

Nosso war hässlich, aber er schien sich daraus nichts zu machen. Vielleicht war er deswegen so sympathisch. Außerdem wusste Judith, dass er bei der Amnesty-Gruppe dabei war, zu der sie nicht gehen durfte, weil sie zu jung war, um sich politisch zu betätigen, wie ihr Vater beschieden hatte.

Sie latschten hin. Latschen klang nicht nur besser, sondern auch weniger europäisch als laufen, fanden Anders und Ella.

»Latschen ist auch die bessere Beschreibung davon, was wir machen. Latschen ist ein Weg ohne Ziel«, erklärte Judith und genoss es, Gedanken zu produzieren, während sie diese auch schon aussprach, »denn beim Latschen bemüht man sich nicht, dort zu sein, sondern kann auch das Unterwegssein genießen.«

Anders sah sie skeptisch von der Seite an, als ob ihm nicht klar wäre, wozu man solche Erklärungen brauchte, aber Ella war begeistert.

»Genau das wirft Tuiavii dem Papalagi, also den Europäern, auch vor, dass sie immer in Hektik sind und im Geiste schon an ihrem Ziel angekommen. Sie vergessen, den Weg zu genießen. Und verpassen auf diese Weise ihr Leben.«

Judith und Tuiavii sollten recht behalten. Als sie bei Nosso angekommen waren, hatte sich ihr Ziel verflüchtigt. Nosso war nicht da, gerade aus dem Haus gegangen, wohin, wusste seine Mutter nicht.

Sie versuchten es bei einer Freundin von Ella, die Heidi hieß und auch nicht da war. Es hatte wieder zu nieseln begonnen, Anders hatte ein Loch in der Sohle, und auf der nassen Straße quietschte sein Schuh bei jedem Schritt, sodass Judith und Ella sich vor Lachen bogen.

Anders schlug vor, zur Alten Mühle zu gehen, dem Café am unteren Ende der Fußgängerzone, in dem sich die Langhaarigen trafen, während die Popper mit den Seitenscheiteln und himmelblauen Pullovern, so wie Birte, ins Le Crocodile am oberen

Ende der Fußgängerzone pilgerten, zwei Fraktionen, die glaubten, die Welt unter sich aufteilen zu können, so wie die große Politik die Welt aufgeteilt und dazwischen eine unüberwindliche Mauer gebaut hatte. Eine Mauer aus Überzeugungen, die die Gegenseite allein durch ihre Existenz bedrohten und ihr gleichzeitig die Daseinsberechtigung gaben.

Freiheit und Gleichheit hießen die Waffen auf der Weltbühne. Angepasstheit am Ende und Aufmüpfigkeit am Anfang der Fußgängerzone in der kleinen Stadt am Fuße der Weinberge. Hier Karottenhosen und himmelblauer Maschinenstrick, mit den Ärmeln nach vorne lässig über die Schulter gehängt, da weinrote Kratzewolle, in unregelmäßigen Maschen und mit zu großen Nadeln ohne Anleitung selbst zu Pullovern zusammengeschustert, die knielang und bauchig über Röcken mit kleinen Spiegeln und großen Volants herabhingen oder über selbst gefärbten Latzhosen mit gebatikten Unterhemden getragen wurden.

In der Alten Mühle war niemand, den sie kannten, außerdem hätten sie sowieso kein Geld gehabt und sich zu dritt an einem Getränk festhalten müssen, was Anders genoss, wie er gestand, denn Konsum sei blöd, während Judith schon beim Gedanken an die strengen Blicke der Kellnerin und ihr mürrisches »Nur heute, versteht ihr, nur ausnahmsweise« innerlich das Weite suchte.

Ella verabschiedete sich, weil sie am nächsten Tag eine Mathearbeit schrieb. Judith und Anders gingen zu der Telefonzelle an der alten Brücke, um zu fragen, ob Nosso schon nach Hause gekommen sei, stellten aber fest, dass sie keine Zehnpfennigstücke hatten.

Anders ging los, um irgendwo Geld zu wechseln. Judith setzte sich auf die Mauer. Sie hielt einen Jungen aus ihrer Klasse an, der ebenfalls kein Geld dabei hatte. Da kam schon Anders zurück, mit drei Zehnern, die er geschnorrt hatte.

Sie steckten zwei davon in den Schlitz, aber der Zähler reagierte nicht. Judith hängte den Hörer wieder zurück, aber es kam nur ein Zehner unten heraus. Sie ließ sich von Anders einen neuen geben und warf ihn ein. Der Zähler reagierte nicht. Der Zehner kam auch nicht wieder unten heraus.

Judith schlug gegen den Kasten. Nichts. Als Anders gegen den Kasten haute, rasselte es, und vier Zehner kamen heraus. Sie warfen sie noch einmal ein, und als der Zähler wieder nicht reagierte, schlug Anders noch einmal gegen den Kasten, und wieder kamen vier Zehner heraus. Sie sahen sich an und lachten. Die Maschine war dumm. Aber gerade das war lustig.

Nach einem weiteren Fehlversuch pustete Anders in den Schlitz, und wieder rasselte es. Judith und Anders lachten schallend und immer lauter und pusteten so lange weiter, bis nichts mehr herauskam.

Sie besaßen dreizehn Zehner, aber telefoniert hatten sie nicht. So war das Leben. Es kam immer anders, als man dachte.

Sie gingen zurück zu Anders, der feststellte, dass er keinen Schlüssel dabeihatte. Seine Mutter war immer noch nicht zu Hause. Sie arbeitete als Sekretärin in einer Maschinenbaufirma, seit sie geschieden war. Anders' Vater war nach Costa Rica abgehauen oder so ähnlich.

Anders sagte nur »das Schwein«, wenn er über ihn sprach. Er hatte keinen Kontakt, aber sein Bruder, der schwul war und in Berlin lebte, hatte ihn neulich getroffen, als »das Schwein« zu Besuch in Deutschland gewesen war.

»Crazy«, sagte Anders nur. »Crazy.«

Als Judith ihn fragte, was er damit meinte, wurde er abweisend. Offenbar wollte er nicht über seinen Vater reden. Oder er wusste nicht, was er über ihn sagen sollte. Und damit über sich selbst.

Als Judith noch einmal in Anders' Taschen nachschaute, fand sie den Schlüssel. Er hatte ihn gar nicht gesucht.

Sie machten sich Tee und gingen in sein Zimmer, knutschten, bis Judiths Unterhose zwischen ihren Beinen klebte. Dann entdeckten sie eine Packung mit grüner Knete und fingen an, eine Kneteschicht auf Anders' Brille aufzubringen. In die Mitte bohrten sie mit dem Fingernagel kleine Löcher. Anders sah aus wie ein Chamäleon.

Judith steckte ihm Kügelchen aus Knete ins Ohr und drückte Zuckerstücke auf die Knetelöcher auf der Brille. Anders schmiss ein Glas kaputt. Statt die Splitter wegzufegen, tat er so, als ob er Judith aus dem Fenster werfen wollte. Sie klammerte sich am Rahmen fest und lachte und konnte nicht mehr aufhören zu lachen. Sie nahm ein Halstuch und band Anders eine Krawatte, die sie nicht mehr aufbekamen. Dafür produzierten sie einen erneuten Lachanfall.

Judith wusste nicht, wann sie das letzte Mal so viel Spaß gehabt hatte und ob sie jemals wieder so viel Spaß haben würde. Sie sollte ihre Jugend genießen, und genau das tat sie auch, ausgelassen und verbissen.

Sie musste um acht zu Hause sein. Es war peinlich, aber Papa hatte keine Gnade mit ihr. Nur samstags durfte sie bis halb elf in die Teestubendisco. Und da holte Papa sie mit dem Auto ab. Dass andere wochentags bis neun oder zehn wegbleiben durften und am Wochenende bis mindestens Mitternacht, war ihm egal. Anders durfte so lange weg, wie er wollte. Es war besser, wenn Papa das nicht erfuhr.

Anders begleitete sie, Judith schämte sich ein wenig, als das Fertigteilhaus, das mit seiner Hollywoodschaukel auf der Terrasse und seinen lackierten Fachwerkbalken nur simulierte, gemütlich zu sein, über dem Hügelrand auftauchte.

Weil sie eine halbe Stunde zu früh waren, beschlossen sie, noch einen Spaziergang durch den Wald zu machen. Sie bogen vor Judiths Haus ab, um nicht gesehen zu werden.

Der Wald umhüllte sie mit seiner satten Farbe. Sie gingen Arm in Arm, die Zweige knackten, und Anders erzählte von den Südseeinsulanern, die mehr Innenkraft hatten und für die Zeit und Geld keine Rolle spielten. Judith nahm sich vor, sich das Wort zu merken. Innenkraft.

Als Judith sich das Buch drei Tage später in der Bücherei auslieh, sah sie zum ersten Mal ihr Leben von außen, als fremde Welt.

»Du bläst deine Worte in metallene Fäden, die wie lange Lianen von einer Steininsel zur anderen gehen. Schneller, als ein Vogel fliegen kann, kommen sie an den Ort, den du bestimmt hast«, erklärte der Häuptling seinen Insulanern das Telefon.

Warmes und kaltes Wasser nannte er besonntes und unbesonntes Wasser. Wenn sie auf einen Klingelknopf drückte, sollte Judith ihr Leben lang daran denken, dass der Südseehäuptling ihn als die zierliche Nachbildung der weiblichen Brustwarze beschrieben hatte.

Der Papalagi, also sie alle hier im reichen Westen, hatte nicht verstanden, worum es im Leben ging, er war gierig und geizig, übte langweilige Berufe aus und hatte nichts mehr lieb, weil die Maschine ihm alles, was er besaß, gleich noch einmal herstellen konnte.

Aber der Papalagi, sagte der Häuptling, war ein Zauberer. Er konnte Musik und Bilder vervielfältigen.

»Singe ein Lied – er fängt deinen Gesang auf und gibt ihn dir wieder, zu jeder Stunde, da du ihn haben willst. Er hält dir eine Glasplatte entgegen und fängt dein Spiegelbild darauf. Und tausendmal hebt er dein Bild davon ab, so viel du nur davon haben magst.«

Es stimmte. Musik und Fotografien hatten magische Macht, auch Judith fühlte sich von ihnen gefangen und erlöst zugleich.

Sie genoss es, die Wörterrätsel des Südseehäuptlings zu entschlüsseln, und alles, was sie bislang für selbstverständlich gehalten hatte, löste sich auf in das unverständliche Gebaren einer fremden Kultur, die ihre eigene war.

Natürlich, das gab auch der Häuptling zu: Der Papalagi hatte Staunenswertes geleistet. Aber er hatte noch keine Maschine gebaut, die ihn vor dem Tod bewahren konnte.

Judith und Anders gingen im Wald, sie versuchten zu begreifen, was das alles bedeutete. Dass der Wald starb und die Menschen ihn nicht retten wollten, dass sie einander liebten und die Welt nicht verstanden.

Den Politikern fiel nichts Besseres ein, als Atomsprengköpfe und Mittelstreckenraketen aufzustellen und das Nachrüstung zu nennen statt Wettrüsten, als das Abschreckung und Gleichgewicht des Schreckens zu nennen statt Drohung.

Die Mächtigen, die Politiker und die Wissenschaftler und die Industriebosse, bauten Atomkraftwerke und Atomraketen und Atombunker, die nichts helfen würden, immer neue Fabriken und immer höhere Schornsteine, die den sauren Regen in Gebiete verteilten, in denen es gar keine Industrie gab.

Sie waren nicht sicher. Der Wald starb schleichend. Er log sie an mit seinem heimeligen Rauschen und seiner grünen Pracht. Der Atomschlag hingegen würde mit einem Schlag oder vielmehr Blitz kommen, ohne Ankündigung und ohne Chance, ihm zu entgehen. Der radioaktive Staub würde lautlos auf sie herabrieseln und sein Tod in sie hineinkriechen und aus ihnen herauseitern.

Sie hielten einander im Arm, Hänsel und Gretel in einem Wald, der immer lichter wurde, zwei von vier Milliarden Hoffnungen, über die die Mächtigen nur lachten.

»Ich weiß jetzt, warum man sagt, dass Liebe aus dem Herzen kommt«, sprach Anders' Stimme in Judiths Verzweiflung wie eine Nachricht von einem fremden Stern.

Judith sah ihn erstaunt an.

»Da ist so ein Druck auf dem Herzen«, sagte Anders und sah sie an mit seinen braunen Augen, voll Kindlichkeit und Kummer, »so ein Druck, dass ich vor Glück am liebsten laut schreien würde.«

Anders konnte Dinge aussprechen, die Judith unter dem Herzen drückten und die sie nicht einmal auf das Papier ihres Tagebuchs brachte.

Sie war so glücklich wie noch nie in ihrem ganzen langen kurzen Leben. Ihr Herz ging auf, als Anders unter ihr T-Shirt fuhr und ihre Brüste streichelte, an ihnen sog wie ein Ertrinkender. Einer, der von seiner Kindheit noch nicht genug hatte und schon mit dem Tod flirtete, und wenn es auch nur der kleine Tod war, den sie Orgasmus nannten. Seine Hose war nass, als sie nach Hause gingen.

Judith verabschiedete sich an der Ecke von Anders. Sie wollte ihn ihren Eltern morgen vorstellen. Es war besser, wenn sie ihn erst sahen, bevor sie etwas über ihn und seine Familie erfuhren. Alle mochten Anders. Anders musste man einfach mögen.

In den Abendnachrichten sah Judith, wie britische Truppen bei Port San Carlos auf den Falklandinseln landeten, einem Archipel am Ende der Welt, um den gekämpft wurde, als ob der Frieden der Kontinente davon abhinge.

Hatten sie jetzt Krieg? Zumindest im Fernsehen. Der argentinische General und Präsident hatte ihn angezettelt, und die englische Premierministerin mit den aus dem Gesicht zurücktoupierten roten Haaren hatte geglaubt, darauf einsteigen zu müssen, die mächtigste Frau der Welt, die das Szepter in der

Hand behalten wollte, auch am anderen Ende der Welt, und die das bleierne Jahrzehnt mitregieren sollte, zusammen mit dem amerikanischen Präsidenten, der einmal Schauspieler gewesen war und dessen Frau aussah wie die ältere Schwester von Margaret Thatcher, zwei Damen mit Vogelgesichtern, über denen Nester aus befestigten Haaren aufgebaut waren, mit grellen Kostümen und breiten Halskrausen und gepolsterten Schultern.

Nachdem Judith ausgiebig über Margaret Thatcher und Nancy Reagan gelästert hatte, was ihr Vater gar nicht mochte – bei ihm durften Menschen nur gelobt werden oder ignoriert –, fragte Mama unvermittelt:

»Sag mal, von wem hast du dich da vorhin an der Ecke verabschiedet? Ihr habt euch geküsst …«

Judith wurde es heiß und kalt zugleich.

»Spionierst du mir nach?«, wollte sie fragen, aber da sah sie den strengen Blick ihres Vaters.

»Ist er dein neuer Freund?«, fragte er.

»Wieso neu«, wollte Judith sagen, »ich hatte doch noch keinen …«

Aber sie schluckte die Ausflüchte hinunter. Sie musste es sagen, es half nichts. Es brach aus ihr heraus. Wie sehr sie Anders liebte. Wie lieb er war. Dass er auf die Realschule wechseln wolle – dabei wusste Judith jetzt schon, dass Anders nicht der Mensch war, der sich auf Schulwissen konzentrieren konnte, er war so voll von Leben und Freude, er war so voll von Angst, er hatte keinen Halt.

Nur das mit dem Kiffen sparte sie sich. Die Hauptschule war schon schlimm genug. Und das mit der Scheidung sollten ihre Eltern auch bald herausbekommen.

Aber sie hatten ihn jetzt schon abgetan, verurteilt und in eine Schublade gesteckt. Judith wurde schwarz vor Augen. Anders war das Schönste, was ihr bisher begegnet war.

»Warum beurteilt ihr ihn nach seiner Schulbildung, bevor ihr ihn gesehen habt!«, schrie sie, rannte in ihr Zimmer und drehte die Musik auf.

Wish you were here. Sie konnte es gar nicht erwarten, Anders zu sehen und zu spüren.

Am nächsten Morgen brachte Geo-Georg eine Südamerikakarte mit. Sie lernten, dass die Malwinen, wie die zweihundert Inseln mit ihren nicht einmal zweitausend Einwohnern auch genannt wurden, politisch zu Großbritannien gehörten und geografisch zu Südamerika und dass sie sich vor vierhundert Millionen Jahren vom Urkontinent Gondwana, genauer gesagt der heutigen Ostküste Südafrikas, abgelöst hatten und in den Südpazifik gedriftet waren.

Falkland hatte keine Bäume, aber Millionen Pinguine, außerdem Robben, Seebären und See-Elefanten, eine zugige Eiland-Clique, gruppiert um die Hauptinseln Westfalkland und Ostfalkland, aus der Zeit gefallen und an die falsche Stelle der Welt gewandert, so wie Judith selbst, die allerdings nicht zu sagen gewusst hätte, ob es eine richtige Stelle gab oder eine richtige Zeit.

In ein paar Jahren würde der Wald kaputt sein. Und vor hundert Jahren, als der Wald noch in Ordnung gewesen war, konnte sich kein Mädchen der Welt wünschen gelebt zu haben. Sie hätte nicht studieren können und wäre dem Manne untertan gewesen. Zuerst ihrem Vater und dann ihrem Ehemann. Niemand hätte sie ernst genommen.

Der Biologielehrer, der, wenn er den Sportlehrer vertreten musste, die Jungen im Turnsaal so gerne die Seile hinaufjagte, ließ die Mädchen der Klasse immer noch wissen, dass er sie nicht ernst nahm. Judith schrieb nur gute Noten und bekam im Zeugnis trotzdem eine satte Vier, weil sie sich nicht traute, sich im Unterricht zu melden.

Der Lieblingsspruch des Mathelehrers besagte, dass leichte Schläge auf den Hinterkopf das Denkvermögen verbessern würden, was er allerdings nur an Jungen demonstrierte. Als Ausgleich dafür schlich er während der Matheklausuren auffällig-unauffällig um die Tische der Mädchen herum, um ohne Worte seinen Zeigefinger auf Fehler zu legen.

Judith war eine der Besten in Mathe. Vielleicht setzte er sich deswegen in letzter Zeit so gerne auf ihr Pult, wobei er von oben auf sie herabsah. Aber das T-Shirt von Fruit of the Loom gewährte keinen Einblick. Und das alte, weit ausgeschnittene Herrenunterhemd zog sie an Mathe-Tagen nicht mehr an.

Den grauen Wollmantel, den sie ebenfalls im Secondhandladen erstanden hatte, hatte Papa ihr wieder abgekauft, und das nur, um ihn wegzuschmeißen. So sehr hatte er sich geekelt, wenn er daran dachte, dass ein alter Mann den Mantel verschwitzt hatte, den seine Tochter trug.

Judiths Vater war für das Neue, Saubere. Für Judith hingegen bewahrten alte Sachen eine Geschichte und waren deswegen wertvoll. Irgendwie lebte der alte Mann mit seinem Unterhemd in ihr weiter.

»Der arme alte Mann«, hatte Judiths Deutschlehrer ausgerufen, als sie zum ersten Mal mit dem Unterhemd in die Schule gekommen war. »Der steht jetzt ganz nackt auf der Straße, ausgeraubt!«

Judith und die ganze Klasse hatten gekichert, und seitdem sah Judith immer einen verrunzelten Herrenoberkörper vor sich, wenn sie das Hemd anzog, der sich vor Kälte krümmte und doch froh war, dass sein Hemd nun ein junges Mädchen wärmte.

Die Sozialkundelehrerin hatte raue, gerötete Haut und trug ihren Pagenschnitt mit einer dünnen Haarspange auf einer Seite festgesteckt. Sie schaute beleidigt zur Decke, wenn die Klasse laut war. Oder sie schrie. Oder sie zückte das Klassenbuch.

Vor ein paar Tagen, als die Klasse laut gewesen war, hatte sie Lutz angeschrien. »Du Saukerl!« Er war nur aufgestanden, hatte mit einem eiskalten Blick verkündet, dass er zum Direktor gehe, und war dann wirklich rausgegangen. Der Direktor war leider nicht in seinem Zimmer gewesen.

Als Lutz zurückkam, entschuldigte sich die Lehrerin, widerwillig und voller Ärger. Acht Schüler wurden ins Klassenbuch eingetragen, darunter auch Judith. Dabei hatte sie nicht viel geschwätzt. Sonst schwätzte sie viel mehr, und dann schrie die Lehrerin sie nur an und trug sie nicht ein.

Sie hatte das Gesicht eines Vogels und konnte so schnell sprechen, dass man sich bemühen musste mitzukommen. Dabei wärmte sie nur olle Kamellen auf. Sie faselte von der Wiedervereinigung, vierzig Jahre, nachdem der Zug der Geschichte abgefahren war. Judith bemühte sich, ihre Verachtung für sich zu behalten. Was wollten die?

Die Lehrer verstanden nichts, aber auch gar nichts. Nur der Heilige Georg und der Kunstlehrer, der Vater von Heidi, gaben ihnen ein wenig Hoffnung. Die anderen waren hoffnungslose Fälle. Entweder sie weinten dem Eiswasser und der Abhärtung nach. Oder sie glaubten, dass sie alle immer noch eine Zukunft hätten, sie glaubten an das Wachstum und den Fortschritt und den Fortgang der Geschichte.

Sie lebten in der friedlichsten Epoche seit Menschengedenken, das hörten Mama und Papa und Oma Finni und ihre Lehrer nicht auf zu wiederholen. Noch nie sei es so vielen Leuten so gut gegangen. Sie waren reich. Aber Judith konnte sich nicht freuen. Sie konnte nicht weinen.

Der Krieg war kalt, und es gab keine Aussicht auf Erwärmung. Nur eine Explosion konnte etwas ändern, aber niemand konnte sich eine Explosion wünschen. Sie waren gelähmt, eingelullt in das Wiegenlied vom Wachstum.

Mit Anders konnte sie darüber reden. Aber nur am Anfang. Anders wollte das Leben genießen. Er schimpfte auf den Staat und die Gesellschaft, aber nachdenken, bis zum bitteren Ende zu denken, das war nicht seine Sache. Anders konnte genießen, genießen ohne zu denken. Judith beneidete ihn darum.

Er hatte sie mit ins Leben genommen. Er hatte ihren Körper erweckt. Aber ihren Geist, den erweckte Ella. Judith wagte es nicht, Ella ihre Freundin zu nennen. Ella meldete sich nie bei Judith, aber sie schien sich jedes Mal zu freuen, wenn Judith sie besuchte. Mit Ella langweilte sie sich nie, auch wenn sie nur zu Hause hockten.

Gleich bei Judiths erstem Besuch, als sie auf dem Heimweg von der Schule spontan bei Ella geklingelt hatte, hatten sie angefangen, über Bücher zu reden, und nicht mehr aufgehört. Judith hatte ganz vergessen, bei ihrer Mutter anzurufen, wie sie es sich vorgenommen hatte, und ihr zu sagen, dass sie nicht zum Mittagessen komme.

Sie hatte nicht gewusst, was sie damit anrichten würde. Seitdem war ihre Mutter schlecht zu sprechen auf Ella. Judith traute sich nur ein einziges Mal, Ella zu sich nach Hause einzuladen.

Ella las Bertolt Brecht und Hermann Hesse und Heinrich Böll. Sie las Max Frisch und Samuel Beckett und Jean Paul Sartre. Judith legte ihre Jugendbücher zur Seite und lernte die Begriffe *Selbstbetrug* und *Geworfenheit*, *Absurdität* und *Paradox*. Sie lernte, dass sie nicht sie selbst war und dass es sinnlos war, auf Godot zu warten, das hieß auf Gott.

Es war der Eintritt in eine neue Welt. Sie saßen den ganzen Nachmittag lang über Atlanten und überlegten, wohin sie gerne reisen würden, während Ellas pink gefärbte Ratte Sheila zwischen ihnen hin und her sauste.

Sie bedauerten, nicht früher gelebt zu haben. Sie wären Pionierinnen geworden, zu Fuß zum Südpol marschiert. Sie wären zu neuen Ufern aufgebrochen. Heute gab es nichts Neues mehr zu entdecken oder zu erforschen, ihre Vorfahren hatten ihnen keine Geheimnisse übrig gelassen. Natürlich, die Pioniere hatten ein schweres Leben gehabt. Aber sie hatten an die Zukunft geglaubt und deswegen auch eine gehabt.

No Future. Ella hatte das Poster über ihr Bett gehängt. Die Menschen hatten sich die Erde untertan gemacht. Aber sie hatten die Aufforderung falsch verstanden. Hatte der Mensch überhaupt irgendetwas verstanden? Wenn Judith und Ella die Welt bereisen wollten, wollten sie sich die Welt dann nicht auch untertan machen und waren damit genauso wie alle anderen? Wie konnte man sich selbst durchschauen und trotzdem weitermachen?

Irgendwann bemerkten sie, wie hungrig sie waren, aber der Kühlschrank war leer bis auf ein großes Stück Gouda. Im Schrank fanden sie eine Packung Knäckebrot. Sie aßen alles auf. Dann kam Ellas Mutter nach Hause. Ella nannte ihre Mutter Leni.

Leni brachte einen frischen Kuchen mit, kochte Kaffee, und Judith und Ella verputzten den ganzen Kuchen auf einmal. Von da an schien Leni jedes Mal erfreut, wenn Judith zu Besuch kam. Judith, die gute Schülerin, ein Mädchen aus gutem Hause.

Die Schule war ihr immer leichtgefallen, obwohl sie nur das Nötigste getan hatte. Aber das dafür jeden Tag. Ella konnte gut sein, wenn sie wollte. Judith beneidete sie, vor allem um Letzteres. Wenn sie wollte. Judith wusste, dass sie diese Freiheit nie haben würde. Sie selbst konnte gut sein, weil es ihr leicht fiel. Ella konnte gut sein, weil sie es auch vorziehen konnte, schlecht zu sein.

Dann kam der Nachmittag, an dem Ella Judith die Innenseite ihrer Arme zeigte. Jetzt wusste sie, warum Ella immer lange Ärmel trug. Lange, weiß glänzende rosa Narben zogen sich von Ellas linkem Oberarm bis zum Handgelenk.

Diese Narben waren keine Einkerbungen, sondern Wülste, die aus Ellas weißem Fleisch herauswuchsen.

»Wie hast du das gemacht?«, fragte Judith, nachdem sie geschluckt hatte.

»Mit Dosen«, sagte Ella.

Sie zeigte auf das Bücherregal, wo der Deckel einer Konservendose mit hässlichen, gebogenen, ausgefransten Rändern lag.

»Woher hast du die?«

Judith fiel keine andere Frage ein, mit der sie hätte zeigen können, dass sie nicht schockiert war. Sie war schockiert. Aber sie wusste gleichzeitig, dass das nichts helfen würde. Sie wunderte sich über ihre Abgebrühtheit und fragte sich, woher sie wusste, dass das notwendig war, wenn Ella ihr weiterhin vertrauen sollte.

Judith wollte alles wissen, auch über das Dunkle, denn darauf kam es an.

»Aufgehoben«, sagte Ella. »Dafür.«

Und dass sie immer wieder in dieselben Wunden geschnitten habe.

»Warum?«, fragte Judith, wie beiläufig, ohne mit der Wimper zu zucken.

»Um mich zu spüren«, antwortete Ella, als ob es das Klarste der Welt wäre.

Judith konnte nächtelang an nichts anders denken.

Die Wülste waren Wälle. Schutzwälle nicht gegen das Leben, sondern gegen die Leblosigkeit. Dabei war Ella näher am Leben dran als alle anderen. Sie spielte kein Theater wie die anderen.

Sogar Anders spielte. Drei Wochen, nachdem Judith ihm von den Wülsten erzählt hatte, wollte er es auch getan haben. Aber an seinem Arm konnte sie nicht einmal Kratzer erkennen.

»Ich hab voll die Paranoia gehabt«, sagte Anders stolz.

Er wollte mit seinem Blut herumgeschmiert haben. Vielleicht war der Film schuld. »Einer flog über das Kuckucksnest«. Schizophren wurde zum Zauberwort für die, die den Film gesehen hatten. Sie wollten so sein wie der Schauspieler mit dem überlegenen, bösen Grinsen, der es den Wärtern in der psychiatrischen Anstalt so richtig zeigte.

Verrückt wollten sie sein. Dabei wussten sie nicht einmal, was das bedeutete. Natürlich wusste Judith ebenfalls nicht, was das bedeutete. Aber sie wusste auch, warum sie es nicht wissen wollte. Wer vorgab, leiden zu wollen, litt entweder an Langeweile oder hatte keine Ahnung.

Ella redete nicht darüber. Aber ihre Narben sprachen eine deutliche Sprache. Judith musste sich nicht schneiden, um zu spüren, was Schmerz war. Sie spürte ihn in jeder Faser, wenn sie nachts im Bett lag und über alles nachdachte.

Mama und Papa hatten keine Ahnung. Sie glaubten immer noch, den Schein vom Aufstieg aufrechterhalten zu können, ihr größtes Interesse bestand darin, diesen Aufstieg zu sichern, indem sie Judith vor schlechtem Einfluss bewahrten. Zum Beispiel vor Anders und seinen Freunden, die alle kifften, wie Mama und Papa aus der Teestube gehört hatten und seitdem nicht müde wurden zu wiederholen.

Ihre Eltern wussten nicht, wie sehr sie Judith gerade mit ihrer Ablehnung an Anders binden würden. Judith war entschlossen zu kämpfen. Als Tochter ihres Vaters würde sie umso weniger aufgeben, je stärker der Widerstand war.

Es war komisch, dass Papa das nicht verstand. Papa, der so stolz darauf war, sich gegen alle Widerstände durchgekämpft zu haben. Sein Lieblingsspruch war: »Der Teufel schläft nicht.« Das bedeutete, dass man immer selbst auf sich aufpassen musste. Dass man von anderen nichts geschenkt bekam.

Judith hatte sich immer eine Schwester gewünscht. Dann wären sie wenigstens zu zweit. Jetzt hatte sie Ella. Und natürlich Anders. Anders war Bruder und Schwester, er war Mann und Mutter, er bedeutete ihr alles.

Seit Mama und Papa – angeblich von den Teestubendamen – das mit dem Kiffen und der Scheidung erfahren hatten, durfte Judith nicht mehr zu Anders nach Hause gehen. Alles Heulen und Weinen nutzte nichts. Die Argumente nutzten nichts. Anders sei ein lieber Junge, das gaben sie gerne zu, aber die Angst war größer.

Für Mama war klar: Anders' Mutter passte nicht auf. Die war ja arbeiten. Und geschieden. Und schwups war Judith schwanger. Außerdem durfte Judith nicht mehr in die Alte Mühle, denn Mama und Papa hatten gehört, dass dort Drogen verkauft wurden.

Vor der Teestube und in der Schule wurden auch Drogen verkauft. Aber das wussten Mama und Papa nicht.

Offenbar wussten sie auch nicht, dass ihre Tochter sowieso keine Drogen nehmen würde und sie sie umsonst unter der Haftverschärfung in ihrem Gefängnis namens Idylle leiden ließen. Einer Idylle, die unaufhaltsam verfaulte und jederzeit explodieren konnte.

Judith hielt sich an die Verbote, obwohl sie ihren Sinn nicht einsah. Zweimal die Woche durfte Anders zu ihr kommen. Jede halbe Stunde stürzte ihre Mutter ins Zimmer unter irgendeinem Vorwand: Ob Judith noch Wäsche habe, wo die Katze sei oder was sie zum Abendessen wolle.

Keine Frage war zu dumm, durchschaubar waren sie alle. Sie

sahen sich in der Teestube, und als es warm wurde, durften sie sogar zusammen zum Baggersee gehen.

Judith hatte sich getraut zu fragen und konnte kaum glauben, dass sie wirklich durfte. Vielleicht war sie deswegen übermütig, nein unvorsichtig geworden. Nein, sie war nicht unvorsichtig geworden.

Aber als sie, zurück vom See, vor Anders' Haus standen, war es ihr lächerlich vorgekommen, dort stehen zu bleiben, während Anders und Nosso hinaufgingen, um schnell einen Kaffee zu trinken. Sie waren ja zu dritt. Es konnte nichts passieren. Sie würde sowieso nichts Verbotenes tun.

Als sie gerade ihre Tasse an den Mund setzen wollte, klingelte das Telefon. Anders hob ab, aber das Gegenüber legte auf.

»Kann es sein, dass das deine Eltern waren?«, fragte Nosso.

Judith lachte.

»Woher sollen die das jetzt wissen? Außerdem vertrauen mir meine Eltern.«

Als sie fünf, nein zehn, vielleicht fünfzehn Minuten später zusammen vor die Haustür traten, über irgendeinen Witz von Nosso lachend, standen dort ein Mann und eine Frau, er im Trenchcoat, obwohl es Sommer war. Sie hinter ihm, mit glasigem Blick.

Es waren ihre Eltern, Judiths Vater nahm sie wortlos am Arm und führte sie ab, ohne Anders und Nosso eines Blickes zu würdigen. Wie eine Verbrecherin.

Zu Hause stand sie ihren Eltern im Wohnzimmer Rede und Antwort. Sie konnte ihr Verhalten nicht erklären. Sie entschuldigte sich. Sie verstand, dass ihre Eltern sich verraten fühlten. Dabei fühlte Judith sich verraten.

Es stimmte, sie hatte ihre Eltern für zehn Minuten hintergangen. Sie war zu Anders hinaufgegangen, obwohl ihre Eltern es ihr verboten hatten. Sie hatte sich nicht an die Regeln gehalten. Aber aus anderen Gründen, als ihre Eltern dachten.

Judith hatte geglaubt, es sei lächerlich zu denken, dass sie keinen Kaffee trinken konnte, wenn sie zu dritt seien. Sie hatte gewusst, dass sie nur Kaffee trinken würden und sonst nichts. Sie hatte geglaubt, sie sei erwachsen.

Aber davon hatten ihre Eltern natürlich keine Ahnung. Sie dachten, dass Judith ihr Vertrauen gebrochen hatte, dabei hatten sie ihr nie vertraut. Wie oft mussten sie schon versucht haben, Judith per Telefon abzupassen, dass es dieses eine, verflixte, zufällige Mal geklappt hatte? Aber diese Frage fiel Judith nicht ein. Ihr fiel gar nichts mehr ein.

Sie vergaß dieses Gespräch, das eigentlich ein Verhör war, eine Anklage, ohne die Chance, sich zu verteidigen, in der Minute, in der sie in ihr Zimmer geschoben wurde.

Stubenarrest. Telefonsperre. Ihr Gehirn war gelähmt, ihr Körper kalt. Nicht einmal Musik half mehr. Sie tat nur weh. Wish you were here. Sie war allein auf der Welt und hatte nicht einmal mehr Eltern.

Seitdem wusste sie, dass ihre Eltern sie nicht kannten. Sie dachten, dass sie sie schützen würden, wenn sie alles verbaten, was ihnen die Zeitungen und die Leute aus der Teestube als gefährlich einredeten. Sie wussten nicht, dass Judiths größter Feind in ihr selbst saß und sie sowieso daran hinderte, etwas Unvernünftiges zu tun.

Dass er sie fest im Griff hatte mit seiner Angst vor dem Verlust der Kontrolle und seiner Sturheit, die Welt verstehen zu wollen. Mit seiner Verzweiflung, die Welt nicht retten zu können.

Drei Wochen später fuhr Judith mit ihren Eltern nach Jugoslawien, sie hatte es sich ausgesucht, weil sie noch nie in diesem Land gewesen war. Sie lag am Strand, bis ihre Haut so dunkel war, dass der Bikini zu leuchten anfing, und studierte den »Papalagi«.

Sie lachte, wenn ihre Mutter rief, sie solle aus der Sonne kommen. Sie schmierte sich mit Nussöl ein, um noch schwärzer zu werden. Sie genoss es, wenn der kleine Junge vom Nachbarhandtuch zu seiner Mutter sagte, dass sie hübsch sei, und wenn die einheimischen Burschen versuchten, sie im Wasser anzusprechen und unter Wasser ihre Brüste zu berühren.

Sie las das Buch über den Wasserstoff, der am Anfang der Welt gewesen war. Seitdem wusste sie, dass auch ihr Körper nur zum Schein zusammenhielt. Zwischen dem winzigen Atomkern und seiner Hülle klaffte eine riesige Leere. Die Materie bestand zu einem Großteil, nämlich neunundneunzig Prozent, aus nichts, und die Welt hielt nur durch einen physikalischen Trick zusammen, denn das Weltall flog immer weiter auseinander.

Judith war nur eine Illusion, ein Pünktchen im eiskalten All, in dem es keinen Gott geben konnte und keine Gewissheit.

Judith begann in ihrem Tagebuch »die Alten« statt »meine Eltern« zu schreiben. »Sauer« auf »die Alten« zu sein wurde zum Normalzustand.

Es sollte lange dauern, bis Judith zugeben würde, dass ihre Eltern nicht alles falsch gemacht hatten. Bis Judith sehen würde, was sie von ihnen übernommen hatte, ohne es zu wollen, und dass sie manche ihrer Ratschläge vielleicht früher hätte berücksichtigen sollen.

Bis sie verstehen sollte, dass die Liebe zu Kindern sich in Angst äußert, einer Angst, die mit der Liebe wächst und größer werden kann als die Angst vor dem eigenen Tod. Bis sie sehen sollte, wie weit der Weg ihrer Eltern von den Entbehrungen der Kriegs- und Nachkriegsjahre bis zur gut situierten Kleinfamilie gewesen war und dass es bessere oder zumindest differenziertere Kriterien gab als »spießig« und »nicht spießig«, um die Haltung eines Menschen und das Gelingen eines Lebens zu beschreiben.

Die Schule begann bereits am zweiten August. Der Sommer war noch lange nicht vorbei. Der heiße Herbst sollte erst ein Jahr später beginnen, der Herbst, in dem die Welt einem Atomkrieg so nahe kommen sollte wie schon lange nicht mehr.

14.8.
Eben habe ich mich wieder mit Mama gestritten, warum ich nicht mehr in die Alte Mühle darf. Der einzige Grund war, dass ich noch zu jung bin, um in ein »solches« Lokal zu gehen. Aber richtig begründen kann sie es auch nicht.

Sie denkt, ich würde gleich von einem Zwanzigjährigen im Auto mitgenommen und vergewaltigt werden, der mir vorher Drogen ins Glas geschüttet hätte.

Ich würde dann sagen: »Hmm, was war das? Gib mir mehr davon!«

Als ich sagte, das sei bescheuert und sie hätte keine Ahnung vom Leben, sagte sie, ich sei zu jung, um schon ein Stammlokal zu haben, und basta. Birte würde sogar nebenbei arbeiten, damit sie es sich leisten könne, ins Le Crocodile zu gehen.

Ich war so wütend, dass ich in mein Zimmer gegangen bin und geheult habe. Ich bin SAUER. Sie sind spießig und überängstlich!!!!!

16.8.
Im Schwimmen bin ich die Einzige, die einen Bikini anhat. Lutz guckt mich immer so an.

1.9.
Gestern war ich bei einem Vortrag im Bürgerhaus. Die Beweisführung war leider sehr stichhaltig und besagte, dass die Menschheit sich selbst in etwa zwei bis drei Jahrzehnten, entweder durch Atomwaffen, durch Umweltverschmutzung oder durch Überbevölkerung, ausgerottet haben wird.

Wie kann man beruhigt leben und wie kann man sterben, wenn man nicht weiß, dass das Leben weitergeht? Und warum tut niemand etwas dagegen? Dies ist es, was mich bedrückt: die Angst, ZU WENIG ZEIT ZU HABEN ZU LEBEN.

28.9.
Heute Mittag hat mich Mama gefragt, ob ich gerne auswandern würde. Wegen der Atombomben und so. Solche Fragen bringen mich immer ganz aus dem Konzept. Dann muss ich dauernd daran denken. Aber ich kann mir vorstellen, dass wir es höchstwahrscheinlich doch nicht machen.

Einerseits würde es mich doch reizen. Ich weiß nicht, ob ich es will. Ja, und auch nein. Wenn wir es wollten, würde ich mich jedenfalls nicht dagegen sträuben. Wir werden ja sehen.

Heute Nacht habe ich geträumt, dass ich mich mit Birte wieder versöhnt habe. Als ich es im Schulhof Ella erzählte, war sie empört.

»Was? Dass du dich mit *ihr* versöhnst??? *Sie* hat dich doch verraten!«

Da fiel es mir erst ein, dass ich ja nicht schuld war. Dass ich nichts wiedergutzumachen hatte.

29.9.
Papa ist von Australien nicht begeistert. Habe ich mir gleich gedacht.

30.9.
Hört zu: Wir haben auf der Erde so viel Sprengstoff beziehungsweise Bomben, dass wir sie siebzehnmal in die Luft sprengen könnten! Sie nennen es Overkill. Ist das nicht vollkommen idiotisch!?

Aber diese Verrückten rüsten eifrig weiter, anstatt sich irgendwie zu einigen. An meinem Geburtstag war Wahl in Hessen. Ich glaube, keiner hat die absolute Mehrheit. Die Liberalen sind überall draußen. Dafür sind die Grünen jetzt mit acht Prozent drinnen.

Die Grünen sind, glaube ich, ganz gut. Sind gegen Atom, Umweltverschmutzung und so. Sie wollen aber nicht regieren und Verantwortung übernehmen. Bescheuert.

1.10.
Wir haben einen neuen Bundeskanzler! Helmut Kohl (CDU). Nachdem die Regierungskoalition SPD–FDP zusammengebrochen war, war heute das konstruktive Misstrauensvotum. Keine Ahnung, warum es konstruktiv heißt.

Kohl wurde mit 256 von 495 Stimmen zum neuen Bundeskanzler gewählt. Er ist nach Schmidt und Brandt der sechste Bundeskanzler seit dem Krieg. Um siebzehn Uhr hat er den Eid geleistet.

30.10. (Zurück vom Schüleraustausch in England)
Eben habe ich mit der Alten gestritten. Erst hat sie gemotzt, dass ich nichts erzähle. Dann habe ich erzählt, und sie hat mich *andauernd* unterbrochen und irgend so einen Scheiß geredet. Da bin ich irgendwann geplatzt.

PS: Ich darf Klavier spielen.

PPS: Ich habe beschlossen, Tee jetzt immer ohne Zucker zu trinken.

20.11.
Ich habe vergessen zu schreiben, dass Leonid Breschnew (»dieser Kommunist«, wie Mama ihn nennt) am 10. November oder so gestorben ist. Aber ich glaube, das ändert auch nicht viel.

Abends im Bett.

Eben haben wir die letzte Folge von »Holocaust« gesehen. Es war schrecklich, schrecklich, schrecklich. Während die Juden Klavier spielten, nahmen die Nazis Deutschland in Besitz. Das Nazi-Milchgesicht riss sich den Flügel unter den Nagel, um mit seiner Familie heile Weihnachten zu feiern. Er glaubte, eine bessere Welt zu schaffen.

Ich habe immer geglaubt, dass die Bösen böse sind, dabei sind sie nur schleimig und hinterhältig. Sie tun sich leid. Sie sind feige. Ich musste so heulen, als die süße kleine Frau von Rudi erschossen wurde. Als die alle vergast worden sind und das alles.

Rudi hat als Einziger überlebt, und der Nazi mit dem Kindergesicht, der immer von seiner Frau angestachelt wurde, hat sich umgebracht, als er in die Hände der Amerikaner gekommen ist. Vorher hat er noch gesagt, dass er an seiner Seele keinen Schaden genommen hätte.

Jetzt ist noch bis Mitternacht so eine Diskussion, aber ich habe schon so viele Bücher gelesen, dass ich es nicht mehr aushalten kann. »Das Tagebuch der Anne Frank«. »Als Hitler das rosa Kaninchen stahl«. »Ich bin David«. »Ein Stück Himmel«. »Das kurze Leben der Sophie Scholl«. Und so weiter.

30.12.
Im Tagebuch schreibt man nur Banalitäten. Man kann nicht annähernd ausdrücken, was man empfindet. Ich finde das sehr schade. Ich würde gerne alles genau festhalten. Immer noch genauer. Jeden Augenblick, die Sekunde, bevor ich die Tür-

klinke zum Wohnzimmer herunterdrücke, um vom kühlen Flur, in dem der griechische Flötenbläser hängt, ins wärmere Wohnzimmer zu treten, in dem Oma Finni gerade einen Pullover strickt.

Ich würde gerne zwischen die Sekunden und zwischen die Atome kriechen. Aber das ist natürlich Quatsch.

Jeder Papalagi muss einen Beruf ergreifen. »Es ist etwas, wozu man viel Lust haben sollte, aber zumeist wenig Lust hat.« Im Beruf muss man immer dasselbe tun. Er ist ein Halbtun.

Wie soll man mit so etwas leben?

31.12.
Warum führe ich Tagebuch? Ich möchte nicht mit fünfzig (falls ich so alt werde) nur noch eine verblasste, schemenhafte Erinnerung an diese Zeit haben. Zwar bin ich mir dessen bewusst, dass das, was ich festhalte, unzureichend ist, dass man sich in einem Tagebuch sehr gut selbst betrügen kann, indem man unangenehme oder sogar peinliche Dinge gar nicht erst aufzeichnet. Aber … Aber was?

Der Papalagi hat die Krankheit, alles mit Gedanken durchstoßen und durchwühlen zu müssen, die Dinge und auch sich selbst.

Ich bin auch einer von ihnen. Ich werfe meine Gedanken auf Papier, weil ich nicht vergessen möchte. Ich liebe meine Gedankenmatten und die, die von anderen geschrieben wurden. Ich verschlinge sie wie süße Bananen und will meine Hütte damit füllen.

Ich will jeden Tag ein Quantum Gedankenmatten zernagen. Ich will meinen Geist bilden, um ein großer Kopf zu werden. Aber jetzt genug vom Papalagi. Ich schwöre, nie wieder von ihm zu schreiben!

PS: Morgen beginnt eins vor Orwell. Oh je!

Vielleicht hatte Judith davon gehört, dass es den Südseehäuptling Tuiavii gar nicht gegeben hatte. Dass zumindest nicht der Häuptling nach Europa gereist war, um seinen Landsleuten später davon zu berichten, sondern sein Erfinder, ein gewisser Erich Scheurmann, in Samoa gelebt hatte, 1914, als in Europa der Erste Weltkrieg begann.

Scheurmann hatte aus der Ferne einen Blick zurück auf Europa geworfen. Für die Dinge, die er so poetisch umschrieb, gab es auf Samoa schon längst Wörter. Aber die klangen nicht so unverdorben und kindlich. Deswegen hatte er kurzerhand neue erfunden.

Wenn Judith ihren Blick zurückwerfen sollte, in der Zeit, in der sich herausgestellt hatte, dass die Wälder nicht nur nicht gestorben waren, sondern gewachsen, es auf der Erde aber trotzdem wärmer wurde, als die Apokalypse nicht stattgefunden hatte, aber trotzdem bevorstand, in neuem Gewand, und Judith kein Herzblut mehr übrig hatte, das sie dafür verschütten konnte, sollte sie nicht mehr wissen, ob sie die Person mochte, die da schrieb.

Sie würde bedauern, ihr nicht geholfen haben zu können. Sie würde sich zurückwenden und sie nicht mehr erreichen. Sie würde sie lieben, wie eine ferne Freundin, die verloren war.

Sie war wütend gewesen, diese Judith, verzweifelt. Sie würde sich gut daran erinnern, und trotzdem würde sie es schon fast vergessen haben. Man konnte nicht ständig daran denken. Aber gerade das war zum Verzweifeln.

Helmut Kohl sollte der Kanzler ihrer Jugend werden, über den sie zusammen lachen würden, den sie verachten würden, mit Anders und Ella, Nosso und Heidi, Jo und der scheppen Babsi, Hamster und Hermann. Die Birne! Der Aussitzer! Das Arschloch!

Kohl würde zusammen mit der vermaledeiten Industrie nicht nur den Wald retten, mit Filtern und Katalysatoren, sondern zusammen mit dem vermaledeiten Ronald Reagan und dem Mann, der nicht zu spät kam und den Zug der Geschichte ins Rollen brachte, mit dem Nachnachnachfolger von Leonid Breschnew, auch den Eisernen Vorhang zu Fall bringen.

Die Sozialkundelehrerin sollte recht bekommen. Dabei war sie von gestern. Judith sollte eine Zukunft bekommen, zumindest die Hoffnung darauf.

Doch einstweilen sah Judith nur die Birne. Und die Frisur seiner Frau.

Jetzt wusste sie wenigstens, wie sie nicht werden wollte. Wie ihre Mutter. Und noch weniger wie Hannelore Kohl. Maggie und Nancy hatten eine kleine Schwester bekommen.

Judith schauderte es, wenn sie diese Erzengel ihres Geschlechts bei der Begrüßung am Flughafen in den Nachrichten sah, am Fuß der Gangway, im Licht der Scheinwerfer, mit behandschuhten Händen unverbindlich winkend.

Hannelore sollte sich das Leben nehmen, zwei Monate vor den Attentaten des 11. September 2001, die die langen, lustigen neunziger Jahre beenden sollten, die Jahre, in denen Judith ihre Jugend nachholte.

Erst dann sollte Judith erfahren, dass Hannelores Vater Direktor eines der großen Rüstungsbetriebe Deutschlands gewesen war. Dass Hannelore ein Nazikind gewesen war wie die meisten ihrer Generation. Dass die elfjährige Hannelore im letzten Kriegswinter den Verwundeten, die mit Zügen von der sowjetischen Front kamen, Verbände wechselte.

Mit den Zügen, die wochenlang bei Minusgraden unterwegs gewesen waren, waren auch Tote transportiert worden, die Hannelore mit den anderen Mädchen und Frauen herauszog. Bei den steif gefrorenen Säuglingen ging es ganz leicht.

Ein Jahr später kamen die russischen Soldaten. Hannelore wurde vergewaltigt und misshandelt und, wie sie später erzählen sollte, wie ein Zementsack aus dem Fenster geworfen. Aber es sollte nicht die daraus resultierende Wirbelverletzung sein, worunter sie am meisten litt.

Es sollte das Licht sein. Das Licht der Scheinwerfer. Ihr Licht, das erstickt worden war oder das sie unter den Scheffel gestellt hatte. Sie hatte das Gefühl, innerlich zu verbrennen.

Nach der Jahrtausendwende, an der die Computernetze entgegen der Prognosen nicht zusammengebrochen waren, an der die Lichter entgegen der Prognosen nicht ausgegangen waren, konnte sie ihr Haus nur noch im Dunkeln verlassen.

Sie verbarrikadierte sich und nahm am 5. Juli 2001, nur zwei Monate vor den Attentaten, die die Welt in einem anderen Licht erscheinen ließen, so viele Tabletten wie notwendig waren, um endlich aufzuhören zu denken.

3. KAPITEL
1984

Nosso hielt den Hasen am Nacken. Er baumelte und sah toter aus als tot. Er war tot. Judith hatte noch nie einen Leichnam gesehen. Nur Oma Kati, aber die hatte unter einer Glashaube gelegen, mit wachsweißem Gesicht und einem friedlichen Lächeln.

Von dem Hasen tropfte Blut herunter. Heidi fiepte wie ein Meerschweinchen, und die scheppe Babsi, die so genannt wurde, weil sie ihren Kopf immer schief hielt, schrie:

»Nein, der Arme, wie grausam!«

Nosso zuckte mit den Achseln. Er sah schuldbewusst aus. Die Sonne strahlte vom Himmel. Der Junitag war warm, deswegen hatten sie spontan eine kleine Radtour zum Schrebergarten irgendeiner Tante beschlossen. Der Garten lag an der Bundesstraße, aber mitten im Waldgebiet. Hamster hatte den Schlüssel.

Judith hatte ihr brombeerfarbenes Fahrrad verflucht, das so langsam den Berg hinaufkroch, während die anderen mit ihren Rennrädern oder einer Kondition, mit der sie nicht mithalten konnte, ihr davonfuhren. Je mehr sie sich ärgerte, desto langsamer wurde sie.

Ein Genuss war so eine Tour nicht. Aber sie wollten feiern. Und das taten sie auch, als sie endlich angekommen waren, die Fahrräder ins Gras geworfen, die Decken ausgebreitet und ihre Sachen ausgepackt hatten. Es war erst Mittag, sie hatten alle Zeit der Welt.

Die Tante würde bestimmt nicht kommen, versicherte Hamster, sie war im Altersheim und benutzte den Garten nicht mehr. Das sah man auch.

Er war so verwildert, wie ein Garten nur sein musste. Hier schnitt niemand die Grasränder mit der Schere nach, wie ihr Vater es von Judith beinahe jedes Wochenende in der warmen Jahreszeit verlangte. Judith hasste es und hatte sich vorgenommen, wenn, dann nur einen verwilderten Garten zu besitzen, wenn sie erwachsen war.

Nosso und Happy waren mit dem Motorrad nachgekommen, mit dem sie die Kiste Bier brachten.

»Der Hase kommt aufs Feuer«, beschied Nosso, und alle schluckten.

Sie waren Vegetarier, hatten Kartoffeln und Schafskäse mitgebracht, Oliven und Dinkellaibchen. Sie wollten feiern. Aber mit gutem Gewissen. Die scheppe Babsi verkaufte im Naturkostladen und bekam Prozente.

Hamster hatte die ganze Clique eingeladen. Judith und Anders, Ella, Jo, die scheppe Babsi, Hermann und natürlich Heidi und Nosso, die zusammen in einer WG mit Heidis Bruder Hermann lebten, sowie Happy, den Straßenmusiker und Terroristen inkognito, der sich bei Heidi und Nosso eingenistet hatte und mit aller Freundlichkeit nicht mehr aus ihrer Wohnung zu bringen war.

Nosso knirschte mit den Zähnen. Er versuchte es ab und zu. Aber Happy verstand die Andeutungen, dass sie kein Geld hätten, ihn ewig durchzufüttern, nicht oder wollte sie nicht verstehen. Und Gewalt wollte Nosso nicht anwenden. Also blieb Happy bei ihnen wohnen.

Immerhin konnte er Gitarre spielen. Wenn er bei ihren Festen mit seiner metallenen, gepressten Stimme melancholische Lieder sang oder Protestsongs, bei denen er beinahe heiser wurde, so sehr steigerte er sich in den Hass und in die Ablehnung hinein, hatte Judith immer das Gefühl, ein Privileg zu genießen. Ganz nah dran zu sein am Leben, ohne ihre sichere Position, ihren Beobachterposten aufgeben zu müssen. Sie kam sich verrucht vor und wusste, dass sie feige war.

Heidi und Nosso waren der Mittelpunkt der Clique. In ihrer Küche trafen sie sich und buken Brot, redeten über die neuesten Bücher und die neuesten Schandtaten von Helmut Kohl und seinen Bossen, von »denen da oben«.

Sie wussten, mit Reden würden sie »denen da oben« nicht beikommen. Sondern nur mit Taten. Zum Beispiel dem Verzicht auf Fleisch. Dem Verzicht auf Heizung. Man konnte ja auch in Schal und Pullover lesen. Mit dem Verzicht auf ein Auto. Man musste bei sich selbst anfangen. Sie lasen keine Theorien, sie wollten leben. Bewusst und im Einklang mit der Natur. Sie dachten ans Aussteigen. Aber wohin?

Sie hatten noch Zeit, aber nicht mehr viel. Die wollten sie nutzen, um sich auszuprobieren. Sie wollten keine Rollen probieren, denn Rollen waren nicht echt. Sie glaubten, dass sie einmal zum Kern durchstoßen würden, jeder zu sich selbst, seinem unverwechselbaren, unvergleichbaren Selbst.

Sie träumten von Autonomie, dem uralten Traum des Menschen, dieses abhängigen Wesens. Dabei taten sie nichts anderes, als sich gegenseitig zu spiegeln, sich in ihrem gegenseitigen Begehren zu sonnen.

Im Fasching hatte Judith alle zu einem Kostümfest eingeladen mit sieben Lauchtorten und zwei Blechen Zwiebelkuchen. Sie hatte ihre Eltern überredet, über Nacht ins Hotel zu gehen, und sich von einer Freundin ihrer Mutter hochhackige Schuhe ausgeborgt und ein enges Kleid mit Stola und war als Nutte gegangen.

Sie hatte die Blicke von Nosso und Hamster, Jo und Hermann genossen und sich in ihrer Macht gesonnt, die sie nicht gedachte auszunutzen, aber die sie einmal hatte spüren wollen. Anders war beleidigt gewesen, und Hermann hatte, wie immer, keinen Kommentar abgegeben.

Sie war an Anders nicht herangekommen. Er hatte, nach einigem Bohren, tatsächlich behauptet, sie würde sich verkaufen. Anders verstand nichts, er wusste nicht, dass für das Gefühl der Macht die Verweigerung wichtiger war als der Genuss. Wenn Bauarbeiter nach Judith pfiffen, lachte sie und genoss es, sie abblitzen zu lassen. Sie hütete ihren Schatz. Das erste Mal sollte doch das Schönste sein.

Wollte sie deswegen nicht mit Anders schlafen? Oder lag es daran, dass er so schlecht drauf war in letzter Zeit? Anders war lieb, aber er hatte keine Disziplin. Disziplin war Macht. Macht war, nicht zu essen, was die Industrie produzierte. Zum Beispiel Fleisch.

Manchmal, wenn sie das Gefühl hatte, einen Bauch zu bekommen, legte Judith einen Obsttag ein, wo es verboten war, etwas anderes als Obst zu essen, und auch davon gab es nur anderthalb Kilo. Wenn sie am Ende des Tages mit knurrendem Magen ins Bett ging, fühlte sie sich wie eine Königin, Alleinherrscherin zumindest in ihrem eigenen Reich, bestehend aus ihrem Geist und ihrem Körper.

Anders verstand in letzter Zeit keinen Spaß mehr, er war verschlossen, ohne Antrieb, und Judith spürte, dass er ihr entglitt. Er las keine Bücher und hatte die Schule verlassen müssen oder vielmehr wollen. Jetzt machte er eine Lehre als Schreiner. Es machte ihm Spaß, mit seinen Händen tätig zu sein. Er war geschickt und kreativ. Aber nur, wenn ihm jemand sagte, was er zu tun hatte. Oder wenn er gerade gut drauf war.

Auf Bücher kam es ja auch nicht an. Es kam auf die Liebe an. Judith konnte sich immer noch nicht vorstellen, einmal jemand anderen zu lieben als Anders, »höchstens vielleicht«, hatte sie neulich in ihr Tagebuch geschrieben, »in zehn Jahren«.

Sie hatte den Satz wieder durchgestrichen, weil er so lächerlich klang. Sie hätte gerne gewusst, warum sie nicht mit Anders schlafen wollte. Als er unlängst mit Fieber im Bett gelegen war, nackt bis auf die Unterhose und glühend heiß, hatte sie sich neben ihn gelegt und sich wie die Braut eines Sterbenden gefühlt.

Judith wollte sich von Äußerlichkeiten nicht beeinflussen lassen, darin waren sie sich alle einig in der Clique. Sie sagten es wieder und wieder, um es wahrer zu machen: Geld, Titel, Karriere – das führte zu nichts, war hohl und leer. Und das, wozu es führte, wurde langsam sichtbar.

Der Wald starb. Zumindest bildeten sie es sich ein, wenn sie die Bäume betrachteten und ein welkes Blatt oder einen schütteren Wuchs entdeckten. Und täglich wurden mehr Waffen produziert.

Die scheppe Babsi, die nicht nur wegen ihres schiefen Kopfes, sondern auch wegen ihrer verdrehten Ideen so genannt wurde, hatte unlängst ein kleines Tischchen von der Größe einer Hand und mit einem an ein Bein gebundenen Bleistift mitgebracht und darauf bestanden, dass sie ihre Zukunft anschauen sollten.

»Die Zukunft ist unbekannt«, hatte Judith protestiert, aber die scheppe Babsi hatte nichts hören wollen von einem sich entwickelnden Weltall.

»Du musst nicht daran glauben, um mitzumachen«, hatte sie gesagt.

Judith hatte mit den anderen ihre Fingerspitzen auf das Tischchen gelegt. Am Rand des großen Tisches, auf den sie den kleinen gestellt hatten, wurden Buchstaben aufgelegt. Die scheppe Babsi rief ihre Oma, die tot war, denn die Zukunft erfuhr man, wie Judith erstaunt feststellte, von denen, die bereits tot waren und also keine Zukunft mehr hatten.

Sie stellten abwechselnd Fragen.

»Werden wir noch einen Krieg miterleben?«

Das Tischchen fuhr so energisch von Buchstabe zu Buchstabe, dass es Judith scheinen wollte, als hätte es einen eigenen Willen. Das war natürlich Unsinn.

»Nein!«, antwortete es auf die erste Frage.

»Gibt es ein Leben nach dem Tod?«

Darauf antwortete das Tischchen natürlich mit Ja, sonst hätte es sich wohl selbst widerlegen müssen. Judith fiel in eine Art Rausch, sie merkte nicht, dass da etwas nicht stimmen konnte, sie ließ sich mitreißen von der konzentrierten Euphorie, die über sie alle kam und die sie mit einer Stimme sprechen ließ. Ohne Zögern, ohne Uneindeutigkeiten.

»Werden wir erleben, dass kein Baum mehr steht?«

Judith stockte der Atem. Das Tischchen zögerte eine halbe Sekunde, so als ob es nicht wüsste, ob es den Fragenden die Wahrheit zumuten könne. Dann sauste es entschlossen los und schrieb ein kräftiges »Ja!«.

»Bist du sicher?«, fragte die scheppe Babsi vorsichtshalber nach.

Und das Tischchen fuhr wieder zuerst zu dem J und dann zu dem A. Da hatten sie die Sitzung abgebrochen.

Die anderen hatten sich erst einmal einen Joint gedreht und Judith hatte dagehockt und sich deplatziert gefühlt. In ihrer Clique, außer der sie doch nichts hatte auf der Welt, die nicht einmal ihr eigenes kleines Menschenleben noch dem Untergang standzuhalten versprach. Und in sich selbst.

Sie weinte mit dem abgewandten Auge, weil sie nicht wollte,

dass jemand es sah. Sie hatte das gelernt bei ihren Streitigkeiten mit Papa im Auto darüber, was sie durfte und was nicht, was das Jugendgesetz vorsah und warum es nur versuchte, die Jugendlichen zu schützen, über ihre Freunde, die für Papa nichts als schlechter Einfluss waren. Papa hatte keine Ahnung vom Leben. Er hatte nur Ahnung von Recht und Ordnung.

Judith bot den anderen, die ohnehin nicht hinsahen, ihr offizielles Gesicht, und auf der dunklen Seite, da flossen ihr die Tränen hinab, rollten den Hals hinunter in ihren Ausschnitt und verebbten in ihrem T-Shirt.

Aber sie genoss es nicht. Sie fühlte sich allein. Dann war jemand aufgestanden und hatte gesagt: »Lasst uns rausgehen.«

Und sie waren auf den kleinen Hügel gestiegen mit dem alten Turm, hatten in die Ebene hinabgeblickt, auf die weißen Schlote und die beiden Kühltürme in der Ferne, auf den silbernen Rauch, der aus ihnen aufstieg, und sich geschworen, immer füreinander da zu sein. Wenn schon die Gesellschaft kalt war wie Stahl, wollten sie einander lieben und natürlich die Natur.

Da war er nun, der Hase. Er war tot, weil er sich zur falschen Zeit an der falschen Stelle befunden hatte. Nosso war mit seinem Motorrad über seinen knuddeligen, flaumweichen Schwanz gerauscht und argumentierte nun, dass sie es dem Hasen schuldig seien, nicht umsonst gestorben zu sein.

Judith betrachtete ihn. Auch das war sie ihm schuldig. Der weiße Bauch des Tiers war flauschig wie ein Wattebausch, und seine braunen Augen schauten sie liebevoll an. Sein Hinterlauf war zerquetscht und baumelte herab, das Fell mit Blut verschmiert, das Fleisch klaffte rot und fordernd. So ähnlich sah es wohl auch aus, wenn ein Fuchs oder ein Greifvogel ihn zerfetzte. Aber damit hatte Judith nichts zu tun.

Mit den Straßen hatte sie sehr wohl etwas zu tun. Auch wenn sie kein eigenes Auto hatte. Sie würde im Herbst den Führerschein machen, den Papa zahlte. Man wusste ja nie, wofür man ihn brauchen würde. Sie zählte schon die Tage, bis sie achtzehn war.

Sie genoss es, in der Fußgängerzone barfuß zu gehen und von Mama dabei erwischt zu werden. Wobei erwischt natürlich das falsche Wort war. Als Mama sie zum ersten Mal mit ihren Freunden am großen Brunnen auf dem Boden im Kreis hatte sitzen sehen, hatte es abends, von Papa, eine Standpauke gegeben.

Aber auf dem Boden zu sitzen war ja nicht verboten, barfuß zu gehen auch nicht. Mama konnte nichts machen, außer rote Flecken zu bekommen vor Aufregung über etwas, das eine Lappalie war im Vergleich zu den Problemen auf der Welt.

Judith bereitete sich auf den Absprung vor. Wenn Mama ihr etwas verbieten wollte, rief sie, am liebsten vom Gartentor aus, im Weggehen über die Schulter zurück: »Bald bin ich achtzehn, dann kann ich sowieso machen, was ich will! Dann trete ich auch Amnesty bei, und ihr könnt nichts dagegen tun!«

Und Mama rannte ihr panisch nach.

»Warte, was der Papa dazu sagt!«

Der verschanzte sich natürlich hinter dem Standpunkt, dass, solange sie die Beine unter seinen Tisch streckte, auch er das Sagen habe. Dabei war er verpflichtet, ihre Ausbildung zu zahlen.

Judith würde alle Kraft zusammennehmen müssen. Aber wenn sie nicht vor Papa einstehen konnte für ihre Rechte, für das, was sie für richtig hielt, wie sollte sie es dann da draußen schaffen, in dem, was Papa das »richtige Leben« nannte und das einem bekanntlich nicht immer wohlwollend gegenübertrat? Der Teufel schläft nicht. Das hieß: Man musste selbst sehen, wo man blieb. Judith fühlte sich bereit.

Natürlich war es verboten, Tiere zu essen, die überfahren worden waren. Aber die Jäger würden ihn wegwerfen, erklärte Nosso. Dann war er umsonst gestorben. Immerhin war der Hase nicht in einer der Fabriken gequält worden, über die Judith im Fernsehen Dokumentationen gesehen hatte, sondern über das Feld gehoppelt bis zu seinem verhängnisvollen Entschluss, die Straße zu überqueren, als Nosso und Happy mit der unglückseligen Maschine daherkamen, beschwert von einer Bierkiste.

Hamster wusste von seinem Stiefvater, wie man Hasen das Fell über die Ohren zog. Heidi und die scheppe Babsi drehten die Köpfe weg und fiepten. Heidi war erst sechzehn, aber die scheppe Babsi immerhin zwanzig.

Judith und Ella sahen zu. Als es auf die Teller kam, war das Fleisch des Hasen dunkelbraun. Da sie kein Salz dabei hatten, hatte Nosso wilden Knoblauch gepflückt. Judith hakte ihre Zähne in die Fasern. Sie ließ den herben Geruch in ihre Nase ziehen und fühlte sich verrucht. Es war kein schlechtes Gefühl. Wie Zucker und Dreck. Aber das Fleisch war zäh und hatte einen abstoßenden Geschmack.

»Man muss das Leben genießen«, stieß Hamster zwischen vollen Backen hervor.

Er sah beinahe glücklich aus. Sonst war er eher verschlossen, um nicht zu sagen vergrübelt. Judith fühlte sich ihm verwandt, vielleicht zu sehr, um sich in ihn zu verlieben. Er hatte eng zusammenstehende Augen und wunderschöne fleischige, geschwungene Lippen.

»Fleisch muss sein, beiß rein!«, sagte Hermann und zeigte Judith, wo der Zahnarzt neulich gebohrt hatte.

Er war schon dreiundzwanzig und konnte die absonderlichsten Dinge tun, ohne zu merken, wie absonderlich sie waren.

Zum Beispiel fernsehen und alle fünf Minuten mit den Füßen das Programm wechseln, um Filme parallel zu schauen. Jetzt zeigte er sein schon arg mitgenommenes Gebiss und deutete auf einen Backenzahn links hinten.

Judith schaute ihm höflich in den Mund, bis Nosso meinte, Hermann solle Judith in Ruhe lassen. Bierflaschen gingen herum und natürlich der obligate Joint, den außer Judith nur Hermann verschmähte. Immerhin war sie nicht allein.

Sie klagten den Staat an und die Gesellschaft.

»Die machen uns fertig«, war einer der Sätze, die sie am meisten liebten.

Besonders Anders, der von Repressionen redete, als ob er ein Verfolgter wäre.

»Wir leben doch in einem freien Land«, wollte Judith einwenden.

Aber das passte jetzt nicht. Klar lebten sie in einem freien Land. Und sie nahmen sich die Freiheit, es zu kritisieren.

Sie nahmen die Welt und die Politik auseinander, überzeugt, für alles eine Lösung zu haben. Verzicht. Liebe. Sie redeten sich die Welt schön oder vielmehr die in ihr handelnden Personen. Denn der Mensch war doch von Natur aus gut!

Als sie auf ihre Väter zu sprechen kamen, verloren sie den Mut. Happys Vater war Nazi gewesen und immer noch Nazi. Aber Happy war ja auch schon fünfunddreißig. Doppelt so alt wie Judith. Nossos Vater war ein prügelnder Prolet, wie Nosso ihn nannte.

Judiths Vater war Boss in der chemischen Industrie. Sie erntete erstaunte Blicke, als sie es preisgab. Aber niemand hätte von ihrem Vater auf Judith geschlossen. Schließlich gehörte Judith zu ihnen. Schließlich gab es bei ihnen keine Sippenhaftung.

Anders' Vater war abgehauen. Ellas Vater war von Leni rausgeschmissen worden. Heidis Vater war Kunstlehrer mit langem Bart, Judith beneidete sie darum.

Er war den Grünen beigetreten und organisierte die Aktion »Rettet die Igel« mit seinen Schülern, mit Informationsständen in der Fußgängerzone, bei denen Judith schon mitgeholfen hatte.

»Die Erwachsenen können doch, verdammt noch mal, nach ihrer Vernunft handeln und entscheiden, den Planeten nicht zu zerstören. Sie können abrüsten, zur Not einseitig«, fand Heidi.

Sie hatte gut reden, mit ihrem Künstlervater und seiner Schafzucht am Rande der Stadt.

»Und was machen wir dann, wenn die Russen kommen?«, fragte Judith.

Oma Finni fürchtete sich immer davor, dass die Russen »wieder« kommen würden. Dabei waren es ja die Deutschen gewesen, die »gekommen« waren. Und dass die Russen gekommen waren, war ja wohl notwendig gewesen.

»Wenn die Russen kommen? Dann leisten wir zivilen Widerstand«, war Heidi überzeugt, »oder wir richten uns eben im Kommunismus ein. So schlimm ist der ja nicht.«

Die scheppe Babsi, Hamster und Anders gaben ihr recht. Die Sowjetunion habe die Atomversuche einseitig gestoppt, sagte die scheppe Babsi, mit der Drohung, sie wieder aufzunehmen, falls die USA weitertesten würden.

»Und diese friedliebenden Herren aus Washington …«, schleuderte sie Judith entgegen.

»Die friedliebenden Herren aus Washington haben natürlich weitergetestet«, ergänzte Judith müde.

»Ja, die Russenangst«, warf Happy ein, »die war ja wohl der kleinste gemeinsame Nenner, auf den man die Exnazis und Immernochnazis dauerhaft einschwören konnte.«

»Das Sowjetregime als friedliebend zu bezeichnen wäre wohl auch naiv«, wollte Nosso einwenden. Aber er wurde von Happy unterbrochen.

»Wir sind auch nicht besser!«

Damit meinte er die Kapitalistenschweine und Konsumtrottel, sein Welterklärungsduo.

»Außer wir leisten endlich mal Widerstand«, bekräftigte Heidi, »und steigen endlich aus dem System aus.«

Sie drehten sich im Kreis in ihren Diskussionen. Sie kamen immer an derselben Stelle an, bei einer Lösung, die Judith so blauäugig erschien, dass es wehtat. Sie wollten doch nicht nach Moskau? Oder nach Sibirien? Natürlich nicht. Sie wollten zurück zur Natur.

Judith hatte nie etwas gesagt, schließlich waren die scheppe Babsi und Jo, Hamster, Nosso und Hermann älter als sie. Aber jetzt spürte sie einen Kloß im Hals sitzen oder vielmehr aufsteigen. Sie konnte das mit dem zivilen Widerstand nicht mehr mit anhören.

»Ziviler Widerstand? Mit denselben Menschen, die Mitläufer der Nazis waren? Glaubt ihr, mit Liebsein die Welt retten zu können? Glaubt ihr, dass die Russen sich nicht gegenseitig denunzieren?«, schrie Judith, die ein plötzliches Zittern überlief.

Sie hatte noch nie geschrien in der Clique. Denn man konnte, man sollte sich zivilisiert unterhalten. Wenn man schon keinen zivilen Widerstand leisten würde. Die scheppe Babsi und Heidi würden das nie tun, sie waren feige. Die konnten ja nicht mal zusehen, wie ein Hase gehäutet wurde. Wie wollten sie in der Wildnis überleben?

Judith wollte schreien: »Dann geht doch rüber! Schaut euch die Lager an! Eure Meinung könnt ihr da aber nicht mehr öffentlich sagen!«

Sie verschluckte den ganzen Satz, und der Kloß wuchs. War sie schon so wie ihr Vater? Die Kommunisten wollten doch immerhin das Gute? Das hatte sie vor Kurzem selbst behauptet. Sie wusste nicht, dass, auch wenn es wahr war, genau das der Haken war.

Damals wusste Judith noch nicht, dass das Gute zu sehr zu wollen in den Terror führt. Je schneller, desto mehr man davon überzeugt war, dass es irgendwo in Reinform vorhanden sein musste und also jemand daran schuld war, wenn es sich nicht entfalten konnte.

Der Glaube ans Gute schuf Sündenböcke. Aber das hätte Judith so nicht sagen können. Sie konnte gar nichts mehr sagen.

Als sie nach einer Schrecksekunde, die vielleicht auch eine Minute gewesen sein mochte, in der sie vor sich hin gestarrt hatte, unfähig, die Widersprüche zu begreifen, die sich soeben in ihrem Kopf niedergelassen hatten und ihn von innen auseinanderdrückten, in die Runde zurückblickte, hatte sich das Bild verschoben.

Heidi lag nicht mehr in Nossos Schoß, sondern schmuste gerade mit Hamster. Happy, der bis jetzt noch keinen Ton von sich gegeben hatte, schlief, und der Rest des Biers aus der Flasche, die noch in seiner Hand hing, lief ihm über die Hose.

Das Bier war Judith auch schon ein wenig zu Kopf gestiegen, deswegen hatte sie nicht mitbekommen, wie Anders und Ella sich angenähert hatten.

Sie saßen doch nebeneinander? Der Joint machte die Runde, und Judith war mit einem Mal klar, dass sie es auch versuchen musste, einmal, damit sie wusste, was sie verpasste. Sie tat einen tiefen Zug, und es gelang ihr sogar, nicht zu husten. Der Rauch vernebelte ihr Gehirn.

Wahrscheinlich hatte sie es deswegen verpasst. Sie musste kurz eingenickt sein, und als sie ihre Augen wieder aufschlug, war nur noch Nosso da. Judith blinzelte. Sie konnte sich nicht bewegen.

»Wo sind die anderen?«

Nosso beugte sich über sie. Seine Zähne waren Judith noch nie so schief vorgekommen. Aber seine Augen glänzten warm und freundlich. Judith hatte sich immer eine Schwester gewünscht. Oder zumindest einen Bruder. Jetzt hatte sie einen.

Sie liebte Nosso. Aber sie würde nie mit ihm schlafen, das wusste sie in diesem Moment so glasklar, als ob sie in eine Kugel geschaut hätte, die ihr die Zukunft zeigte.

Als ob sie das Tischchen gefragt hätte: »Werde ich je wissen, ob ich ihn geliebt habe?«

Und das Tischchen wäre entschlossen zu den Buchstaben N, E, I und N gefahren. Konnte das Tischchen lügen? Judiths Kopf konnte nicht mehr denken. Er fühlte sich fremd an und produzierte Gedanken, die nicht ihr selbst gehörten. Ein Dämon hatte von ihr Besitz ergriffen, heimtückisch und gefährlich, er war klar und konnte sich teilen. Er war viele.

»Ich kann nicht aufstehen!«, entfuhr ihr ein Stöhnen.

»Bleib liegen«, sagte Nosso und gab ihr einen Kuss auf die Stirn, der dort feucht weiterbrannte und Judiths geschundenen Kopf wärmte und entspannte. Der Dämon setzte sich langsam wieder zusammen und fing an zu verschwimmen, bis er ganz verschwunden war.

Anders war mit Ella im Gartenhäuschen verschwunden, das sagte ihr Nosso jetzt, denn er wollte sie nicht belügen. Judith wusste, was dort geschah, es lief ihr kalt den Rücken hinunter, sie war unfähig aufzustehen und hätte es nicht einmal gekonnt, wenn sie gewollt hätte.

Wie sagten die Russen? »*Es* will sich mir nicht.« Statt: »*Ich* will nicht.« Judith war unfähig, eine klare Empfindung zustande zu bekommen, wütend zu sein oder zu weinen.

Warum war sie nicht entsetzt, nicht empört? Lag es am Haschisch oder daran, dass die Beziehung zu Anders in letzter Zeit schwierig gewesen war und Judith es sich nicht hatte eingestehen wollen? Dass sie daran gedacht hatte, sich von ihm zu trennen, und davon Abstand genommen hatte, um ihm nicht wehzutun, aber auch, vielleicht, ein kleines bisschen, weil sie keine Lust hatte, die erleichterten Gesichter ihrer Eltern zu sehen?

Heidi lag mit Hamster auf den Decken drei Meter weiter, mit verschobenen Röcken und entgeistertem Gesicht. Judith schaute zu Nosso, der nur den Mund verzog und erklärte, dass sie sich freigegeben hätten, zu schlafen, mit wem sie wollten.

»Wir wollen keine Beziehung, wo man den anderen als seinen Besitz betrachtet. Heidi ist eine freie Frau und kann machen, was sie will.«

»Hoffentlich hat sie ein Kondom genommen«, brachte Judith heraus.

Immerhin konnte sie noch vernünftig denken.

Im *Spiegel* hatten sie vor einem Jahr zum ersten Mal von der neuen Krankheit gelesen. Erst hieß es, sie betreffe nur Schwule. Mama war überzeugt, dass sie eine Strafe Gottes war.

Dann begannen die Lehrer, sie zu warnen. Vergeblich. Einen Sommer später würde in der Zeitung stehen, dass sich allein in Hessen dreihundert Schüler mit der neuen Krankheit infiziert hätten.

Der Heilige Georg hatte sogar eine gewisse Häme in der Stimme gehabt, als er verkündet hatte, dass es jetzt aus sei mit der freien Liebe. Game over. Das Fest sei vorbei.

»Euch bleibt nichts anderes übrig, als Kondome zu nehmen oder treu zu bleiben«, hatte er gefeixt.

Vielleicht hatte Judith deswegen noch nicht entscheiden können, mit Anders ihre Jungfräulichkeit zu verlieren. Anders konnte keine Kondome benutzen, das hatte er ihr gestanden, er habe es einmal versucht, natürlich bevor er mit Judith zusammen gewesen sei, und es habe nicht geklappt.

»Hoffentlich«, kam Nossos Antwort in ihre Gedanken. »Immerhin kann man so verhindern, schwanger zu werden. In diese Welt Kinder zu setzen ist sowieso unverantwortlich.«

Davon sprachen die anderen auch immer. Judith lag es jedes Mal auf der Zunge, zu fragen, ob die Welt denn früher besser gewesen sei. Ob es verantwortlicher gewesen sei, Kinder ins Mittelalter oder in die Nazizeit zu setzen. Ob es besser sei, den anderen, den Idioten und Poppern, das Feld zu überlassen. Ob es besser sei, sich nicht fortzupflanzen und die Menschheit auf diese Weise dem Untergang zu weihen. Oder ob es nicht das Gebot der Stunde sei, weiterzumachen und zu versuchen, es besser zu machen.

Vielleicht war es sogar das Beste, sich zu Tode zu amüsieren. Dann hatte man wenigstens etwas von seinem Leben gehabt, bevor es vorbei war. Diesen Gedanken versuchte sie manchmal durchzudenken, wenn auch nur aus Trotz, wenn auch nur für eine Minute.

Nosso hatte sich neben sie gelegt, seine Augen erschienen über den ihren, und als er begann, ihren Körper zu streicheln, überfiel sie mit einem Mal eine große Gleichgültigkeit und Gier. Sie wollte es hinter sich bringen. Sie würde es nicht genießen. Außer vielleicht die klitzekleine Rache für das Gartenhäuschen. Aber sie wollte nicht mehr an Ella und Anders denken. Was die konnten, konnte sie auch. Man musste es ausprobieren, sonst wusste man nicht, wie es war.

Wahrscheinlich hatte Mama das Märchen vom ersten Mal,

das das schönste sein sollte, nur erfunden, um sie von diesem ersten Mal abzuhalten und sie nicht herausfinden zu lassen, dass es mit jedem Mal schöner wurde.

Das erste Mal tat weh. Judith hielt den Atem an, Nossos Glied rieb ihre Scheide wund, jedenfalls fühlte es sich so an. Das Blut, das Judith danach in ihrer Hose fand, war rot, ohne die bräunliche Färbung der Menstruation. Es war schön. Es war schön, dass es vorbei war.

Irgendwann waren alle wieder aufgetaucht. Anders und Ella, die ein gleichgültiges Gesicht aufgesetzt hatte, während Anders sich nicht traute, in Judiths Richtung zu schauen. Happy und Heidi, die so taten, als wäre nichts gewesen. Jo und die scheppe Babsi, die aus dem Wald zurückkamen, dem man immer noch nicht ansah, dass es ihn bald nicht mehr geben würde.

Und Hamster und Hermann, die beiden Sonderlinge, die sich irgendwie aus dem Geschäft gezogen hatten, keiner wusste, wohin. Sie hatten keine Gefühle, außer für Bäume.

»Mein Freund der Baum ist tot, er fiel im frühen Morgenrot«, sang Hermann, als er sich zum Feuer setzte.

»Was habt ihr im Wald gemacht?«, fragte Judith.

Hermann zog ein zerknittertes Buch aus seiner Jeans. Es trug den Titel »Let's fetz. Heute beginnt der Rest des Lebens« und war ein Survival-Guide. Hermann hatte schon ein Dutzend solcher Bücher zu Hause.

»Gut für Atomkrieg und gegen den Staat«, scherzte Hamster. Er war intelligenter als Hermann, zu intelligent für sein Elternhaus, vermutete Judith, sein Stiefvater war Jäger und sein Vater abgehauen.

Hermann wusste alles über Vorratshaltung, aber auch darüber, wie man Kartoffeln anbaute und solche Dinge. Und natürlich wie man sich mit Lianen abseilte oder gegen marodierende

Horden schützte, denn nach dem Atomkrieg würde es ja keine Ordnung mehr geben, sondern nur noch Anarchie.

Hermann wollte Selbstversorger werden, das wussten alle. Hamster wollte Musikwissenschaften studieren, nächstes Semester würde er von der verhassten Elektrotechnik wechseln, wenn er sich traute.

»Ich muss mich nur noch aufraffen, BAföG zu beantragen, um unabhängig von den Geldspenden von meinem Stiefvater und den Fresspaketen von meiner Mutter zu werden«, stöhnte er.

»Du willst dich also vom Staat aushalten lassen?«, ätzte Jo.

Hamster zuckte nur mit den Achseln.

»Der Staat kann mich mal«, kam ihm Hermann zu Hilfe. »Den kann man ruhig ausbeuten.«

Er war letztes Wochenende bei einem Die-in gewesen. Das war so etwas wie ein Sit-in, nur dass man so tat, als ob man tot wäre, um gegen das Massensterben zu demonstrieren, an dem der Westen schuld war, durch Ausbeutung und Imperialismus.

Hermann legte sich auf den Boden, und er konnte es sehr gut: tot aussehen. So gut, dass alle einen Lachkrampf bekamen und Heidi ihm befahl, wieder aufzustehen.

Heidi war die kleine Schwester von Hermann, aber man hatte immer das Gefühl, dass sie auf ihn aufpasste, nicht umgekehrt.

Es war noch nicht einmal richtig dämmrig, aber Judith musste trotzdem schon daran denken, nach Hause zu radeln. Zum Glück ging es bergab. Die anderen würden über Nacht bleiben und frieren, ohne Schlafsäcke, zugedeckt nur mit den alten Decken aus dem Haus der Tante.

Vorher würden sie noch über den Heißen Herbst 1983 reden, in dem die Welt sich beinahe entzündet hatte und in dem die Welt einem Atomkrieg so nahe gewesen war wie schon lange nicht mehr.

Aber davon hatten sie nichts gewusst und naturgemäß auch nichts von der europaweiten geheimen NATO-Übung namens Able Archer, die einen Atomkrieg simulierte. Sie hatte Anfang November 1983 stattgefunden und soll von den Russen, aber das wurde erst Jahre später bekannt oder vielmehr verbreitet, für die Vorbereitung eines echten Nuklearschlags gehalten worden sein.

Während Michail Gorbatschow später bezeugte, dass die Angelegenheit im Politbüro nicht diskutiert worden war, hielt Ronald Reagan in seinen Erinnerungen fest, dass erst diese Krise ihm bewusst gemacht habe, wie sehr die Sowjets sich vor dem Erstschlag fürchteten.

Judith starrte in das Lagerfeuer, das Hamster und Nosso für den Abend angezündet hatten.

Genau zwei Wochen vor dem Probemanöver, das beinahe zur Generalprobe geworden wäre, am 22. Oktober, waren sie zusammen, nichts ahnend von alledem und wie immer nur das Beste wollend, mit dem Zug nach Bonn gefahren, um mit anderen, die so dachten wie sie, zu demonstrieren.

Sie hatten nicht gewusst, wie nahe das, wogegen sie demonstriert hatten, daran gewesen war einzutreffen. Sonst hätten sie die Anreise wahrscheinlich nicht mit Kohl-Witzen verplempert.

Judith hatte den ersten gebracht. *Stromausfall in Bonn: Genscher war drei Stunden im Aufzug gefangen. Kohl stand drei Stunden auf der Rolltreppe.*

Beim nächsten war das Gelächter ein bisschen weniger schallend gewesen.

Warum kommt Helmut Kohl nicht in den Himmel? Weil er nicht durchs Ozonloch passt.

Dafür hatte Nosso noch einen harmloseren parat gehabt.

Kohl ruft in Bayreuth an. Er wird gefragt: Für Tristan und Isolde? Kohl: Nein, für Hannelore und mich.

Nur Hamster und Judith lachten. Hamster liebte Opern. Judith wunderte sich, dass er sich das traute, es imponierte ihr. Opern waren altmodisch.

Heidi hatte noch einen Witz auf Lager, bei dem alle wieherten.

Interviewer: Herr Kohl, was fällt Ihnen im Zusammenhang mit dem Wort Liebe ein?

Kohl: Spastiker.

Interviewer: Können Sie das etwas näher erklären, Herr Bundeskanzler?

Kohl: Ja, wissen Sie. Neulich, beim Sex, da sagte meine Hannelore zu mir: Na, macht's Spaß, Dicker?

Judith und ihre Freunde schämten sich für Kohl. Sie schämten sich, Deutsche zu sein. Aber wenigstens konnten sie heute etwas tun.

Durfte man es genießen, die Welt zu retten? Wenn es dabei gelang, den NATO-Doppelbeschluss zu verhindern, die feige Abschreckung durch neue Raketen und Marschflugkörper, die sogenannte Nachrüstung mit Pershing II und BGM-109 Tomahawk, die in Wahrheit ein Rüstungswettbewerb war, der in die Apokalypse führen musste, bestimmt.

Bonn Hauptbahnhof. Sie stiegen aus. Bis zum Hofgarten war es nicht weit. Judith hatte noch nie so viele Menschen auf einem Fleck gesehen, außer in Dokumentationen über die Propagandaveranstaltungen von Hitler. Als sie zusammen mit den Hunderttausenden anderen, von denen die meisten älter waren als sie selbst und die Judith Mut gaben, eine Menschenkette bildete, einen Stern zwischen den Botschaftsgebäuden der fünf Atommächte, verbanden sich Freude und Furcht zu einem Schauer, der ihren Körper hinauf und hinunter lief.

Sie schöpfte tatsächlich so etwas wie Hoffnung, sie weinte und schämte sich dafür. Sie waren viele, und sie wollten verhindern, dass Deutschland noch einmal an dem massenhaften Tod von Menschen schuld war.

Wie Willy Brandt gerufen hatte: »Wir brauchen in Deutschland nicht mehr Mittel zur Massenvernichtung, wir brauchen weniger.«

Als sie um Mitternacht erschöpft und glücklich nach Hause gekommen war, waren ihre Eltern noch auf gewesen. Judith hatte ihnen einen Brief hinterlassen gehabt, denn natürlich hatten Mama und Papa ihr verboten, auf die Demo zu gehen.

In dem Brief stand, dass sie wisse, dass sie zu der Demo nicht gehen dürfe, aber dass ihr das egal sei. Jetzt sei es wichtiger, etwas zu tun, als brav zu sein. Sie sei jetzt siebzehn und kein Kind mehr. Und dass ihre eigene Zukunft auf dem Spiel stehe, die ihren Eltern offenbar egal sei. Denn sie hätten ihr Leben ja schon gelebt.

Judith hatte das Licht im Wohnzimmer schon gesehen, als sie mit dem Fahrrad noch den Berg hinaufgekeucht war. Sie hatte kurz gehofft, dass ihre Eltern das Licht für Judith angelassen hatten.

Sie drehte den Schlüssel leise im Schloss und schlich herein. Aus dem Flur sah sie den Rockzipfel ihrer Mutter und das Sofa, auf dem sie saßen. Sie versuchte so zu tun, als ob sie nichts bemerkt hätte, und wollte in ihr Zimmer schleichen.

»Judith«, es war die Stimme ihrer Mutter, sie klang zittrig.

»Jaha?«, Judiths Stimme klang rau.

»Komm, setz dich noch zu uns.«

Das war ihr Vater. Er klang nicht böse, eher zerknirscht. Da wusste Judith, dass sie gewonnen hatte.

Sie setzte sich auf den Sessel gegenüber ihren Eltern und versuchte, keinen triumphierenden Blick aufzusetzen. Sie starrte auf die Untersetzer unter den Weingläsern, die ihr Vater von einer Geschäftsreise nach Brasilien mitgebracht hatte und die den Glastisch davor schützen sollten, schmutzig zu werden.

Jetzt war sie die Richterin. Ihre Eltern versuchten sich zu verteidigen. Sie würden sehr wohl verstehen, worum es Judith ginge. Aber sie müsse keine Angst haben. Da war ihr der Kragen geplatzt.

»Ich bin kein Baby mehr, das vor der bösen Welt, das vor der Wahrheit beschützt werden muss«, schrie sie.

Sie dämpfte ihre Stimme, als sie sah, dass ihre Mutter weinte. Tonlos redete es aus ihr weiter.

»Ihr helft mir nicht, indem ihr mich vor allen angeblichen Gefahren beschützen wollt. Und ihr helft mir noch weniger, wenn ihr alle wirklichen Gefahren leugnet. Dass ihr euch vor allem duckt, okay. Dass ihr Angst um mich habt, okay. Aber alle, die sich in Sicherheit wiegen, indem sie den Kopf in den Sand stecken, sind mit schuld an dem, was passieren wird. Ihr erreicht damit nicht, dass ich weniger Angst habe, sondern höchstens mehr. Und auf jeden Fall, dass ich euch nicht mehr ernst nehme.«

Judith stand auf. Ihr Vater erhob sich und kam auf sie zu. Er legte seine Arme um sie. Judith wusste nicht, wie ihr geschah.

»Bist ein liebes Mädchen«, sagte er und sah so hilflos aus, dass Judith beinahe geweint hätte. Vielleicht nur, weil sie Tränen in den Augen ihres Vaters sah.

Ihre Mutter schluckte und versuchte gefasst zu wirken, als sie Judith wortlos umarmte.

Judith schlief einen klaftertiefen, hochzufriedenen Schlaf und schrieb den Aufruf von Willy Brandt am nächsten Tag aus der Zeitung ab und in ihr Tagebuch. »Heißer Herbst« war zum Wort des Jahres gewählt worden, und Judith war dabei gewesen. Sie war nicht Teil des Problems, sondern Teil der Lösung.

Knapp einen Monat vorher, an Judiths siebzehntem Geburtstag, hatte der russische Oberstleutnant Stanislaw Jewgrafowitsch Petrow tatsächlich einen Atomkrieg verhindert, indem er einen Angriff mit Interkontinentalraketen der USA, den sein System gemeldet hatte, als Fehlalarm eingestuft hatte.

Vielleicht hatte Petrow an den Brief der kleinen Samantha Smith gedacht, des zehnjährigen Mädchens aus Maine in Neuengland, das dem frisch gewählten Nachfolger Leonid Breschnews von seinen Sorgen geschrieben hatte und dem Juri Andropow geantwortet hatte, dass er nicht gedenke, einen Krieg anzufangen.

Er hatte Samantha im April nach Moskau eingeladen und ihr Hoffnung gewünscht. Judith hatte es im Fernsehen gesehen und seitdem ebenfalls gehofft. Auch wenn Papa das Ganze als Farce bezeichnet und gesagt hatte, dass ein Mann, der beinahe so lange dem KGB vorgestanden hatte, wie Judith auf der Welt war, wohl auf seine alten Tage kaum noch zur Vernunft kommen würde.

Dabei war Andropow drei Jahre jünger gewesen als Konstantin Tschernenko, der im Februar 1984 seine Nachfolge angetreten hatte und der wiederum im gleichen Jahr geboren worden war wie Ronald Reagan, den niemand einen greisen Präsidenten nannte.

Sie hatten nicht gewusst, wie nahe sie dem Dritten Weltkrieg, den sie gemeinsam fürchteten wie einen guten Freund, in Wirklichkeit bereits gewesen waren, als sie aufbrachen, um ihn zu verhindern. Wie nahe sie daran gewesen waren, neun von zweihundert Millionen Toten und sechzig Millionen Strahlenkranken zu werden, *forever young*, so wie es Alphaville, die deutsche Synthie-Pop-Band, singen würde.

»Are you gonna drop the bomb or not? Let us die young or let us live forever.«

Anders sollte ihr die Single zum achtzehnten Geburtstag schenken, obwohl sie da bereits getrennt sein würden. Samantha Smith sollte jung sterben.

Am 25. August 1985, kurz nach ihrem dreizehnten Geburtstag, stürzte die angehende Schauspielerin mit dem Flugzeug ab. Auf der sowjetischen Briefmarke, die ihr gewidmet wurde, blieb sie für immer zehn Jahre alt.

Weihnachten 1983 hatte Judith sich das Buch »Die letzten Kinder von Schewenborn« gewünscht, in dem in lebhaften Farben ausgemalt wurde, wie elend die Überlebenden eines Atomangriffs zugrunde gehen würden, der, auf einem Missverständnis beruhend, alle großen Städte Deutschlands ausgelöscht hatte.

Mit Anders hatte sie im Kino »The Day After« gesehen, und Wörter wie *atomarer Blitz* und *schleichender Tod*, die in ihrem Wörtergedächtnis ihr Unwesen getrieben hatten, hatten Brüder und Schwestern in überlebensgroßen Bildern bekommen.

Judith sah sie im Traum: die Verglühten, die Gehäuteten und die Haarlosen, die Ruinen, die Rücksichtslosigkeit und den Totschlag.

Alle, die von Anarchie faselten, sollten sich das ansehen, fand Judith. Alle, die Survival für schick hielten und glaubten, dass sie dadurch stark würden und autonom.

Rudi Weiß, der hübsche Junge aus guter Familie, war in den letzten Tagen des Holocaust zum skrupellosen Mörder geworden, der den Nazis, ohne mit der Wimper zu zucken, eine Axt in den Rücken hieb. Um zu überleben.

Die Strahlenkranken in »The Day After« hatten auch nicht

mehr Erbarmen miteinander. Dass diese Bilder den amerikanischen Präsidenten, der den Film zwei Wochen vor seiner Premiere in einer privaten Vorführung gesehen hatte, schon vor Monaten zu einem Umdenken bewogen haben konnten, wie er später andeuten sollte, hätten sie nicht zu hoffen gewagt. Denn sie verachteten Ronald Reagan mit seiner zerfurchten Haut und seinem gefärbten Haar mindestens so sehr wie Helmut Kohl mit seiner Korpulenz und seiner Vorliebe für Pfälzer Saumagen.

Anders hatte geweint, als sie aus dem Kino gekommen waren, nein, nicht geweint, er hatte geschluchzt. Judith hatte ihn festhalten müssen und immer wieder rufen. Er hatte sich entschuldigt. Und dann weiter geweint. Es waren so viele Tränen in ihm gewesen, bestimmt weil er nicht mehr geweint hatte, seit seine Eltern sich hatten scheiden lassen.

Sie waren zum Baggersee spaziert und hatten am Ufer gesessen, bis die Tränen versiegt waren. Dann hatten sie sich bis auf die Unterhosen ausgezogen, und Judith hatte zum ersten Mal oben ohne gebadet.

Das eiskalte Wasser hatte ihre Brustwarzen erstarren lassen. Sie hatte Anders von ihren Hirngespinsten erzählt, dass das Weltall womöglich nur ein Atom des nächstgrößeren Weltalls wäre. Oder dass nach einem Atomkrieg, den ja bekanntlich nur Einzeller und Insekten überleben würden, die Einzeller sich wieder zu Menschen entwickeln würden, die eine Kultur aufbauten, die sich wieder zerstörte – und so weiter.

Sie glaubte natürlich selbst nicht daran, und Anders schien es nicht zu interessieren.

Wie immer war sie die Erste, die nach Hause musste. Aber heute war es ihr egal. Sie war froh, Anders und Ella hinter sich zu lassen. Judith sauste auf ihrem brombeerfarbenen Fahrrad bergab.

Es war so banal. Zu banal, um wahr zu sein. Ihre beste Freundin hatte mit ihrem Freund geschlafen. Sie wollte nicht denken, dass ihre beste Freundin sie betrogen hatte. Es gab Wichtigeres im Leben.

Sie hatte noch eine Tüte Gummibärchen im Rucksack, fiel ihr ein, sie kramte sie im Fahren heraus und riss sie mit den Zähnen auf. Gummibärchen waren das Einzige, das sie schnell aß, schnell essen musste. Sie konnte nicht aufhören, bevor die Tüte leer war. Judith schämte sich für diese Schwäche, aber sie konnte nichts dagegen tun. Außer sich dafür das Mittagessen zu sparen.

Wenn sie zu Hause am Schreibtisch saß, nahm sie immer nur ein oder zwei Bärchen aus der Schublade heraus und schob sie dann wieder zu. Falls jemand ins Zimmer kam. Sie hoffte, dass es bei diesen ein, zwei Bärchen bleiben würde. Vergeblich. Es mussten jedes Mal alle daran glauben.

Judith biss das Bärchen zuerst in feine Scheibchen. Dann drehte sie es im Mund und säbelte, indem sie es mit der Zunge weiter schob, quer dazu. Die Scheibchen zerfielen zu Stiften, die sich angenehm im Mund verteilten. Judith schluckte und bereute im selben Moment, die fruchtige Süße nicht länger ausgekostet zu haben.

Aber die Gier saß im Schlund, im Schlucken. Wahrscheinlich war es mit der Sucht so ähnlich. Man wollte es nicht wirklich und konnte es auch nicht wirklich genießen, und trotzdem konnte man nicht damit aufhören. Judith wollte nicht süchtig sein.

Das war auch einer der Gründe, warum sie nicht kiffte. Jeder abgelehnte Joint, den Judith erklären musste, machte sie noch wütender. Sie wollte nicht tun, was die anderen taten und weil sie alle es taten. Sie wollte frei sein. Frei von der Sucht und frei von ihnen.

Grimmig biss sie in die Bärchen. Die weißen mochte sie am liebsten. Sie schmeckten vollkommen künstlich. Judiths Kiefer knirschte. Das Beste an Gummibärchen war ihr Widerstand. Ihre Zähne gruben sich durch die feste und doch nachgiebige Masse, die nicht zerschmolz, sondern die man nur in immer kleinere Einheiten teilen konnte, wie Atome, bis purer Geschmack übrig blieb. Zum Lutschen war Judith zu ungeduldig. Sie wollte hinein in die Materie, bis nichts mehr übrig blieb.

In dieser Nacht träumte sie von Ella und von Anders, weinte sich an Ellas Schulter aus, die Flecken zeigte und dann zerbrach, während Ella wuchs und sich über Judith beugte wie ein Pilz von ungeheuren Ausmaßen.

Sie wachte schweißgebadet auf, ihr Bauch tat so weh, dass sie aufstand und aufs Klo ging. In ihrer Pyjamahose klebte bräunliches Blut, sein stickiger Geruch hatte sie noch nie so beruhigt. Immerhin war sie nicht schwanger.

Judith würde keinen Aidstest machen. Auch nicht bei ihren nächsten Beziehungen. Man konnte es mit der Vernunft auch zu weit treiben. Man durfte sich nicht die letzte Lust rauben lassen.

Als sie gefrühstückt hatte und Mama und Papa in die Kirche gefahren waren – Judith musste nicht mehr jeden Sonntag mit –, klingelte es an der Tür. Draußen stand Ella, die Ärmel ihrer Jacke wie immer über die Handgelenke gezogen, und fragte, ob sie reinkommen dürfe.

Sie umarmten sich zaghaft und begannen sofort zu reden, über dies und das. Sie wussten nicht, wie beginnen. Und dann konnten sie nicht mehr aufhören. Ella trug ihre Haare jetzt kürzer. Der Bubischnitt stand ihr gut, die Mischung aus Mädchen- und Jungenhaftigkeit sah reizend aus.

Ella hatte ganz gerade Beine.

»Also mir gefällt das nicht. Sie hat ja fast keine Waden«, hatte Anders einmal bemängelt und Judiths Beine gelobt.

Das hatte ihn aber nicht daran gehindert, mit Ella zu schlafen. Judith gefiel gerade die rührende Kindlichkeit von Ellas Beinen. Wie ein Fohlen.

Sie konnte sich Ella gut in Rom vorstellen, wo sie ihre Kindheit verbracht hatte, die Katzen der Nachbarschaft herumtragend, immer mit ein wenig Abstand zu den anderen Kindern.

»Ich wollte es einfach wissen«, begann Ella, »ich habe es kaum mehr ausgehalten, immer noch Jungfrau zu sein. Ich wollte unbedingt wissen, wie es ist.«

»Ich auch«, sagte Judith und sie sahen einander an, rot bis über die Ohren.

Sie schwiegen. Judith hätte gerne gewusst, was Ella dachte. Ob sie ein schlechtes Gewissen hatte. Sie wollte nicht, dass Ella sich bei ihr entschuldigte. Das nutzte jetzt auch nichts mehr.

»Und, wie ist es?«, fragte Judith.

Sie hat mich mit meinem Freund betrogen, dachte es in ihrem Kopf. Den sie so oft kritisiert hat, dachte es weiter. Ella fand Anders faul und unvernünftig. Daraus hatte sie, auch ihm gegenüber, nie einen Hehl gemacht.

Einfach wissen, die Worte hatten Judith einen Stich versetzt. Hatte Ella nicht an ihren, Judiths Schmerz gedacht dabei? War sie ihr egal gewesen? Judith wagte nicht danach zu fragen. Aber sie spürte keinen Stolz, nur so etwas wie eine Zärtlichkeit für dieses Mädchen, das zu gescheit war, um das Leben zu genießen.

»Na ja«, sagte Ella, »es geht. Ich habe es mir ekstatischer vorgestellt. Und schmerzvoller. Ich habe kaum geblutet.«

»Ich habe geblutet«, sagte Judith. »Aber glaub nicht, dass es ekstatisch war.«

Sie konnte sich bereits nicht mehr erinnern, wie es gewesen war. So wenig Eindruck hatte dieses erste Mal auf sie gemacht.

»Glaubst du, dass man Sex von Liebe trennen kann?«, fragte Ella. »Wir waren ja beide nicht verliebt. Anders und ich. Wir haben uns auch nicht verliebt dadurch.«

Und schon waren sie mitten drin. Gemeinsam begruben sie den Mythos, dass das erste Mal auch das schönste, das kostbarste, ein unwiederholbares Mal war. Nicht ohne ihn vorher zu analysieren. Das erste Mal war kein Mal. Und dann wurde es immer besser. Zumindest musste man das hoffen.

Sie bekamen rote Wangen, während sie auf dem Boden saßen, Tee tranken, Kekse knabberten und über die Liebe und den Tod redeten.

Von Ella erfuhr Judith, dass Anders schon vorher mit seiner Exfreundin geschlafen hatte. Erst jetzt kam sie sich wirklich betrogen vor. Sie spürte, wie ihr Herz sich zusammenzog. Nach innen.

»Ja, auch ich war nicht die Einzige«, meinte Ella sarkastisch.

»Jetzt können wir zusammen gekränkt sein«, versuchte Judith zu scherzen.

Ihr Magen brannte. Sie lachten. Aber eigentlich fanden sie es nicht lustig. Ella erzählte, welche Probleme Anders mit Judith gehabt hatte. Dabei hatte Anders sich nie beschwert über die Beziehung, nie etwas eingefordert. Hatte er ihr nicht vertraut?

Ella hantierte mit Begriffen wie *Minderwertigkeitsgefühl* und *Freiheit einschränken*. Es klang nach Vorwürfen. Anders glaubte, dass er nicht gut genug für Judith sei. Dass sie so perfekt sei. Immer wisse, was sie wolle.

»Ich weiß«, sagte sie und versuchte tief einzuatmen, aber sie musste sich räuspern, »mein größter Fehler ist, dass ich alles richtig machen will.«

Ella lachte.

»Weißt du, was Anders mich gefragt hat? Ob er mir geistig genügen würde.«

»Und, was hast du gesagt?«

»Na, die Wahrheit. Dass er mir nicht genügt.«

Für solche Sätze liebte Judith Ella. Von Ella konnte sie lernen. Sie wollte Ella nicht verlieren.

Ohne dass sie es bemerkt hatten, war es Nachmittag geworden. Mama und Papa wollten nach der Kirche mit Freunden essen gehen, dann spazieren und am Abend ins Kino. »Gandhi«. Judith hatte ihnen den Film dringend empfohlen, und ausnahmsweise hatten sie auf sie gehört.

Seit sie »Gandhi« gesehen hatte, wusste Judith, dass kein Mensch zu gut war, eine Latrine sauber zu machen. Und dass man Menschen, die nicht wollten, auch zu nichts zwingen konnte.

Judiths Magen hatte aufgehört zu rebellieren, und ihr Kopf wurde schwer. Sie legte sich auf den Boden. Ella fing an, ihr Haar zu streicheln, und Judith konnte zum ersten Mal weinen, erschöpft und traurig.

Später saßen sie wieder zusammen vor dem Bett und redeten. Irgendwann kamen Mama und Papa nach Hause und gingen ins Bett. Judith und Ella waren nicht müde. Sie redeten und redeten und redeten. Noch nie hatte Judith sich so hell und so weich gefühlt. So klar und so klein.

Am nächsten Tag saß sie vor ihrem Tagebuch und wusste nicht, wie sie es beschreiben sollte. Sie saß da und kaute am Bleistift. Wenn es Blödsinn war, was sie schrieb, konnte sie es wieder ausradieren.

Sie stand auf und legte die Platte von Konstantin Wecker auf, weil ihr gerade ein Lied eingefallen war. »Wenn der Sommer nicht mehr weit ist und die Luft nach Erde schmeckt, ist's egal, ob man gescheit ist, wichtig ist, dass man bereit ist und sein Fleisch nicht mehr versteckt.«

Judith war bereit. Das fühlte sie in allen Gliedern. Sie wollte leiden und schwitzen, wie der Sänger, den sie in einer Sporthalle in der Nähe im Konzert gesehen hatte, vielleicht ein bisschen weniger schwitzen. Er konnte genießen, das sah man an seinem Schweiß, der von seinem Kopf spritze, wenn er sich am Piano hin und her warf, und der gleichzeitig ein bisschen unheimlich war. Und genießen, das war das Wichtigste.

»Und dann will ich, was ich tun will, endlich tun. An Genuss bekommt man nämlich nie zu viel. Nur man darf nicht träge sein und darf nicht ruhn, denn Genießen war noch nie ein leichtes Spiel.«

Judith legte den Bleistift zur Seite und nahm die Füllfeder. Beinahe kam sie sich feierlich vor. Ein Datum zu schreiben kam ihr zu gewöhnlich vor für dieses Erlebnis, das sie nicht einordnen konnte, aber auch nicht vergessen wollte.

Tag danach (wenn der Sommer nicht mehr weit ist)
Da kam es nach einer Pause plötzlich dazu, dass wir uns ganz lange umarmten. Es war ein Gefühl von Verstehen und Geborgenheit, aber auch Erregung.

Als wir uns wieder lösten, sagte Ella: Du bist so tapfer.

Ich kämpfte mit den Tränen. Wenn ich mich etwas nicht fühlte, dann war es tapfer. Um sechs Uhr früh beschlossen wir, doch ins Bett zugehen, und legten uns zusammen hin.

Trotz großer Müdigkeit konnten wir nicht schlafen, da uns wieder und wieder etwas zu sagen einfiel.

Ella fing an, mich zu streicheln, an Gesicht, Hals, Armen und Schultern. Ich lag ganz still, fühlte, wie das Kribbeln mir den Rücken hinunter und die Beine herauflief.

Jetzt konnte ich sowieso nicht mehr schlafen. Nach einer Weile fing ich auch ein wenig an, sie zu streicheln.

Ich hatte Angst, wo das enden würde. Gleichzeitig war ich

neugierig. Später dösten wir dann noch ein wenig vor uns hin. Eigentlich ist ja nichts passiert.

Eigentlich war nichts passiert. Außer dass Judith sich am Abend noch mit Anders getroffen und sich von ihm getrennt hatte. Er hatte ein schlechtes Gewissen gehabt und war Judith damit auf die Nerven gegangen. Wenn er sie schon betrog, und das nicht nur einmal, sollte er es wenigstens genießen. Sie war enttäuscht, dass er nicht um sie kämpfte. Dabei wusste sie, dass es die Sache nur schwerer gemacht hätte. Es war aus.

Am Montag stand der Deutschlehrer in der ersten Stunde fünf Minuten stumm am Lehrerpult und grinste. Dann riss er seinen Mund auf und zeigte seine Zahnlücke. Der Zahn war ihm über Nacht ausgefallen. Nachdem sie sich alle sattgelacht hatten, musste er ihnen noch einmal den Ausfallschritt von Udo *Lindenberger* zeigen, wie der Deutschlehrer ihn konsequent nannte.

Der Deutschlehrer, genannt Lyrik-Leo, der außer Kafka und Thomas Mann und Robert Walser und natürlich Goethe und Rilke nichts gelten ließ und mindestens uralte fünfzig war, mit Brille und Bauch bestückt, setze seinen Fuß beherzt nach vorne und röhrte in das imaginäre Mikrofon:

»Ich bin ein Jodeltalent, und ich will da spieln mit 'ner Band« und »Honni, ich glaub, du bist doch eigentlich auch ganz locker. Ich weiß, ganz tief in dir drin, bist du eigentlich auch 'n Rocker. Du schließt dich ein auf'm Klo und hörst West-Radio – ohohoho – Honni, kannst mich hörn, hallololöchen, hallo.«

Dass es auch solche Fünfzigjährige gab, erfüllte Judith mit Hoffnung. Lyrik-Leo beherrschte die Flucht nach vorne. Er war witzig, ohne sich einen Dreck um Etikette zu scheren.

Zu dem Schüler, der fast so dick war wie er selbst, sagte er, dass sie sich bald zusammen als Fesselballon aus dem Fenster hängen könnten. Dem Mädchen, das gerne weiße Blusen trug, warf er vor, seine Oma beraubt zu haben.

»Ausziehen«, brüllte er mit gekünstelter Stimme, »sonst wirst du wegen sittenwidriger Naivität verhaftet!«

Und dem Mädchen, das an der deutsch-holländischen Grenze festgenommen worden war und wegen Haschisch-Schmuggels ein halbes Jahr im Knast gesessen hatte, riet er, diese Bluse gleich zu kapern, vielleicht würde das Weiß ja abfärben. Die Dealerin verzog wie immer keine Miene und sah trotzdem irgendwie erleichtert aus.

Alle lachten, Lyrik-Leo nahm keine Rücksicht, aber genau das gefiel ihnen, denn er behandelte sie nicht wie Kinder, sondern wie Gegner, die satisfaktionsfähig waren. Er sprach aus, was alle dachten oder gerne gedacht hätten. Sie lernten bei ihm nicht nur Lyrik, sondern auch Denken.

»Was ist dein Intelligenzquotient? Liegt der noch im positiven Bereich?«

»Verteidige dich nicht, wir sind nicht verheiratet!«

Und wenn jemand Gretchens Unschuld im »Faust« grenzenlos nannte, polterte er: »Aber mein Kind, sei doch nicht naiv! Jede Unschuld hat Grenzen!«

Dafür behandelte er den Direktor, zumindest wenn dieser nicht dabei war, wie einen Idioten. Sobald die frisch installierte Sprechanlage, durch die Big Boss bis in alle Klassensäle, wenn auch nicht sehen, so doch sprechen konnte, knackende Geräusche von sich gab, rannte er zum Lautsprecher und hielt ihn zu.

Heute blieb der Lautsprecher still, und Lyrik-Leo lästerte über »die beste Tennisspielerin aller Zeiten, unsere Greffi Straf« und ihre harte Vorhand und über Nena und ihre 99 Luftballons, ihre 99 Düsenjäger und ihre 99 Kriegsminister, die wegen 99 Luftballons 99 Jahre Krieg führten.

»Jeder war ein großer Krieger, hielten sich für Captain Kirk, das gab ein großes Feuerwerk«, sang er und demonstrierte dabei den Nena-Hüftschwung, nur schwang seine Körpermitte natürlich nicht so elegant.

Judith fand die Vorführung nicht mehr lustig. Bei dem melancholischen Ende des Liedes, einem Abgesang, hatte sie jedes Mal einen Kloß im Hals, der sich nicht schlucken ließ.

»99 Jahre Krieg ließen keinen Platz für Sieger. Kriegsminister gibt's nicht mehr, und auch keine Düsenflieger. Heute zieh ich meine Runden, seh die Welt in Trümmern liegen.«

Noch lag die Welt nicht in Trümmern, aber diejenigen, die sie das letzte Mal in Trümmern liegen gesehen hatten, hatten offenbar nichts dagegen, das noch mal zu erleben. Ein letztes Mal.

»Schau mich nicht so an wie eine waidwunde Robbe, Judith«, blaffte Lyrik-Leo sie an.

»Außerdem verstehn wir nicht, warum musste das so sein? Wir sind alle nicht zu klein«, sang es in Judith einen neuen Text zu der Melodie der »99 Luftballons«, die in diesem Sommer rauf- und runtergespielt wurden, *bis zur Vergasung*, wollte sie gerade denken, aber sie biss sich auf die Zunge.

Dann konnten sie Lyrik-Leo überreden, weiter aus E.T.A. Hoffmanns »Der Sandmann« vorzulesen und danach noch ein paar Gedichte von Hugo von Hofmannsthal. Sogar der Mofaheld alias Fesselballon wurde still. Judith hing an den schönen, jugendlich geschwungenen Lippen des Lehrers. Sie hatte ihm, wieder einmal, verziehen.

Die nächste Stunde war Biologie. Der Moralapostel des Eiswassers, genannt Indianerhäuptling Kalter Fluss, im Kampf gegen Schlendrian, den Raucherhof und das Aussterben der Deutschen, war schlecht gelaunt.

In der Abizeitung sollte ihm eine Zuchtprämie beziehungsweise ein »Begattungsorden zur Erhaltung des Erbguts« angedichtet werden, die Kalter Fluss für von männlichen Schülern gezeugte Kinder ausgesetzt hätte.

Für ein, fünf und zehn Kinder mit gesundem Erbmaterial und ohne den Aids-Virus gab es den schwarzen, silbernen beziehungsweise goldenen Reißverschluss.

Natürlich ging Kalter Fluss nicht davon aus, dass die Mädchen damit auch etwas zu tun hatten. Vermutlich hielt er sie für Äcker, in die die Jungen ihren Samen setzten.

Die Salve von Fremdwörtern und Fachausdrücken, die Kalter Fluss Unterricht nannte, ließ ihre Schweißproduktion wie immer steigen. Niemand wagte das Fenster zu öffnen. Alleine der Gedanke wäre Verrat gewesen, wenn nicht ein Attentat auf die bestgehütete Lunge nördlich der Alpen, wie sie sie nannten.

Denn das Fenster ging auf den Raucherhof hinaus, dorthin, wo der Duft der großen, bösen Welt wehte. Heute war die menschliche Haut dran. Kalter Fluss erklärte, dass man Brandwunden sofort unter fließendes kaltes Wasser halten musste, und hob bei ihrem Gelächter nur verständnislos eine Braue.

Dann demonstrierte er die Vernarbung der Haut anhand seiner Kriegsverletzungen, bei denen es sich wohl um Sportverletzungen bei der Hitlerjugend gehandelt haben durfte, denn für echte Kriegshandlungen war Kalter Fluss leider, leider doch zu jung gewesen.

Um die Langzeitentwicklung von Narben deutlich zu machen, knöpfte er sein Hemd auf und entblößte seinen mageren, von ihm selbst für gestählt gehaltenen Oberkörper und zeigte ihnen auch seinen Rücken.

Wo der Rohrstock seines Vaters ihn getroffen hatte, der ihm nichts geschadet hatte, wie er bekräftigte, konnte man, wenn man näher trat, mit gutem Willen Striemen erkennen.

Aber nicht nur seine eigenen, sondern auch die Krankheiten

aus der näheren und ferneren Familie pflegte Kalter Fluss ohne Namensnennung, aber mit leicht entschlüsselbaren Andeutungen – schließlich lebten sie in einer Kleinstadt, die Kalter Fluss offenbar für eine Metropole mit genügender Anonymität hielt – als Beispiele heranzuziehen: Raucherbein, Raucherlunge, Säuferleber, Ohrenschmalz-Überproduktion, Nageleinwuchs und andere Unappetitlichkeiten, die sie bei Ertönen der Pausenglocke, die sie in der Biostunde Totemglocke nannten, zum Kiosk des Hausmeisters strömen ließen, um ihre durch Schweißgeruch und überschießende Fantasietätigkeit malträtierten Mägen mit Essbarem vollzustopfen.

Die dritte Stunde machten Judith und Ella blau und gingen zu Ella Tee trinken. Nachher hatte Judith noch eine Freistunde, Ella Musik.

Sie saß beim schwarzen Brett, als der Englischlehrer vorbeikam, genannt Engel-Bart, weil er mit Vornamen Bert hieß und einen Bart trug. Man konnte ihm mit ein paar idiomatischen Redewendungen leicht vortäuschen, gut Englisch zu können, und er machte immer dieselben Witze, nannte den Bleistift Beilstift und die Universität Unität und kam sich dabei originell vor.

Engel-Bart grinste. Judith wusste nicht, ob sie stolz sein oder ein schlechtes Gewissen haben sollte. Nach ein paar Minuten kam er wieder zurück, grinste noch breiter, kam zu ihr, schüttelte ihr die Hand und sagte: »Herzlichen Glückwunsch, dass du doch noch gekommen bist!«

»Süß«, kommentierte Judith diese Episode, die sie genau festgehalten hatte, am Abend in ihrem Tagebuch.

In drei Tagen begannen die Sommerferien. Zu dem Grillfest der Grünen im Wald würden wieder alle im Auto kommen.

Da war bei den meisten schon Schluss mit dem Weltretten. So wie bei Recycling-Klopapier. Papas zarter Hintern vertrug es nicht.

Judith wollte nicht aufgeben. Sie wollte durchhalten, und sie wollte Spaß haben. Sie wollte leben. Sie wollte es festhalten. Aber das Leben ließ sich nicht so einfach einfangen.

Selbst wenn man zehn, fünfzehn Seiten schrieb, über die Trennung von Anders zum Beispiel, konnte das später einmal kaum mehr sein als ein Telegramm aus der Vergangenheit, das einem vielleicht als Erinnerungshilfe dienen konnte, aber keine Beschreibung war. Und schon gar keine Erklärung.

Was das alles, diese Sehnsucht, dieser Schmerz und diese wilde Lust, bedeutete, würde sie erst wissen, wenn es vorbei war.

»In der Stunde meines Todes«, sagte Judith zu sich, und etwas, das sich anfühlte wie ein elektrischer Schock, riss an ihren Gliedern.

Abends lag sie auf dem Rücken im Bett, aber schon nach ein paar Minuten musste sie sich umdrehen. So konnte sie nicht einschlafen.

Judith fühlte sich erst sicher, als sie, auf dem Bauch liegend, die Arme unter den Rumpf geklemmt hatte, den rechten abgewinkelt, mit dem Unterarm zwischen den Brüsten, den linken nach unten ausgestreckt.

Sie lag ganz steif. Die Arme wurden nach einer Weile taub, aber nur so konnte sie der merkwürdigen Unruhe in den Gliedern beikommen. Dem Hauch des Weltalls, fügte sie in Gedanken hinzu.

Sie war doch nicht ängstlich, eigentlich. Aber in der kurzen Zeitspanne zwischen Wachen und Schlafen überfiel sie manchmal eine namenlose Furcht. Gerade die Namenlosigkeit dieser Furcht war das Schlimmste. Sie strengte sich an, es zu benennen, aber es fielen ihr nur die Wörter *Verlust* und *Versäumnis* ein.

Ihr Herz klopfte, und als sie endlich eingeschlafen war, träumte sie von etwas Dunklem, Überirdischem, das sie angreifen wollte. Sie schwamm in Honig und drohte zu versinken. Irgendjemand hatte sie befreit.

Nachdem sie den Honig mit gelbem Schaum abgewaschen hatte, schlug sie mit den Armen, sie schlug immer heftiger, obwohl sie wusste, dass man so nicht fliegen konnte. Aber sie hob tatsächlich ab. Sie schwebte über den Bäumen, ließ sich nach Laune sinken, um dann wieder zu steigen, über die Häuser hinauf, bis in den Himmel, bis die Erde klein wurde und Judith immer leichter.

Sie ließ sich herab. Sie wachte auf und lachte. Sie würde es wieder tun. Im Traum konnte sie fliegen. Und bald, bald würde sie davonfliegen. Egal wohin, nur weg von der kleinen Stadt, den Weinbergen und der Ebene mit den Schloten und Kühltürmen. Nur noch zwei Jahre, dann machte sie Abi. Dann würde ihr Leben beginnen.

4. KAPITEL
1986

Die Prüfungen begannen am 17. März. Die erste Klausur schrieb Judith in Geschichte, über den Zusammenbruch des Deutschen Reiches und die Nachkriegsordnung, den Morgenthau-Plan, mit dem die deutsche Industrie zerschlagen und Deutschland in eine Gesellschaft von Bauern zurückverwandelt werden sollte, die mit hungrigen Augen erdwärts schauten.

»Vielleicht wäre das gar nicht so schlecht gewesen«, sagte Heidi, als Judith ihr davon erzählte.

Sie war eine Klasse unter ihr und hatte das Kriegsende noch nicht durchgenommen.

»Dann bräuchten wir nicht auf den Zusammenbruch der Wirtschaft zu warten, denn wir hätten keine. Sondern sauberes Wasser und reine Luft.«

Judith hatte nichts gesagt. Heidi war naiv. Aber ihr war kein Gegenargument eingefallen. Denn natürlich konnte man Kartoffeln anbauen, Wolle spinnen und im Winter in der Küche am Ofen sitzen.

Judith schwänzte die Amnesty-Sitzungen. Sie war der Ortsgruppe in der Woche nach ihrem achtzehnten Geburtstag beigetreten und hatte schon einige Briefe an den König von Marokko geschrieben, um für die Freilassung eines Gefangenen zu bitten. Ihre Französischlehrerin hatte sie Korrektur gelesen, und ihr Vater hatte geunkt, dass sie nun nie mehr nach Marokko reisen könnte, weil sie auf der schwarzen Liste stehe. Aber nichts war passiert.

Der andere Gefangene, den sie betreuten, war aus Chile und vor Weihnachten, nach zwei Jahren Briefeschreiben, tatsächlich freigelassen worden. Sie hatten eine große Party gefeiert, mit Chili con Carne und mit Sojagranulat für die Vegetarier, Bier und Tequila.

Wieder einmal las Judith die Geschichte des Aufstiegs und Falls des verkrachten Kunststudenten zum charismatischen und rücksichtslosen Führer einer gewalttätigen Masse, die singend und blind in den Tod marschiert war, woraufhin sich der Führer selbst die Kugel gegeben hatte.

Langsam gelang es ihr, die Geschichte von außen zu sehen. Hieß das, dass sie abstumpfte? Oder schienen ihr die Nazis nur so weit weg, weil die nächste Katastrophe bevorstand, die Apokalypse?

Diethelm von Dillingen hatte sein Apfelbäumchen schon gepflanzt. Aber der konnte auch gut reden. Er hatte sein Leben hinter sich. »Der letzte Tag ist angebrochen. Was wir dennoch tun können«. Das Buch war ein Bestseller, aber es bewirkte nichts.

Niemand stand auf und drehte das Licht ab. Sie machten alle weiter wie vorher. Obwohl dort alles aufgelistet war, was Judith Schwindel und Bauchschmerzen, Kopfweh und Albträume bescherte. Atomkrieg und Artensterben, Überproduktion und Überbevölkerung, Abschmelzen der Polkappen, Anstieg der Meeresspiegel, Milchseen und Butterberge, Ausbeutung und Krebs.

Babynahrung musste man wegen des hohen Nitratgehalts im Trinkwasser mit Mineralwasser anrühren. Der Wald starb vor sich hin. Wenn man näher hinsah, konnte man sehen, dass sehr viele Bäume krank waren. Zumindest bildete sich Judith ein, es zu sehen.

1982 waren erst acht Prozent der Bäume krank gewesen, jetzt, vier Jahre später, waren es bereits über die Hälfte. In zwei Jahren, also 1988, sollten es hundert Prozent sein. Judith stöhnte. Sie bereitete sich im Geiste auf den Frühling vor, in dem es nicht mehr grün werden würde.

Sie hatte es sich anders vorgestellt, erwachsen zu sein, an der Welt der Erwachsenen teilzuhaben. Sie verstand nichts. Außer dass es nicht sein konnte, dass Erwachsene so waren. So gierig. So unvernünftig. Jeder für sich war doch nicht dumm. Warum bildeten sie dann alle zusammen eine so gefährliche Masse?

Judith kotzte sich aus. Sie schrieb. Aber es wurde dadurch um keinen Deut besser. Ihr Tagebuch füllte sich mit Tiraden und Statistiken. Das Ende war bewiesen. Und nichts geschah. Das war es, was sie verzweifeln ließ. An den Erwachsenen, aber auch an sich selbst. Und was folgte daraus?

Sie schrieb im Kreis, sie schrieb sich in eine Spirale des Zorns. Es war immer noch besser als die Starre der Angst. Als die Gleichgültigkeit.

3.1.1986
Oh! Ich könnte die Wut bekommen angesichts der unglaublichen Dummheit und Sturheit der Menschen! Papa und ich lesen jetzt beide das Buch von Diethelm von Dillingen, das ich ihm zu Weihnachten geschenkt habe, und sind jetzt beide gleich weit.

Unglaublich: Papa findet, von Dillingen übertreibe! Sei nicht objektiv! Der Nitratgehalt im Trinkwasser kommt von der Jauche und das Waldsterben von irgendwelchen Käfern oder Ungeziefer! So, in der Art, argumentiert er.

Oh, ich könnte platzen! Wenn ich bloß jemanden hätte, mit dem ich darüber reden könnte! Sogar wenn man das Problem, die Gefahr schwarz auf weiß vor sich hat, wird alles verdrängt, geleugnet, verleugnet. Ein kluger Mann wie Papa. Man fühlt sich ganz alleine auf der Welt.

Ich verstehe nicht, wie ein intelligentes Wesen solche ihn selbst in seiner Existenz bedrohenden Tatsachen leugnen kann. Vor ihnen die Augen verschließen.

Ja, er hat sein Leben gelebt. Wenn hier das große Sterben losgeht, ist er ein alter Mann, aber es ist meine Zukunft, die bedroht ist. No Future. Das fand ich früher lächerlich. Jetzt kann ich nicht mehr lachen.

Früher einmal, da hat Zukunft verheißend geklungen, man hat sie voller Elan und Vorfreude geplant, in der Zuversicht, dass es nur besser werden konnte. In der sogenannten Nachkriegszeit, dem Wirtschaftswunder.

Heutzutage weiß man nicht einmal mehr, wie lange die Zukunft noch dauern wird. Die Lehrer erklären uns, dass wir sowieso mal keinen Job bekommen werden.

Es ist so unvorstellbar, dass es nach uns keinen einzigen Menschen mehr geben soll. Wie kann man da beruhigt sterben, wenn man nicht weiß, dass das Leben auf der Erde trotzdem weitergeht?

Warum rennen die Menschen, die doch um die Ursachen wissen, in die eigene Vernichtung, obwohl sie diese noch aufhalten könnten, wenn sie wollten? Ich weiß es nicht. Ich weiß nur, dass ich noch nicht sterben will.

Oh große Wut! ICH KÖNNTE HEULEN VOR WUT!

Wut ließ sich leichter ertragen als Verzweiflung. Aber manchmal half es auch zu denken. Denken verwandelte die Wut in Staunen und die Verzweiflung in Demut.

Judith verschlang die Bücher von Diethelm von Dillingen, dem Mann mit dem weißen Bart, der aus einer adeligen Offiziersfamilie stammte und der Sendungen für das Fernsehen produzierte, in denen gezeigt wurde, welches Geheimnis hinter den ägyptischen Pyramiden steckte und wie es mit dem Trinkwasser auf den Philippinen und dem Regenwald in Brasilien bergab ging. Der Regenwald war nämlich neuerdings auch bedroht und musste gerettet werden.

Diethelm von Dillingen hatte in seinem Buch »Das Jenseits im Diesseits« bewiesen, dass es ein Jenseits gab, wenn auch nicht unbedingt im biblischen Sinne, und dass man die Existenz eines Gottes ebenso wenig beweisen konnte, wie man beweisen konnte, dass es ihn nicht gab.

Das Jenseits war alles, was jenseits der menschlichen Wahrnehmungsfähigkeit und Vorstellungskraft lag. Die Bücher von Diethelm von Dillingen waren ein Tor zu dieser geheimnisvollen, aufregenden Welt, die man nicht sah.

Judiths Gehirn verkrampfte sich und dehnte sich zugleich aus, wenn sie sich das alles doch vorzustellen versuchte. Dass es das Universum schon seit Milliarden Jahren gab und den Menschen erst seit vielleicht einer Million Jahren.

Wenn sie sich in die Entstehung des Kosmos zurückdachte, den großen Knall und die anschließende Abkühlung, die Fusion von Helium aus dem ersten und leichtesten Element Wasserstoff im Inneren der Sonnen, die brodelnde Ursuppe und die ersten Einzeller, kamen ihr ihre eigenen Sorgen plötzlich winzig vor.

Es war nicht leicht zu denken, dass sie in einer Welt lebten, über deren Wirklichkeit sie so wenig wussten, und dass das Wenige, was sie wussten, den meisten Leuten egal war.

Sie wollten Karrieren, Wirtschaftswachstum und ihre Ruhe. Aber die bekamen sie nicht. Denn bald, waren Nosso und Heidi, die scheppe Babsi und Hamster, Judith und Hermann, waren sie alle überzeugt, würde die Wirtschaft zusammenbrechen. Aus dem einfachen Grund, dass es so nicht weitergehen konnte. Der Kapitalismus war am Ende. Aber was kam danach?

Das Weltall war in der vierten Dimension gekrümmt, es wurde immer größer, um sich irgendwann, nach weiteren Milliarden von Jahren, wieder zusammenzuziehen. Was kam dann? Was war davor gewesen?

Als Judith in der Zeitung eine Anzeige für einen Vortrag von Diethelm von Dillingen entdeckte, ganz in ihrer Nähe, klopfte ihr Herz. Vielleicht würde er es ihr erklären. Wenn sie sich traute zu fragen.

Zuerst wollte Ella nicht mitkommen. Ella war gescheit. Aber sie interessierte sich nicht für die Wirklichkeit. Sie war stolz darauf, keine Sachbücher zu lesen. Lieber las sie Romane oder schrieb selbst welche, ganze Tagebücher voll von Fantasiegeschichten, die natürlich keine Romane waren, wie Ella selbst sagte, aber die einfach so aus ihr flossen, ohne dass sie es nötig hatte, sie mit der Realität abzugleichen.

Ella hatte Judith einmal ein paar Seiten vorgelesen, aber Judith hatte, obwohl sie neidisch gewesen war auf Ellas Einfälle, nichts verstanden.

Bücher mussten das Leben erklären, auch wenn sie erfunden waren. Judith wollte alles verstehen. Egal, wie weh es tat.

Vielleicht ging es ihr zu gut oder zumindest gut genug. Wenn sie Ellas Narben betrachtete, wusste sie, warum Ella genug hatte von der Wirklichkeit, die sie nicht einmal richtig spüren konnte, wenn sie ihren eigenen Körper betraf. Ella hatte Fantasie, aber keine Moral.

Mit Heidi konnte Judith besser reden. Aber Heidi las keine Bücher. Nicht einmal Romane. Sie erkundete die Welt mit ihren Händen, sie buk und werkte, sie malte und nähte. Was man währenddessen mit ihr bereden konnte, setzte Judith immer wieder in Erstaunen. Vielleicht brauchte man keine Bücher, um die Welt zu verstehen?

»Ich kapiere solche Theorien nicht«, hatte Heidi gesagt, als Judith sie mitnehmen wollte zu dem Vortrag.

Schließlich hatte sich Ella doch überreden lassen mitzukommen.

»Aber nur, wenn du mir erklären kannst, warum du so etwas liest.«

»Ich will mir nicht vorwerfen lassen, weggeschaut zu haben«, sagte Judith.

»Aber das ist Panikmache«, sagte Ella.

Sie konnte die Welt erklären, ohne etwas zu wissen. Manchmal machte das Judith wütend.

»Das sagt mein Alter auch. Dafür habe ich ihm erklärt, dass in der chemischen Industrie nur Unmenschen arbeiten. Da war er beleidigt.«

Ella zuckte mit den Achseln. Sie hatte keinen Vater, deswegen konnte sie nicht wissen, wie wichtig es war, Papa zu überzeugen. Oder ihm zumindest Paroli zu bieten, wenn er schon nicht zu überzeugen war. In Sturheit waren sie einander ebenbürtig.

»Mein Alter gibt einfach nicht zu, dass die Gefahr real ist«, fuhr Judith fort, »außerdem ist es absurd, dass gerade diese Idioten keine Panik wollen. Sie rüsten ja aus Panik auf. Aber die anderen sollen ruhig bleiben und keine Angst haben! Der Osten und der Westen verbreiten doch Panik, weil sie selbst welche haben! Jeder vor dem anderen. Und jeder will, dass der andere noch mehr Panik vor ihm hat. Wie soll es da jemals zu einem Gleichgewicht des Schreckens kommen? Die Pershing II ist besser als die SS-20, sie wird das Wettrüsten nur weiter anfachen. Außerdem ist sie keine Abschreckung, sondern eine Hochpräzisionswaffe für einen Angriffskrieg, für gezielte, chirurgische Nuklearschläge.«

»Das ist nicht von dir«, unterbrach Ella sie.

»Nein, von dem Dillingen natürlich. Aber es klingt logisch. Außerdem: Diejenigen, die vor den Gefahren warnen, die von dieser Panik ausgeht, verbreiten doch keine Panik, sie wollen sie in den Griff bekommen! Sie wehren sich gegen die atomare Verseuchung im Kopf!«

»Sie werden die Bombe nicht werfen«, beschied Ella, apodiktisch, »das wäre Selbstmord. So blöd ist niemand.«

»Und wenn Biblis in die Luft fliegt?«

Jetzt konnte Ella auch nichts mehr sagen. Denn selbst wenn die Menschen zur Vernunft kamen oder sich nur stark genug vor dem Tod fürchteten, um die Bombe nicht zu werfen, konnte niemand einen Unfall ausschließen. Oder ein Missverständnis. So wie in dem Buch von den letzten Kindern von Schewenborn.

Judith kam wieder in Fahrt. Und Ella ließ sie gewähren. Vielleicht hörte sie gar nicht mehr zu.

»Mit dem Wachstum werden wir unsere eigenen Kinder ermorden. Und unsere Enkel. Wir leben jetzt schon von der Substanz der Erde«, sagte Judith gerade, als sie beim Vortrag eintrafen.

Der Saal war voll. Nur in der ersten Reihe waren noch ein paar Plätze frei. Die Leute hielten also Sicherheitsabstand. Judith wollte sich hinten zur Wand stellen, aber Ella zog sie nach vorne. Sie hatte keine Scham. Das bewunderte Judith so an ihr.

Er war nur drei Meter von ihnen entfernt. Diethelm von Dillingen lächelte. Er hatte denselben Bart wie Judiths Lateinlehrer, der Mann mit den Argusaugen, der sofort sah, wenn man abschreiben wollte, aber nichts hörte, wenn man sich hinter vorgehaltener Hand etwas zuflüsterte. Der Bart ging von einem Ohr über das Kinn bis zum anderen Ohr, wie eine Schaukel, über der in einer glatt rasierten Partie der Mund schwebte, mit feinen, geschwungenen Lippen.

In der Einleitung erzählte von Dillingen, wie er sich mit

fünfzig für das Schreiben und gegen die Industrie entschieden hatte, genau in dem Moment, als ein Karrieresprung bevorstand.

»Mein Alter ist auch fünfzig«, flüsterte Judith Ella zu, »aber der wird sein Leben nie ändern.«

»Trotzdem ist er kein Revoluzzer, dein Öko-Opa«, sagte Ella, ihre Stimme kaum dämpfend, »der war doch bei der Wehrmacht.«

Judith wurde rot. Hoffentlich hatte von Dillingen nichts gehört.

»Psst«, zischte sie, musste dann aber doch zurückflüstern, dass von Dillingen vielleicht kein Revolutionär, aber auch kein Reaktionär sei.

Von Dillingen hatte gerade angefangen, aus seinem Vorwort zu lesen. Er hob den Kopf und sah die Mädchen mit einem rügenden Blick an. Judith stieß Ella in die Seite. Ella kicherte. Judith bereute, sie mitgenommen zu haben.

Sie hörte die Wörter *Katastrophe*, *um Haaresbreite*, *Chancen, die nächsten beiden Generationen zu überstehen*, und *verzweifelt klein*. Sie kannte das Buch. Aber sie genoss es, dass andere es nun auch kennenlernten. Zum Beispiel Ella, die nun tatsächlich zuzuhören schien.

»Ich weiß«, las von Dillingen in seinem getragenen Professorentonfall, »dass man bei den meisten immer noch auf Ungläubigkeit stößt, wenn man versucht, sie aufmerksam zu machen auf das, was da mit scheinbar schicksalhafter Unabwendbarkeit auf uns zukommt. Dass man sich den Vorwurf einhandelt, man verbreite Angst und nehme insbesondere der jungen Generation jede Zukunftshoffnung. Als ob es sinnvoll wäre, die Hoffnung auf etwas zu hegen, das nicht stattfinden wird, jedenfalls gewiss nicht so, wie die Leute es sich immer noch vorstellen.«

Judith schaute triumphierend zu Ella. Aber die reagierte nicht. Angst sei überlebensnotwendig, meinte von Dillingen, und er könne nicht finden, dass die Angst sich noch vermehren ließe.

»Unsere Zeit ist – und das dürfte für alle Zeitalter gegolten haben – ohnehin voll von Angst. Zu befürchten ist allerdings, dass wir uns vor den falschen Problemen ängstigen.«

Er hob den Blick aus dem Buch, sprach frei weiter und schaute Judith dabei direkt in die Augen.

»Wir leben in einer Vorkriegszeit und bereiten uns selbst die Apokalypse vor. Diese Ausweglosigkeit, von der ich spreche, ist eine radikale Diagnose, ich weiß. Leider habe ich keine besseren Nachrichten. Ich weiß auch nicht, wie es sich angesichts dieser Aussichten leben lässt ohne Verzweiflung und Resignation. Ich weiß nur, dass es keinen Sinn macht, die Augen zu verschließen.«

Die Wörter zirkulierten im Raum und in Judiths Kopf. *Artensterben* und *Atomkrieg*, *Ausweglosigkeit* und *Apokalypse*, von Dillingen konnte sie aussprechen, als wären sie ein Experiment im Physikunterricht, das wie am Schnürchen ablief, weil eins zum anderen passte, als wären sie das Normalste der Welt. So hatte ja auch sein Buch geendet: mit der Bejahung des Untergangs.

Die Beweisführung war schlüssig. Ohne Tod gab es keine Entwicklung, kein höheres Leben. Die Evolution hatte den Tod erfunden und damit auch den Artentod. Kein Wesen lebte ewig. Aber auch keine Art lebte ewig. Den Tod konnte man nur hinausschieben. Oder mit dem Jugendwahn davon ablenken.

Die Menschheit würde also aussterben, so wie jede Art der Evolution einmal dran sei, früher oder später. Nur dass dieses *früher* Judith mehr betraf als von Dillingen. Vielleicht hatte sie es deswegen nicht verstanden. Es war logisch. Aber sie konnte im Gegensatz zu von Dillingen keinen Sinn darin erkennen.

Judiths Backen waren heiß wie Feuer. Die Innenseiten ihrer Arme juckten, vielleicht von der Wolle ihres Pullovers, vielleicht von der Ohnmacht, hier sitzen zu müssen und nicht um sich schlagen zu dürfen. Hier, zwischen all den nickenden Leuten, die doch zu wenige waren, um etwas zu verändern.

Jetzt sprach von Dillingen von unkurierbarer Friedensunfähigkeit und innerartlicher Aggressionsbereitschaft.

»Wir sind aus der Kleiderkammer der Evolution gewissermaßen mit der falschen Ausrüstung in die moderne Gegenwart entlassen worden«, sagte er und schien das zu bedauern.

Oder genoss er es ein kleines bisschen?

»Wir Heutigen sind die Generation, die den Untergang erleben und herbeiführen wird. Als schuldig-unschuldige Täter und Opfer zugleich werden wir umkommen von eigener Hand.«

Der Vortrag war zu Ende, und das Publikum hatte Fragen. Judith wollte sitzen bleiben, aber Ella stand so abrupt auf und stürmte hinaus, dass Judith ihr hinterherrannte.

Draußen hatte Ella schon die Zigarettenpackung gezückt. Sie sei nicht bereit, sich das Betroffenheitsgesülze des Publikums anzuhören, beschied sie und bot Judith eine Zigarette an.

Judith nahm eine, ließ sich Feuer geben und genoss es, den Rauch bis in die Lungen zu ziehen. Eine seltsame Klarheit breitete sich in ihrem Kopf aus, verscheuchte die Hitze aus den Wangen und aus dem Denken. Judith fühlte sich hellwach. Sie hatte gar nicht gewusst, dass Zigaretten so wirkten.

»Das ist nur so intensiv, weil du sonst nicht rauchst«, sagte Ella. »Sag, hast du das Buch mit?«

Judith zog es aus der Tasche.

»Wir werden es signieren lassen. Dann kann ich von Dillingen eine Frage stellen.«

Judith wollte sagen, dass sie draußen warten würde, denn das konnte ja wohl nur peinlich werden. Aber sie ging trotzdem mit. Sie waren die Letzten in der Reihe.

»Junge Damen, was darf ich schreiben?«, fragte von Dillingen und schaute ihnen in die Augen.

»Wie konnten Sie Soldat sein!«, platzte Ella heraus.

Von Dillingen schien überrascht zu sein, aber nicht verstimmt. Vielleicht ließ er es sich auch nur nicht anmerken.

»Das hat mich meine Tochter auch gefragt«, sagte er und verstummte.

Judith und Ella schauten ihn erwartungsvoll an.

»So einfach war es damals nicht. Ich war neunzehn, als ich in Russland war«, begann von Dillingen, aber er brach den Satz ab.

»Sie hatten auch keine leichte Jugend«, warf Ella sarkastisch ein.

»Leichter als die, die das Dritte Reich nicht überlebt haben«, konterte von Dillingen.

Wieder entstand eine Pause.

»Es gab keine braunen Usurpatoren und überrumpelte Opfer«, fuhr er fort, »sondern die Deutschen waren die Nazis, fast alle, in unterschiedlichen Verdünnungsgraden. Ich habe schon darüber nachgedacht. Aber noch nicht genug. Es sind die Imperative, die wir im Pleistozän gelernt haben: Hab Angst vor jedem Menschen, den du nicht persönlich kennst! Die Rechte deiner eigenen Horde sind den Rechten aller übrigen Horden übergeordnet! Konkurrenten werden totgeschlagen, auch wenn man sich davor fürchtet! Man muss so stark sein, das Böse zu tun!«

Von Dillingen schien für sich zu sprechen, trotzdem war er ganz bei ihnen, ganz Pädagoge.

»Deswegen die Euphorie für Hitler, versteht ihr, Mädchen?«

Nach diesem Satz verstummte er.

»Reden wir von etwas anderem!«

Judith hatte Mitleid, wie immer, wenn Menschen sich unwohl fühlten. Sie räusperte sich. Immer wenn sie etwas sagen wollte, auch in der Schule, schnürte es ihr zuerst die Kehle so zu, dass sie die ersten Wörter nur mit einem Kratzen herausbekam. Erst dann begannen die Sätze zu fließen.

»Wir sind Neandertaler mit der Atombombe in der Hand, hat Konrad Lorenz einmal gesagt«, versuchte sie einen Themenwechsel einzuleiten.

Ella schaute sie böse von der Seite an.

»Macht ihr bald Abitur?«, unterbrach sie von Dillingen. »Meines war Ostern 1939. Unser Lehrer sagte, wir sollten nach dem Arbeitsdienst im Sommer ohne Krieg wieder zurückkommen.«

Von Dillingen schien Judiths Einwurf nicht gehört zu haben, er war in einen Erinnerungsraum eingetaucht. Wie im Traum sprach er weiter.

»Ich verstand nicht, was er meinte. Kurz vor dem Abi wachte ich nachts auf und wusste, dass es vorbei war mit der Unbeschwertheit. Im September, als die Bomberstaffeln über unsere Köpfe nach Osten flogen, dachte ich zum ersten Mal, dass ich totgeschossen werden könnte. Wie alt seid ihr?«

»Achtzehn«, sagte Ella.

»Neunzehn«, sagte Judith.

Eine Pause entstand, die bedrückend, aber nicht peinlich war.

»Was sind das für Zeiten, wo ein Gespräch über Bäume fast ein Verbrechen ist, weil es ein Schweigen über so viele Untaten einschließt!«, warf Ella in die Stille.

»Bertolt Brecht«, parierte von Dillingen erleichtert und fuhr fort: »Eine Woche nach der Befreiung fuhr ich mit einem

Freund in der Straßenbahn. Ich weiß nicht mehr, wer von uns zuerst anfing. Jetzt ist die braune Verbrecherbande endlich zum Teufel gejagt! Und ihr Obergauner, der Hitler, hat sich feige davongestohlen! Sätze, die wir kurze Zeit vorher nicht einmal zu denken gewagt hätten, trompeteten wir durch den voll besetzten Waggon.«

»Und die Leute?«, fragte Judith.

»Der ganze Waggon verstummte. Manchen sahen aus dem Fenster. Oder auf den Boden. Wir fühlten uns frei, wir feigen Helden.«

Oma Finni hatte noch nie so traurig ausgesehen, wenn sie von Hitler sprach. Judith wollte ihre kostbare Zeit nicht mit den alten Nazis verschwenden. Jetzt gab es dringendere Fragen.

»Die Umweltsünder, das sind doch auch wir alle, fast wir alle, in verschiedenen Graden der Verdünnung«, brach es aus ihr heraus, »aber was folgt daraus? Was nützen uns da Theorien über das Pleistozän!«

Judith verstummte und wurde rot. Vielleicht war sie zu heftig gewesen, zu unsouverän? Von Dillingen hatte seine Ruhe wiedergewonnen. Er war schon wieder in akademischen Gefilden, dort, wo es nur Tatsachen und keine Gefühle gab.

»Naturwissenschaft kann sehr wohl zum Verständnis der menschlichen Existenz beitragen. Zum Beispiel dazu, wie viel es außerhalb des Wahrnehmbaren gibt, von dem wir nicht einmal etwas ahnen. Das ist das Jenseits! Es ist im Diesseits enthalten!«

»Glauben Sie an Gott?«, unterbrach ihn Ella.

»Der Wunsch, dass Gott existieren soll, ist kein Beweis dafür, dass es ihn gibt. Aber er ist auch kein Beweis dafür, dass es ihn nicht geben kann! Gott hat jedenfalls keinen Rauschebart.«

Judith wurde ungeduldig.

»Und der Mensch?«

»So wie das Weltall noch nicht fertig ist, ist auch der Mensch noch nicht fertig. Alles ist Entwicklung. Und niemand weiß, wie sie ausgehen wird.«

Judith hatte Ella vergessen. Und ihre eigenen Gefühle. Sie war ganz in diesen Denkraum eingetaucht, der alles umfasste, vom Urknall bis zur Atombombe. Es war eine Erhebung, und Judith verstand zum ersten Mal, was das Wort erhaben bedeutete: ein Gefühl ohne Gefühle. Die Freiheit von sich selbst. Die Fragen kamen tief aus ihrem Inneren.

»Weil die Evolution aus Zufällen besteht?«

Von Dillingen sah sie mit einem wachen, neugierigen Blick an. Er hatte offenbar Zeit. Oder er nahm sie sich.

»Aus Zufällen und Gesetzen. Wenn der Zufall alleine die Welt regieren würde, wäre sie ein sinnloses Chaos. Wenn es nur Gesetze geben würde, würde sie in einem sinnleeren Automatismus abschnurren. Ohne Zufall gibt es keine Freiheit und keinen Sinn und keine Verantwortung, sondern nur ein mechanisches Surren. Das Leben bedeutet Versuch und Irrtum, Ausprobieren und Zufallstreffer. Manche Erfindung und Erfahrung kann sich aber erst im Nachhinein als sinnvoll erweisen, wie zum Beispiel die Albinos in der Eiszeit: Da fanden Eisbären, Schneehasen und Schneehühner einen neuen Lebensraum, eine Nische. Leider reicht unser Verstand nur dazu aus, zu verstehen, dass wir ziemlich viel nicht verstehen. Und er reicht nicht aus, die Welt zu verstehen. Das macht mich zornig. Dass ich nicht genug Zeit habe, das letzte Geheimnis zu verstehen.«

Jetzt war Ella wieder da. Sie hatte auch Fragen.

»Zornig? Macht Sie das nicht traurig? Mich macht es immer froh. Dass alles noch komplizierter ist, als man denkt. Da wird es nicht langweilig im Leben.«

Von Dillingen schaut sie überrascht an.

»Leider lernt die Natur nicht aus ihren Fehlern«, fuhr er fort. Seine Bücher waren in ihm gespeichert und jederzeit abrufbar, wie am Schnürchen kamen die Sätze aus ihm.

»Die Natur hält Jahrmilliarden an ihren Errungenschaften fest. Sie hat keinen Plan, sondern wartet auf die Möglichkeit der Fehlerkorrektur. Manchmal muss etwas Neues kommen, damit es weitergeht. Ob das beim Menschen auch der Fall ist, wissen wir nicht. Aber seine Vernunft scheint nicht auszureichen, sich selbst zu retten.«

»Aber wir können doch lernen?«, wollte Judith wissen.

»Ja, wenn wir wollen. Wir können sogar uns selbst relativieren. Das ist neu in der Geschichte.«

Jetzt war wieder Ella an der Reihe.

»Warum braucht man überhaupt ein Gehirn?«

»Das braucht man nicht. Man kann auch ohne Großhirn in der Welt überleben. Schaut die Pflanzen an. Aber wenn man sich irgendwohin bewegen will, braucht man ein Gehirn. Ich habe in meinen Büchern bewiesen, dass der Kosmos das Leben und das Leben Empfindungen und Gefühle und sogar den Geist hervorbringen musste. Die Welt hat die Lebewesen gezwungen, zu unterscheiden, zu erkennen und auszuwählen. Das beginnt schon bei den Einzellern und Mikroben. Das Gehirn bildet die Welt nicht ab, sondern legt sie für uns aus. Es wurde nicht zum Verstehen der Welt erfunden, sondern zum Überleben. Das Gehirn hat das Lernen nicht erfunden, es stellt diesen Prozess nur zur Verfügung. Es ist das Werkzeug des Denkens, nicht seine Ursache. Es geht darum, was man in sich hereinlässt, um überleben zu können. Der Mensch ist kein Tier mehr, aber erst ein matter Abglanz der Prinzipien, die alles hervorgebracht haben, was wir Welt nennen.«

Von Dillingen hielt inne. Der Saal hatte sich schon lange geleert.

»Was glaubt ihr, was mir meine Tochter alles für Vorwürfe macht! Die heutige Generation hat es sich zum Lebensmotto gemacht, Tabus zu brechen. Aber nicht alles, was wir nicht verstehen, ist deswegen unbegründet. Bei gesellschaftlichen Konventionen wissen wir oft gar nicht, wofür sie gut sind. Aber natürlich ist es besser zu protestieren, als nicht zu protestieren. Wir haben in unserer Jugend zu wenig protestiert.«

Diethelm von Dillingen verstummte. Er hatte genug.

»Es hat mich gefreut, Mädchen«, sagte er. »Aber jetzt müssen wir nach Hause gehen!«

Er schenkte Ella zum Abschied ebenfalls ein signiertes Exemplar seines Buches und schrieb hinein: »Der Vorhang zu und alle Fragen offen«.

»Brecht«, murmelte Ella.

Sie war aber trotzdem nicht überzeugt.

»Nur weil er einen Rauschebart hat und Brecht kennt, ist er nicht Gott«, maulte sie im Zug nach Hause.

»Du hast vor niemandem Respekt«, sagte Judith.

»Jedenfalls wird von Dillingen nicht unsere Probleme lösen.«

»Weiß ich«, zischte Judith.

»Und ich weiß, dass wir nicht aussterben«, sagte Ella.

»Woher weißt du das?«

»Das habe ich so im Bauch, als Gefühl. Und was in Jahr millionen passiert, interessiert mich nicht. Dieser Dillingen hat gut reden. Er ist alt und hat nicht mehr lang zu leben. Da kann man leicht behaupten, sich mit dem Ende abgefunden zu haben. Und außerdem wird er mit seinem Geunke stinkreich.«

»Das ist ungerecht«, gab Judith zurück, »ihm das vorzuwerfen. Außerdem ist er doch nicht alt, erst knapp über sechzig. Da kann er noch lange leben. Zumindest bis zur Jahrtausendwende.«

Die nächste schriftliche Abiturprüfung war Englisch. Judith hatte sich gezwungen, George Orwells »1984« endlich zu Ende zu lesen, um sich darauf vorzubereiten.

»Krieg ist Frieden«, »Freiheit ist Sklaverei« und »Unwissenheit ist Stärke« lauteten die Parolen in Newspeak, die Judith so wütend machten. Es war schlimm, unterdrückt zu werden. Aber wenn jemand versuchte, in die Köpfe zu regieren, war das nur noch gemein.

Bei der Klausur zog sie das Thema »The American Dream« der Shakespeare-Frage vor. Der amerikanische Traum von Fleiß und Aufstieg, Villa und Jacht und der Macht des Geldes war auch eine Gehirnwäsche, aber immerhin eine freiwillige.

Ihr Vater hatte sie verwirklicht, nur nicht in Amerika, sondern in Deutschland. Nur nicht mit Jacht, sondern mit Mercedes-Benz und Skiurlaub in St. Anton am Arlberg.

Sie mussten die Wörter zählen. Tausendzweihundertneunzig zählte Judith, sie hätte noch mehr schreiben wollen, aber die Zeit war um, und sie wankte mit verkrampftem Rücken und benebeltem Riesenschädel hinaus auf die Straße.

Zwei Tage später ging es mit Deutsch weiter. Sie konnte sich noch nicht vorstellen, nie mehr in die Schule zu gehen, so wie sie es sich am Anfang nicht hatte vorstellen können, nun dreizehn Jahre zur Schule und neun Jahre auf genau dieses Gymnasium zu gehen. Auch Ewigkeiten hatten ein Ende. Aber noch war es nicht so weit. Nach den Osterferien sollten sie noch sechs reguläre Klausuren schreiben, die mündliche Abiprüfung in Mathe und Biologie war für den zweiten Juni festgelegt.

In den Osterferien trampten Judith, Ella und Heidi nach Berlin. Sie brauchten zwölf Stunden, obwohl sie nie lange warten mussten, bis jemand sie mitnahm. Manchmal hatte man als Mädchen auch Vorteile.

Sie standen auf der Transitstrecke im Stau, dann wollte der Fahrer im Intershop einkaufen, wo man nur mit D-Mark oder anderen konvertierbaren Währungen zahlen konnte.

»Und die Leute aus der DDR können sich da die Nase platt drücken?«, fragte Judith. »Das ist doch ungerecht!«

»Denen da drüben sind die Leute noch mehr egal als bei uns. Wenn der Klassenfeind Devisen bringt, darf er ruhig kommen«, meinte ihre Mitfahrgelegenheit ungerührt, ein farbloser Typ Mitte dreißig, der irgendwas mit Computern machte.

Judith kaufte eine Dose Kaffee, weil ihr das nostalgische Design gefiel. Auf der Rechnung stand: »Nicht für den Weiterverkauf bestimmt!«

Judith war noch nie in Berlin gewesen und hatte sich dafür fast schon genieren müssen. Von Berlin sprachen alle mit dem gleichen konspirativen Raunen wie von *Dam*, wie Amsterdam gerne genannt wurde von denen, die dorthin fuhren, um zu kiffen oder *Stoff* mitzubringen.

Jetzt also Berlin. Heidi hatte sie eingeladen mitzufahren, und Ella hatte sich angeschlossen. Es ging um einen Mann, in den sich Heidi auf einer Fete in Frankfurt verliebt hatte.

»Er heißt Jan und hat blonde Locken, man will immer hineingreifen in diesen Schopf«, schwärmte sie.

Heidi verliebte sich seit der Trennung von Nosso immer in Männer mit schönem Haar, die sich nicht für sie interessierten. Mit Nosso war sie vier Jahre lang zusammen gewesen, länger hatte von ihnen allen bisher noch niemand eine Beziehung hinbekommen. Auch deswegen hatten sie alle Heidi und Nosso so bewundert. Niemand hatte verstanden, warum sie sich trennten. Vielleicht hatten sie es nicht wissen wollen. Trotzdem war ein Ideal zerbrochen.

»Wahrscheinlich will Heidi gar nicht, dass es mit einem anderen klappt«, hatte Judith neulich zu Ella gesagt. »Dann kann sie Nosso weiter idealisieren.«

Auch der Blondgelockte aus Frankfurt passte in diese Reihe. Jan hatte auf keinen von Heidis Briefen reagiert, aber sie, als sie ihn endlich telefonisch erreichte, eingeladen, doch mal in seiner WG vorbeizuschauen, zum Beispiel dieses Wochenende, da hätten sie sowieso viele Gäste.

Seine Gleichgültigkeit stachelte Heidi geradezu an. Sie war nicht zu stolz, jemandem *hinterherzurennen*, wie Judith und Ella es nannten. Aber vielleicht waren Judith und Ella selbst auch nur zu schwach dazu? Eine Abfuhr auszuhalten, das war doch ein Zeichen von Stärke, oder? Judith ließ es auf so eine Möglichkeit gar nicht ankommen.

»Wenn einer mich will, dann wird er für mich uninteressant. Dann kann er ja nicht so toll sein, denke ich immer«, erzählte Heidi, als sie neulich darüber sprachen.

Judith sah Heidi plötzlich in einem ganz anderen Licht. Wie schaffte Heidi es nur, dass alle sie für unkompliziert hielten?

Als sie in Kreuzberg ankamen, waren die Vorbereitungen für die Fete schon im Gange. Ein Mitbewohner, der schon älter war, feierte sein erstes Vierteljahrhundert.

Die Wohnung bestand aus fünf riesigen Zimmern, die mit Flügeltüren verbunden waren, zugig und großherrschaftlich, wenn auch ein wenig heruntergekommen. Es war wie eine Eröffnung, es war gerade so, wie es sein musste, fand Judith, die mit einem Mal wusste, wie sie leben wollte. Mit einem Erker und Ausblick auf eine Berliner Allee und knarrendem, fleckigem Parkett unter den Füßen statt Pseudoholzfurnier und Teppichboden.

Sie halfen beim Buffetaufbau und begannen schon mit dem Rotwein. Die Wohnung füllte sich mit jungen Leuten, die genauso aussahen, wie man aussehen musste. Freundlich, lässig und bunt gemischt. Theologiestudenten mit blauen Pullovern, Südamerikaner mit Halstüchern, Frauen in schwarzen Lederjacken und sogar ein Punk mit Igelfrisur. Dazwischen Judith, Ella und Heidi, die versuchten so auszusehen, als ob sie immer schon dazugehört hätten.

Heidi musste schon bald einsehen, dass sich der Blondgelockte tatsächlich nicht für sie interessierte. Er knutschte mit irgendeiner Französin herum, die mindestens vier Jahre älter war als er. Heidi tröstete sich damit, dass sie gleich ein paar Mal tief am ersten Joint zog, der die Runde machte, dann wurde sie plötzlich ganz still, stand unvermittelt auf und musste ins Bett gebracht werden.

Ella sprach mit einem Mann aus Chile, der gleich den Arm um sie gelegt hatte, und war für Judith nicht mehr erreichbar. Eine Stunde später verschwand sie mit dem Chilenen in einem der Schlafzimmer.

Judith verbrachte den Rest des Abends damit, so zu tun, als fühlte sie sich wohl. Sie ging ab und zu zum Buffet, aß ein Stückchen Käse und versuchte mit Jan zu reden, dem Einzigen, den sie hier kannte, obwohl sie ihn natürlich überhaupt nicht kannte.

Aber Jan war mit seinen Freunden und der Französin beschäftigt.

Dann stand sie wieder ein Weilchen am Rand, überlegte, ob sie tanzen sollte oder die Pflicht hätte, mit jemandem ein Gespräch anzufangen. Zwei Sätze über den Käse, die Information, dass sie das erste Mal in Berlin war, aber ein Gespräch ergab sich daraus nicht.

Vielleicht lag es an ihr, daran, dass sie nicht so locker war, wie sie es gerne gewesen wäre oder glaubte, sein zu müssen. Einfach nur zu reden, irgendwelche Belanglosigkeiten, war das nicht Verrat? Verrat an sich selbst? War man dann nicht genauso wie alle anderen? So banal, dass man sich selbst verlor, bevor man sich gefunden hatte?

Aber auch der Versuch, über Gorbatschow und sein neues Programm von Glasnost und Perestroika zu sprechen, das Judith elektrisierte, weil es die erste glaubhafte Perspektive bot, die festgefahrenen Fronten, die Mauern in den Köpfen zu erweichen, weil er an der Möglichkeit zur Abrüstung oder zumindest des Endes der Aufrüstung festhielt, trotz aller Widerstände, fand keinen Widerhall.

Hoffentlich kam Ella bald aus dem Schlafzimmer! Judith tanzte zu einem Song ab, obwohl die Musik ihr nicht gefiel, ging noch einmal durch die Räume und auf die Toilette. In einem Nebenzimmer machten Joints die Runde. Wenn ich wenigstens rauchen würde, dachte sie, wie so oft.

Es war zwei Uhr, und Judith wusste, dass sie nicht ins Bett konnte, bevor die Fete zu Ende war. Und da sollte keine Verzweiflung aufkommen? Auf dem Flur stand zur Debatte, ob sie noch in einen privaten Club fahren sollten. Als in die Runde gefragt wurde, wer mitkäme, sagte Judith zu.

Der Club befand sich in irgendeinem schäbigen Keller mit der Anmutung einer Tiefgarage, aber die Musik schoss Judith sofort in die Beine. Sie hatte schon einige Gläser Rotwein getrunken, aber daran lag es nicht, dass plötzlich alle Last von ihr abfiel, es lag an der Musik, die in sie hineinfuhr und ihre Gliedmaßen bewegte, ohne dass sie nachdenken musste, welchen Rhythmus, welche Schrittfolge sie als Nächstes aus ihrem Repertoire ziehen sollte.

Sie tanzte, bis sie einen warmen Körper an ihrem Rücken spürte und zwei kräftige Arme sich um sie legten. Krause Haare und dicke Lippen berührten ihr Ohr, und Judith war zurück in der Wirklichkeit, wusste nicht, was tun mit dem kleinen Schauer, der vom Ohr bis in die Brust hinunter lief, und dem

Atem voll Rauch und Whisky, der ihre Nase penetrierte. Sie lachte und wand sich frei.

»I want to dance.«

Der Duft der großen weiten Welt war scharf und abstoßend, aber sie wuchs, als sie ihren Körper wieder für den Beat öffnete, von einem Mädchen zu einer Frau.

»No woman no cry«, sang Bob Marley, und Judith fühlte den Schmerz der Völker in ihren Gliedern.

Manche freilich mussten drunten sterben, wo die schweren Ruder der Schiffe streiften. *Ganz vergessener Völker Müdigkeiten kann ich nicht abtun von meinen Lidern, noch weghalten von der erschrockenen Seele …*

Hugo von Hofmannsthal, den Lyrik-Leo ihnen immer wieder vorgelesen hatte, bis Judith ihn auswendig konnte, Bob Marley, der »Woman, little sister, don't shed no tears« sang, und die Arme, die sich schon wieder um sie schlangen, sie zurückholten in den Raum aus Waschbeton mit billigen Tischen.

Sie kannte Schwarze nur aus dem Fernsehen, »Roots« hatte sie zwei Jahre nach »Holocaust« gesehen. Danach hatte sie auch das Buch über das Leben von Kunta Kinte gelesen. Seitdem hatte sie gewusst, dass die Amerikaner auch nicht viel besser waren als die Deutschen.

Judith schlug die Arme weg, aber sie kamen zurück wie Kraken, und etwas Heißes glühte hinter ihrem Gesäß.

Da war Jan, der sie an der Schulter nahm, beiseitezog und sagte: »Lass das Mädchen in Ruhe.«

»Ich mag deine Frrreundin«, sagte der Schwarze, der Rob hieß, khakifarbene Hosen und Springerstiefel trug, zu Jan und ließ wirklich von ihr ab, um sich einer Blondine in Leopardenhose zu nähern, die anfing zu stänkern und ihn zu provozieren, bis die beiden sich in den Haaren lagen und handgreiflich wurden.

Die Blondine keifte, drei Männer versuchten, die Streitenden auseinanderzuhalten, währenddessen blaffte ein Bernhardiner, der vorher im Flur gelegen hatte.

Und das alles um fünf Uhr morgens in Berlin, dachte Judith. Noch nie waren ihre Eltern so weit weg gewesen.

Auf dem Heimweg kauften sie beim Türken sechs Fladenbrote, Tomaten und Schafkäse. Die letzten Gäste waren nach Hause gegangen oder auf dem Boden oder dem Sofa eingeschlafen, als sie um halb sechs in die WG zurückkamen.

Nachdem sie den Käse gebacken und Kaffee getrunken hatten, fiel Judith auf irgendeine Matratze, *noch weghalten von der erschrockenen Seele stummes Niederfallen ferner Sterne,* auf der schon ein anderes Mädchen schlief.

Um halb elf weckte Jan sie, um zu fragen, ob sie zu einem Brunch in einem besetzten Haus mitkommen wolle. Ihr Kopf dröhnte, und ihre Glieder fühlten sich an wie Blei. Aber sie wollte.

Jan studierte Biochemie und trug heute eine Brille aus grauem Horn. Man konnte nichts gegen ihn einwenden, er war nett, obwohl er, abgesehen von seinen blonden Locken, nicht sehr gut aussah und auch ein wenig verbohrt schien.

Sie spazierten durch das Viertel zwischen Lausitzer Platz und Mariannenplatz.

»Hier gibt es oft Zoff mit den Autonomen«, sagte Jan.

Judith war sich nicht ganz sicher, was die Autonomen waren oder wollten, und sie geriet fast in einen Streit darüber mit Jan, der sagte, dass sie eben für die Freiheit seien. Die absolute Freiheit. Jeder sollte tun dürfen, was er wollte.

»Und das soll alle Probleme lösen?«, fragte Judith, »wenn jeder tun und lassen kann, was er will?«

Es erschien ihr eher ein erschreckendes Szenario.

»Absolute Freiheit ist absoluter Egoismus«, argumentierte sie, »dann darf ich jedem alles wegnehmen oder ihn umbringen, oder?«

So wollte Jan es auch wieder nicht sehen.

»Die Autonomen«, das hatte trotzdem einen guten Klang, fand Judith, den Geruch von Heldentum. Immerhin hatten sie dem Kapitalismus und der bürgerlichen Gesellschaft den Kampf angesagt.

Für den Brunch kauften sie Nicaraguabananen, frische Waffeln und Dritte-Welt-Kaffee und wollten gerade über den Lausitzer Platz schlendern, als beißender Gestank in ihre Nase stieg.

Neben einem Getränkeladen war ein Auto in Brand gesetzt worden. Jan schaute sich panisch um, und Judith folgte seinem Blick. Plötzlich waren Vermummte da, stürmten den Laden und warfen Kästen mit Mineralwasser und Bier auf die Straße. Von den Flaschen, die nicht zersprungen waren, wurde ein Schluck genommen, um sie dann endgültig auf dem Pflaster zu zertrümmern.

Sogar ganz Junge waren dabei, fast noch Kinder, sie bestanden wohl eine Mutprobe, denn sie sahen nicht so aus, als ob sie politisch zu denken imstande oder auch nur gewillt waren. Vom Ende der Straße rückte auch schon die Polizei heran.

Die Gegner schienen ein eingespieltes Team zu sein. Judith starrte mit großen Augen und wollte eigentlich nur schnell weg, aber Jan war so fasziniert davon, so etwas einmal »live« zu sehen, wie er sagte, dass sie aus gebührendem Abstand zusehen mussten, wie der Scherbenhaufen immer größer wurde.

Judith war wütend, auf Jan und ihre eigene Ängstlichkeit. Und auf Heidi und Ella, die nichts sagten.

»Ich habe keine Lust, mein Leben zu riskieren für so etwas«, murmelte sie in sich hinein.

Jan hatte es nicht gehört.

»Lasst uns das Ganze von oben anschauen!«, meinte er nach ein paar Minuten, »ich glaube, wir haben von unserem Brunch guten Ausblick!«

Heidi und Ella waren aufgekratzt, als ob sie gerade einen Actionfilm gesehen hätten. Judith war erleichtert. Aber Jan bestand darauf, noch einen Espresso in einer Bar zu nehmen, bevor sie zum Brunch gingen. Was führte er im Schilde? Judith kochte innerlich.

»Lasst uns noch mal sehen, wie die Dinge stehen.«

Jan schleppte sie noch einmal zum Lausitzer Platz zurück, und Ella und Heidi folgten ihm wie Lämmer, dahinter Judith, bockig, aber unfähig, sich zu befreien.

»Das ist wie Kino«, rief Jan.

Überall lag Müll herum, einige Vermummte und in Leder Gekleidete streunten umher, und von ganz weit hinten rückte ein Wasserwerfer an. Ein Pulk von Menschen kam ihnen entgegengerannt, Angst stand in den Gesichtern. Judith wusste nicht, wie ihr geschah, sie wurde mitgerissen von diesen Augen und fand sich panisch ein paar Schritte in die gleiche Richtung rennend, als Jan sie energisch zurückrief.

»Hej, das bringt nichts!«

Er war die Ruhe selbst. Judith hatte genug, sie kämpfte mit den Tränen und erklärte, dass sie hier wegwolle. Das Tränengas stach in der Nase, das Feuer im Hintergrund flackerte bedrohlich, und ein Teil des Straßenpflasters war aufgerissen. Die Straße war übersät mit Scherben und Bierdosen.

Heidi war einverstanden und schien ein bisschen erleichtert. Auf Judiths Fragen, was sie von dem Ganzen halte, gab sie nur ausweichende Antworten. Ella blieb tatsächlich ungerührt. Ella konnte man sich überhaupt nicht besorgt vorstellen.

Sie klopften bei der besetzten Wohnung, die keine Klingel

hatte, und ein müder Typ in einer versifften Jogginghose öffnete die Tür. Er begrüßte Jan. Sie packten ihre Sachen aus, kochten Kaffee und beobachteten das Geschehen aus dem vierten Stock.

»Schaut, da kommen die Wannen. Die Bullen jagen die Demonstranten«, sagte Jan befriedigt.

Wannen nannte man diese Fahrzeuge also. Judith suchte im Kühlschrank nach Milch, denn der Kaffee war stark, und sie mochte keinen Zucker, aber außer einem geöffneten Joghurt mit Schimmelaufsatz und einem angetrockneten Stück Käse fand sie nichts.

Auf dem Küchenschrank stand ein Glas mit Kaffeeweißer. Chemie pur, sicher mit vielen E-Nummern, dachte Judith angewidert. Das Ablaufdatum war seit drei Wochen überschritten, aber das war jetzt auch egal.

Judith ging wieder zum Fenster. So, von oben gesehen, war es spannend, fast schön. Wie in einer Reportage. Pulks von weiß behelmten Polizisten liefen mit ihren Schilden hinter den Demonstranten über das tote Gelände neben der Görlitzer Straße.

Hier sollte, wie Jans Bekannter erzählte, bald ein Park entstehen. Man konnte es sich nicht vorstellen. Später schaltete irgendjemand den Fernseher ein. In Mexiko war eine Boeing 727 gegen einen Berg geprallt. Alle hundertsiebenundsechzig Passagiere waren tot. Danach sahen sie einen Western und eine Dokumentation über arbeitslose Jugendliche.

»Wir sind in Berlin«, sagte Judith schließlich entnervt, »da wollen wir wohl nicht den ganzen Tag fernglotzen!«

Sie beschlossen, einen Spaziergang zu machen, Mauer, Tiergarten, Bahnhof-Zoo, Großer Stern mit Siegessäule und der goldenen Else oben drauf. Der Raum war weit, und Judith atmete die frische Frühlingsluft ein. Weil Ella ihren Fotoapparat in dem besetzten Haus vergessen hatte, mussten sie noch einmal dorthin zurück.

Erst gegen Abend machten sie sich auf den Heimweg. Auf den brennenden Autowracks, die ein gespenstisches Licht über den Platz warfen, hämmerten junge Burschen mit Strümpfen über dem Kopf mit Steinen und Brecheisen einen blechernen, dumpfen, schaurigen Rhythmus.

In der S-Bahn hing eine Wolke von Alkoholdämpfen. Jetzt weiß ich, was Krieg ist, dachte Judith. Wenn man nur noch reagiert und nicht mehr denken kann.

»Habt ihr Lust, mit nach Ostberlin zu kommen?«, fragte Jan am nächsten Morgen.

Es schien, als wolle er sich mit Judith versöhnen.

»Ich bin dort verabredet, habe Tanja und Mathias versprochen, dass wir zusammen chinesisch kochen.«

Judith war begeistert. Heidi und Ella waren auch dabei. Tanja war Jans Cousine, die er jedes halbe Jahr besuchte. Das hieß also einkaufen, Checkpoint Charlie, wo ihre Gesichter genauestens studiert und mit dem Passbild verglichen wurden, Zwangsumtausch und eine ratternde Fahrt, vorbei an den toten Stationen.

Dann standen sie mit ihrem Rucksack voll Vollkornreis, Gemüse und Sojasauce am Alexanderplatz. Niemand hatte sie aufgehalten. Obwohl alles ganz legal war, kam Judith sich wie eine Spionin vor. Nachkriegsstimmung. In den Geschäften fanden sie nichts, was sie für ihre fünfundzwanzig Ostmark haben wollten, aber man durfte den Rest des Zwangsumtauschs nicht wieder mitnehmen.

Sie standen vor den Auslagen und konnten es nicht fassen.

»Wie kann man sich nur so wenig Mühe geben?«, fragte

Heidi, die Bastlerin, die es liebte, aus dem, was andere Leute wegwarfen, noch etwas Schönes zu machen.

»Mein Vater erzählt immer von einem Kollegen in Jugoslawien, der sagt, so wenig, wie er arbeite, könne ihm der Staat gar nicht zahlen«, sagte Judith.

»Das Schlimmste ist doch die Fantasielosigkeit«, meinte Ella.

Sie versuchten in Worte zu fassen, was hier nicht stimmte, aber heraus kamen nur altkluge Gemeinplätze.

Was wussten sie von den Sehnsüchten und Ängsten der Menschen hier? Nichts, aber auch gar nichts. Sie waren drei verwöhnte Gören, die in ein Leben hineinschnupperten, das sie bis jetzt kein bisschen interessiert hatte, obwohl sie davon gewusst hatten.

»Mein Gott, was haben wir für Probleme«, murmelte Heidi vor sich hin, zupfte ihren Schal zurecht und schreckte Judith aus ihren Gedanken auf. Hatte sie gerade dasselbe gedacht?

Heidi hatte sich eine neue Art, sich zu kleiden, zugelegt. Mit einem Tuch im Haar, langen Ohrringen und großteiligen Ketten sah sie richtig gut aus.

Sie beherrschte das einfach. Bei Judith saßen Tücher immer falsch, und sie war den ganzen Tag damit beschäftigt, sie zurechtzuziehen, und konnte an nichts anderes mehr denken.

»Hoffentlich wird es nicht schwierig«, meinte Judith jetzt, »wir aus dem Westen, sie aus dem Osten. Da muss man aufpassen, was man sagt. Nicht dass sie denken, wir halten uns für was Besseres.«

Sie verstrickten sich in eine Diskussion über die Mauer.

»Natürlich sind wir ein Volk«, sagte Heidi, die Verwandte in der DDR hatte. »Wir sind jedes Jahr hingefahren, nach Leipzig, zu einer Tante von Papa, und haben zu Weihnachten Pakete geschickt.«

Judith sagte nichts. Sie leistete stille Abbitte dafür, dass sie die Sozialkundelehrerin verachtet hatte mit ihrem Beharren auf dem einen Deutschland.

Heidis Vater war als Kind zu Fuß geflohen, da hatte es die Mauer noch nicht gegeben. Das einzige Gepäckstück, das er und seine Mutter hatten mitnehmen können auf dem Leiterwagen, war eine Holzkiste gewesen, ein schönes Stück, in dem Heidi jetzt ihre Tücher aufbewahrte. Judith kannte die Geschichte.

Volk. Manchmal ging Heidi etwas sorglos mit den Wörtern um. Aber Judith fiel im Moment auch kein besseres ein.

»Mir war es immer egal, dass es zwei Deutschland gibt und dazwischen eine Grenze«, sagte Judith.

Aber die anderen waren schon weitergezogen, um eine Buchhandlung zu suchen. Bücher mussten nicht schön sein, sie mussten nur wahr sein.

In der internationalen Buchhandlung fanden sie Klassiker von Tolstoi und Dostojewski, E.T.A. Hoffmann und Heinrich von Kleist und erstanden auch ein paar Postkarten, die aussahen, als ob sie vor dreißig Jahren aufgenommen worden wären.

Sie setzten sich auf eine Bank und schrieben, währenddessen studierte Judith die Passanten. Man sah, dass die Menschen sich Mühe gaben, gut auszusehen, viel mehr Mühe als im Westen. Sauber und ordentlich sahen sie aus in ihren altmodischen Kleidern.

Manche trugen auch Jeans und Turnschuhe, so wie sie, aber niemand hatte darauf Flecken oder Löcher, die in Judiths Clique als eine Art Adelsausweis galten.

Schon in der Mittelstufe hatten Judith und ihre Freundinnen ein Ritual durchgeführt, wenn jemand neue Turnschuhe bekommen hatte. »Igitt, wie weiß und neu!«, sagte die Besitzerin des unverschämt weißen Schuhwerks, und dann musste jeder einmal drauftreten. Oder seine Unterschrift draufsetzen, wie auf einen Gipsverband.

Auf dem Weg zu ihren Gastgebern fanden sie einen kleinen Laden und erstanden eine Flasche ungarischen Wein namens Egri Bikavér. Wie die Wohnung von Tanja und Mathias wohl aussah?

Als Tanja ihnen die Tür öffnete, leistete Judith schon wieder Abbitte. Sie sah, dass auch Heidi damit kämpfte, die Fassung zu bewahren. Sie hatten wohl eine unauffällig gekleidete Studentin erwartet, die sie schüchtern in ihre altbackene oder bestenfalls billig moderne Wohnung mit braunen Tapeten bitten würde.

Tanja hatte dunkle, lange Haare und trug eine weite schwarze Hose und ein bedrucktes Hemdchen im Nepal-Stil. Kein Blusenkragen. Keine geblümten Plastikvorhänge in der Wohnung. Mit bewundernden Ausrufen ließen sie sich durch die Zimmer führen.

»Das könnte genauso gut eine Studentenwohnung bei uns sein«, entfuhr es Heidi, »und keine von den schlechtesten.«

Sie sah sich um, sich vergewissernd, dass es stimmte: »Alte Möbel, einfache, schwarz gestrichene Regale und weiße Raufasertapete, Bastteppiche und ein paar Bilder – meine Wohnung ist ähnlich, nur kleiner. Sogar ein Klavier habt ihr. Da kann man ja direkt neidisch werden.«

»Hattet ihr euch das anders vorgestellt?«, fragte Tanja.

Sie nickten, ein wenig beschämt. Aber Tanja schien es ihnen nicht übel zu nehmen. Zum Glück fragte sie nicht, wie sie es sich vorgestellt hatten.

Judith konnte sich gar nicht sattsehen an Tanjas Gesicht. Sie war ungezwungen, offen, schön. Mathias würde erst etwas später kommen, erklärte Tanja. Judith wusste plötzlich, es würde nett werden.

Beim Kochen quatschten sie schon wie alte Freundinnen, über Bücher, Wohnungen, das Studium. Tanja war im zweiten Semester, wollte wissen, was sie studieren wollten, und war erstaunt zu hören, dass sie es nicht wussten.

Auf dem Weg zum Klo inspizierte Judith Tanjas Bücher. Kafka, Kundera, Böll – auch hier gab es keinen Unterschied. So eine abgebeizte Kredenz mit geschwungenen Schubladen und geschliffenem Glas hatte sie sich vor einem Jahr auch gekauft. Judith hatte vier Wochen in einer Nähmaschinenmotorenfabrik dafür gearbeitet.

Als sie zurückkam, öffnete Heidi gerade die Dose mit den Sojasprossen.

»Wir sind ein Volk«, dieser Satz ging Judith nicht mehr aus dem Sinn. Sie wusste jetzt, was Heidi damit gemeint hatte.

»Ist ›Die Unerträgliche Leichtigkeit des Seins‹ nicht verboten hier?«, fragte sie.

»Klar«, sagte Tanja, »aber das liest hier jeder. Für mich war es sehr wichtig. Danach war mir klar, dass ich dieses System nicht mehr will. Vorher war ich mir da nicht ganz so sicher. Schließlich haben wir ja für das Gute gekämpft.«

Judith versuchte, nicht zu erstaunt auszusehen.

»Für Gerechtigkeit, Gleichheit und Menschlichkeit«, setzte Tanja mit einem ironischen Zwinkern hinzu.

Jetzt verstand Judith gar nichts mehr. Sie hatte immer gedacht, die DDR sei böse. Sie hatte nicht gewusst, dass die DDR sich selbst als gut empfand und das ihren Schülern auch noch erfolgreich einbläute.

Sie hatte immer gedacht, in der DDR gehe es vor allem darum, die Freiheit zu unterdrücken. Dass jemand dabei freiwillig mitmachte, war ihr noch nie in den Sinn gekommen. Sie kam sich auf einmal dumm vor und hilflos.

»Aber du durftest doch nicht mal studieren, was du wolltest?«, fragten Judith und Ella beinahe wie aus einem Mund.

Tanja hatte sich gerade noch darüber beklagt, dass das Geschichtestudium sie nie interessiert habe, vor allem, weil es so politisch sei.

»Marxismus-Leninismus und so«, hatte sie mit einer wegwerfenden Kopfbewegung gesagt.

Ihre gepflegten, glänzenden Haare hatten dabei elastisch gewippt, aber ihr Mund hatte einen verbitterten Zug gezeigt.

»Ich wollte ja immer Musik machen. Aber das haben sie mich nicht gelassen.«

Waren sie unsensibel gewesen? Judith suchte fieberhaft nach einem unverfänglichen Gesprächsthema. Da ihr aber nichts Unverfängliches einfiel, fragte sie Tanja nach Gorbatschow, und Tanjas Gesicht hellte sich auf.

Sie wüssten nicht, ob sie hoffen sollten, sagte sie. Aber so viel Grund zu Hoffnung habe es noch nie gegeben.

»Immerhin ist Gorbatschow der erste sowjetische Präsident, der lacht!«

»Und sogar meine liebste Feindin Maggie Thatcher mag ihn und möchte mit ihm Business machen«, setzte Jan süffisant hinzu, »und habt ihr gewusst, dass seine Frau Raissa, die neue Geheimwaffe des Kreml, die Joan Collins aus der Steppe, dieselben sündteuren Ohrringe wie Maggie trägt?«

»Aber sie ist keine Schreckschraube, so wie Maggie und Nancy und Hannelore«, meinte Judith, »und sie hat Philosophie studiert.«

»Philosophie in der Sowjetunion ist Marxismus-Leninismus«, merkte Tanja an.

Und für Judith war es wieder einmal an der Zeit, rot zu werden.

Als Heidi prophezeite, dass Gorbatschow noch den Kommunismus abschaffen würde mit seiner Glasnost und Perestroika, brachen alle in wildes Gelächter aus, das ebenso abrupt wieder abbrach.

Nicht einmal Heidi hatte eine Sekunde daran geglaubt, sie hatte es nur gesagt, um etwas Optimistisches zu dem Gespräch beizutragen.

»Natürlich nicht zu unseren Lebzeiten«, setzte sie beschämt hinzu.

»Die Kommunisten sollten sich mal lieber um den Wald und um die Umwelt kümmern«, fand Judith.

Das Essen war schon fast fertig. Tanja hatte ebenfalls Wein besorgt, mit dem mitgebrachten hatten sie also genug zu trinken. Sogar Stäbchen gab es.

»Ich habe aber nicht abgeschmeckt«, sagte Ella entschuldigend.

Das tat sie immer. Sich weigern abzuschmecken. Als ob sie dann für den Geschmack keine Verantwortung mehr trüge.

»Das ist aber uss gut«, bemerkte Tanja und klaubte mit den Stäbchen geschickt ein paar Sprossen mit Reis auf.

Judith staunte.

»Vor zwei Jahren haben wir ja schon mal chinesisch gekocht«, erklärte Jan, »da habe ich keine Sprossen mitgebracht, aber ihr die Stäbchen dagelassen.«

Tanja sagte zu allem *uss*, *uss* schön, *uss* interessant. Es passte zu ihren verschmitzten Augen. Fünf Freunde sitzen in einem Zimmer, aber vier davon müssen um Punkt Mitternacht das Land verlassen, dachte Judith, sich für ihr Pathos schämend, aber diesen bitteren Gedanken dennoch bis zur Neige auskostend.

Manche freilich mussten drunten sterben, *wo die schweren Ruder der Schiffe streifen, andre wohnen bei dem Steuer droben, kennen Vogelflug und die Länder der Sterne.*

Wenn sich Zeilen von Hofmannsthal in ihren Kopf schlichen, drückte es Judith Flüssigkeit in die Augen. Seit dem Club passierte das andauernd. Sie konnte sich nicht vorstellen, wie es sein musste, niemals die große weite Welt bereisen zu können. Sie hatte offenbar wenig Fantasie. Oder zu viel.

Vielleicht drückte es ihr deswegen die Tränen in die Augen, wenn sie an das Gespräch mit Jan am Tag zuvor dachte, bei dem sie behauptet hatte, dass es ihr egal sei, dass es zwei Deutschland gebe.

»Und warum?«, hatte Jan wissen wollen.

»Das war immer schon so!«, hatte sie geantwortet.

»Immer! Seit die kleine Prinzessin denken kann?«, hatte Jan geätzt.

War es vermeidbar, dass das Gespräch auch auf Reisen kam? Aus irgendeinem Grund hatte Judith von den Freunden erzählt, die mit dem Fahrrad die Sahara durchquert hatten, und schwärmte nun von Nepal.

»Da will ich nächstes Jahr hin. Du gehst drei Wochen nur durch die Berge«, sagte sie, »von Dorf zu Dorf. Die Hauptstraße ist so breit.«

Judith hielt die Hände schulterbreit auseinander.

»Du siehst und hörst kein einziges Auto. Und dann die Rhododendren, ganze Wälder mit roten Blüten, so groß.«

Sie formte beide Hände zu einer Kugel. Dann verstummte sie plötzlich und wurde rot. Die Gemeinsamkeit war nur ausgedacht. Fünf Freunde saßen an einem Tisch, alle waren Deutsche, aber vier davon …

Sie war rücksichtslos. Warum hatte sie davon anfangen müssen?

Aber Tanja schien nicht böse zu sein, im Gegenteil.

»Nach Nepal wollte ich auch schon immer«, sagte sie und versuchte zu lächeln. »Erzähl doch weiter, bitte.«

Tanja interessierte sich wirklich für Nepal. Trotzdem ärgerte sich Judith. Über sich selbst. Sie hatte so aufgepasst. Konnten sie sich hier überhaupt richtig verhalten?

Glücklicherweise war Mathias gerade heimgekommen. Er hatte langes Haar, der Typ, den Heidi Schluffi nannte. Eigentlich sah er Anders ein bisschen ähnlich, ein sanfter Mensch, der, wie er erzählte, eine Band hatte und Gitarre spielte.

Sie müssten unbedingt noch die Szene erleben, meinten Mathias und Tanja, das Nachtleben Ostberlins. Also fuhren sie, nachdem Mathias den Rest der Reispfanne vertilgt hatte, mit seinem Trabi zum Prenzlauer Berg. Heidi musste bei Jan auf dem Schoß sitzen und Judith bei Ella.

Vor dem Club, von dem es hieß, er sei der beste, stand eine lange Schlange. Die jungen Menschen waren gleich alt wie Jan, Heidi, Ella und Judith. Aber ihre Gesichter sahen älter aus.

»Aus Sicherheitsgründen«, erklärte Mathias mit einem sarkastischen, resignierten Unterton, »wird nur eine bestimmte Anzahl von Leuten hineingelassen. Und der große Saal, der gerade renoviert wurde, bleibt unter der Woche geschlossen, weil sich da eh nicht so viele Leute vergnügen sollen. Da soll man ausschlafen, damit man am nächsten Tag munter und freudig an die Arbeit gehen kann.«

Sie standen also und warteten, derweil der Abend, der einzige, kurze Abend, den sie miteinander hatten, zerrann. So war das also wirklich im Osten. Man wartete. Eine halbe Stunde bevor geschlossen werden sollte, fingen die Leute an, den Türsteher zu überreden, sie doch noch reinzulassen.

»Jetzt ist es doch egal, wenn noch ein paar mehr da sind, es wird doch sowieso bald geschlossen.«

Aber der blieb hart. Tanjas hübsches, fröhliches Gesicht bekam mit einem Mal eine fahle Farbe. Judith konnte ihre tonlose Stimme, die sagte, dass sie diese Art von Leben satt habe, auf ihrer eigenen Haut fühlen. Auf ihrer Gänsehaut.

Mathias und Jan hatten mit Ella und Heidi gerade beschlossen, vor der Abfahrt wenigstens noch einen gemeinsamen Kaffee zu trinken. Aber auch damit hatten sie keinen Erfolg.

»Leider kein Platz mehr frei«, hieß es im nächsten Lokal, obwohl einige Tische ganz leer waren.

Bitten halfen nichts, und so zogen sie wieder ab, um in einer Kneipe noch ein letztes Bier zu trinken. An den großen freien Tisch durften sie sich aber nicht setzen, sondern mussten sich zu sechst auf drei verschiedene Tischchen verteilen, die nahe beieinander standen.

Manche liegen immer mit schweren Gliedern bei den Wurzeln des verworrenen Lebens, andern sind die Stühle gerichtet, sang es in Judith, und eine bleischwere Melancholie ließ sich auf ihren Gliedern nieder.

»Setzen Sie sich ordentlich hin – wir sind hier eine anständige Kneipe!«, schimpfte die resolute Kellnerin, als sie sich einander zuwandten, um sich wenigstens die letzten zehn Minuten miteinander unterhalten zu können.

Judith hatte nicht gewusst, was Machtlosigkeit war. Jetzt wusste sie zumindest, was Macht war. Die Kellnerin schien sie zu hassen, obwohl sie sie gar nicht kannte, obwohl sie gar nichts gemacht hatten.

Jan legte den Arm trotzdem auf die Rückenlehne, um mit Mathias reden zu können. Als die Kellnerin ein weiteres Mal mit dem Tablett vorbeimusste, stieß sie ihn demonstrativ zurück. Jan wollte protestieren, aber Mathias stieß ihm mit dem Ellbogen in die Seite, und Tanja sah traurig zu Boden.

Dann war es plötzlich Viertel vor zwölf. Schnell leerten sie die Gläser, fuhren mit dem Trabi zur Grenze und umarmten sich noch einmal. Judith drückte Tanja unauffällig die letzten Ostmark in die Hand.

»Die dürfen wir ja nicht mitnehmen.«

Sie kam sich schäbig vor, wie eine Verräterin. Tanja und Mathias winkten, als sie die Treppe hinuntergingen.

»Wir schreiben uns«, rief Tanja, und Judith weinte.

Die Tränen stürzten aus ihr heraus, und kein Wille der Welt konnte sie mehr zurückhalten. Judith war machtlos. Sie lief, als liefe sie um ihr Leben. Als sie sich ein letztes Mal umdrehte, standen Tanja und Mathias noch da, zwei Menschen in grünen Parkas und mit bunten Halstüchern, abgestellt am falschen Ort.

Zwei Minuten vor zwölf. Die Beamten, die Judith und Heidi gleich durchließen – noch nie war Judith so misstrauisch gemustert worden –, gaben plötzlich vor, Jans Gesicht nicht in seinem Passfoto wiedererkennen zu können. Irgendein Hauptmann wurde gerufen, der wissen wollte, ob Jan denn noch nie Schwierigkeiten mit seinem Passbild gehabt habe.

»Ich bin vorher noch nie so genau mit meinem Passbild verglichen worden!«

Jan konnte nicht anders als provozieren. Der Hauptmann schaute ihn undurchdringlich an, ohne die Miene zu verziehen. Es dauerte eine Ewigkeit, bis sie ihn endlich durchwinkten.

Doch ein Schatten fällt von jenen Leben in die anderen Leben hinüber. Und die leichten sind an die schweren Wie an Luft und Erde gebunden: Viele Geschicke weben neben dem meinen, durcheinander spielt sie alle das Dasein.

Nicht einmal Hofmannsthal konnte Judith noch trösten. Sie war machtlos. Sie hatte versagt. Aber was hätten sie tun können, außer ebenfalls drüben bleiben?

Als sie am nächsten Tag noch einmal durch Westberlin flanierten, am Ku'damm und seinen teuren Geschäften vorbei, kam sich Judith vor, als wäre sie einer heimlichen Gehirnwäsche unterzogen worden.

Eigentlich hasste sie den Konsum und seine Rituale, die teuren Einkaufsbeutel, die man zu Hause wegwarf, die Werbung, die ein Glück versprach, das man anderen missgönnte. Warum kam ihr dann plötzlich alles so schön vor? Die Schaufenster, die liebevoll dekoriert waren, die geschmackvolle Präsentation der Waren, die freundlichen Schilder und Hinweise. Wie war es dem Kommunismus passiert, alles Schöne zu zerstören, indem er das Gute gewollt hatte?

»Alles so schön bunt hier!«, sang Ella in ihre Fragen hinein.

Sie hatte es auch verstanden. Judith hakte sich bei Ella und Heidi ein, und sie grölten das Lied von Nina Hagen.

»Ich schalt die Glotze an. Happiness, Flutsch, Flutsch, Fun, Fun. Ich glotz von Ost nach West zwei, fünf, vier. Ich kann mich gar nicht entscheiden. Ist alles so schön bunt hier! Ich glotz TV, TV, TV, TV, TV.«

Die Sozialkundelehrerin hatte recht, es gab keinen Unterschied zwischen den beiden Deutschland, jedenfalls nicht bei den Menschen. Und Judith hatte wieder einen paar ungelöste Fragen mehr in ihrem Rucksack. Aber sie war auch eine Frage losgeworden. Sie wusste jetzt, dass der Kommunismus, dass der real existierende Sozialismus keine Lösung war. Nicht für den Wald und nicht für die Menschen.

Am Tag nach ihrer Rückkehr detonierte in der Diskothek La Belle, die bei US-Soldaten beliebt war, eine Bombe aus Nägeln und Eisenstücken, drei Menschen kamen ums Leben, zweihundertsechzig Menschen hatten sich in dem Gebäude befunden, das vollständig zerstört war. Sie hatten nichts gewollt, außer zu tanzen.

Judith saß bei Heidi in der Küche, wo sie Brötchen gebacken hatten und gerade Masken aus Gipsbinden herstellten, als sie die Nachricht im Radio hörten. Judiths Gesicht war bedeckt von den feuchten Binden, die schnell fest wurden. Sie konnte nicht sprechen, eingemauert und blind.

Judith dachte an Rob und seine starken Arme, die sie von hinten umfangen hatten, sein dunkles Gesicht und sein liebenswürdiges Grinsen. Dann nahm sie die Maske ab und konnte zum ersten Mal ihre Konturen von außen betrachten, ihr eigenes Gesicht, wie es nach ihrem Tod aussehen würde, friedlich und steif und nicht mehr sie selbst.

Vielleicht war Rob unter den vielen Tänzern gewesen, denen es das Trommelfell zerrissen hatte. Sie selbst, Judith, war noch einmal davongekommen.

Einen Tag später beschuldigte der amerikanische Präsident Ronald Reagan den libyschen Revolutionsführer und Regierungschef Muammar al-Gaddafi, das Attentat angeordnet zu haben. Gaddafi habe sich für die Versenkung von zwei Kriegsschiffen gerächt, mit denen die USA sich wiederum für Terrorakte der PLO gerächt hatten, die von libyschem Boden aus organisiert worden sein sollten. Irgendwie hatte Syrien dabei auch seine Finger im Spiel. Und so weiter.

Wie sollte das weitergehen? Konnte Krieg ewig Frieden bleiben, oder musste es einmal einen Knall geben?

16.4.

Es braut sich etwas zusammen! Die Amis, die Schweinehunde, haben tatsächlich am Dienstag um zwei Uhr morgens mit dreißig Kampfflugzeugen Tripolis angegriffen!!! Und das nur, weil die Libyer vor zehn Tagen einen Anschlag auf eine Disco in Berlin gemacht haben.

Jetzt hat dieser Gaddafi-Hitler ein wenig auf einen amerikanischen Stützpunkt auf einer italienischen Insel geschossen … Er hatte ja vorher schon angekündigt, dass er auf amerikanische Stützpunkte in Italien und Spanien schießen würde!

Bomben gegen Terror – das ist ganz gewiss nicht die richtige und wirksame Art, diesen zu unterbinden bzw. zu beseitigen.

22.4.
Ach Scheiße. Heute morgen habe ich eine ganz tolle Figur in der Schule getöpfert, die mir dann beim Einpacken umgefallen ist, weil ich die Tücher zu nass gemacht habe, und die jetzt ganz verbeult ist.

Dann habe ich zwei der Briefe, die ich nach Frankreich geschickt habe, weil ich auf einem Biobauernhof arbeiten möchte, zurückgeschickt bekommen. Adresse unbekannt.

Zu guter Letzt habe ich für Anders, der morgen Geburtstag hat, einen Käsekuchen gebacken, der mir beim Stürzen in der Mitte ausgelaufen ist. Vor Wut oder Ärger oder Ichweißnichtwas fing ich an zu heulen.

Jetzt könnte ich die ganze Zeit weiterheulen. Ich möchte wissen, warum. Vielleicht liegt es ja an der Pille? Gestern war im Fernsehen wieder so ein deprimierender Film über Umweltzerstörung. Von tot geborenen, blauen Ferkeln, deren Organe außerhalb des Körpers waren.

Von Menschen, die Lähmungen, Verkrüppelungen, Allergien und Krebs hatten, weil ein Düngemittel- oder Insektenvertilgungsflugzeug über ihren Hof geflogen ist. Über Kühe, die Geschwüre am Euter hatten. Ein Bauer erzählte, dass in den nächsten Jahren in Schweden zwanzig Millionen Menschen an Krebs sterben werden – und sie haben ja nur acht!

»Die Rache der Natur« hieß der Film. Heidi ist überzeugt, dass wir alle an Krebs sterben werden.

26.4.
Eben war ich alleine im Kino, und Kino macht mich immer so melancholisch. Es war ein Film, bei dem man oft nicht

wusste, ob es sich um Realität oder ein Gedankenspiel handelte.

Wenn ich nach einem Film, der mich beeindruckt hat, auf die Straße trete, fühle ich mich wie gereinigt und nicht von dieser Welt. Ich lächle, und meine Mimik fühlt sich an wie die der Hauptdarstellerin. Ich bin eine andere.

Dann gehe ich wie abgehoben durch die Leute – es ist gerade Markt, und die ganze Fußgängerzone wimmelt von Menschen, überall Bänke, Gläser, Lachen – und empfinde ein großes Gefühl in mir.

Es ist so schade, dass das einfach verebbt, mit den schönen neuen Kleidern und den frisch gewaschenen Haaren, so jung und voller unbestimmter Zärtlichkeit, einfach nach Hause zu gehen und diesen Überschwang mit niemandem teilen zu können.

Dann denke ich immer, dass jetzt etwas Besonderes passieren müsste, dass ich einen alten Bekannten treffe oder den Mann meines Lebens. Es kommt mir so absurd vor, nur für mich schön zu sein.

28.4.

Letzter Freitag: Hermanns Geburtstag und französisches Theaterstück in der Schule vom Französisch-Leistungskurs: König Ubu, dieser lächerliche, machtgierige Tropf.

Samstag: Wegen Regen gescheitertes Zelten auf dem Grundstück von Hamsters Tante.

Morgen: Theaterausflug nach Heidelberg.

Mittwoch: Wanderung in den ersten Mai mit allen Freunden auf die Hütte, wo wir auch letztes Jahr waren.

Donnerstag: Schlussvorstellung der Theatertage in unserer Schule.

Donnerstag bis Sonntag: schulfrei.

Das Wichtigste: Die Alten fahren für eine Woche auf Urlaub

nach Österreich zum Wandern etc. Ein Genuss: Die Wohnung für mich zu haben. Endlich tun und lassen, was ich will.

Was soll ich studieren? Keine Ahnung!

29.4., Nacht auf Dienstag

In Russland ist ein Atomkraftwerk-Unfall passiert. Eine riesige radioaktive Wolke schwebt gerade über Skandinavien. Dort wurde die sechsfache Radioaktivität gemessen. Ja, wahrscheinlich wird erst einmal, zumindest in Europa und in Nordamerika, ein Großteil der Bevölkerung an Krebs sterben. Aber was passiert dann noch?

Ich fühle mich scheiße, scheiße, scheiße. Was, wenn man die Luft nicht mehr atmen kann, das Wasser nicht mehr trinken kann, wenn alles verseucht ist? Ich rede zwar jetzt davon und schreibe darüber, aber ich kann mir gar nicht so richtig vorstellen, wie das sein wird. Noch nie ist jemand, den ich näher gekannt habe, gestorben.

Ich bin ganz alleine im Haus. Was soll ich machen?

29.4., Dienstagabend

Im Radio sagen sie, dass kein Ostwind weht, also die Gefahr für Deutschland »verhältnismäßig gering« sei. Aber in der Atmosphäre ist die Wolke ja allemal! Sie wissen nicht genau, was passiert ist, aber die Amerikaner vermuten, dass es der schlimmste überhaupt mögliche Unfall (Schmelzen des Kerns) ist, und befürchten, dass die drei oder vier anderen Reaktoren auch hochgehen könnten.

Das ganze Ding soll brennen.

Entweder macht die Katastrophe allem ein Ende, oder die Leute wachen endlich auf (vielleicht)! Ich habe mir überlegt, dass, so wie Sauerstoff früher einmal ein Gift war und jetzt unser »Lebenselixier« ist, radioaktive Strahlung für spätere Populationen einmal das Lebenselixier sein könnte. Denn es werden ja nur diejenigen Lebewesen überleben oder solche entstehen, die dagegen resistent sind oder die sie brauchen.

30.4., Mittwoch
Eben höre ich in den Nachrichten, dass auch schon in Kärnten erhöhte Werte gemessen wurden. Die Bevölkerung wurde dazu aufgerufen, kleine Kinder in den Wohnungen zu lassen! Oh nein!!!! Wie soll das enden!

Später:

Die radioaktive Wolke hat Deutschland doch erreicht, es wurden erhöhte Werte in der Luft gemessen. Am Vormittag war ich im Naturkostladen bei der scheppen Babsi, um mich irgendwo auszuweinen. Heidi ist bei einer Tante, Ella in Italien bei ihrem Vater. Gleich bin ich mit Nosso verabredet in der Alten Mühle. Da bin ich wenigstens nicht allein.

Mit Nosso konnte man reden. Vor allem, seit er und Heidi nicht mehr zusammen waren. Bei der Trennung von Nosso und Heidi war ein Riss durch die Clique gegangen. Sie hatten kein Zentrum mehr gehabt. Sie hatten den Glauben an die Liebe verloren. Die Beziehungen wurden loser, es bildeten sich neue Freundschaften. Zwischen Judith und Nosso, zwischen Heidi und Hamster.

Judith und Anders hatten nach ihrer Trennung ein paar Mal wieder zusammengefunden, aber es war nur die Erinnerung der Körper gewesen, die ihre Liebe wiederaufflackern hatte lassen, für ein paar Tage, für ein paar Wochen. Jedes Mal hatte es sich ein wenig vergeblicher angefühlt. Es war vorbei.

Anders hatte sich schnell mit einer anderen getröstet. Und Judith war seitdem allein. Sie hatte die Bodenhaftung verloren, sie fühlte sich frei, manchmal zu sehr. So wie heute.

Nosso saß schon in der Alten Mühle. Er trank ein Weißbier mit Reiskorn und Zitronenscheibe, Judith bestellte sich ein Glas Rotwein.

Sie redeten über die Clique, wie meistens. Nosso erzählte, warum Hamster der Grund für die Trennung von Heidi gewesen war, ihre Freundschaft, ihre gemeinsame Begeisterung für Musik, die verrückten Filme, die sie gedreht hätten, die Fotos, die sie gemacht hätten, schwarz-weiß, mit aufgeschnittenen Mülltonnen als Halskrause, mit Stacheldraht zwischen den Zähnen, von Brücken abstürzend, das Gesicht schmutzig und schmerzverzerrt wie im Krieg.

Da habe Heidi eben nicht mithalten können mit ihrer Kindergärtnerinnenausbildung und Bastelleidenschaft. Judith sagte nichts. Sie wusste, dass Heidi Nossos Bewunderung für Hamster auf die Nerven gegangen war. Seine Unterwürfigkeit. Er haderte mit seinem Maschinenbaustudium und traute sich nicht, auf Musikwissenschaft zu wechseln, so wie Hamster es endlich getan hatte. Nosso war feige.

Immerhin hatte er im Zuge der Trennung endlich Happy rausgeschmissen! Sie waren sich einig: Happy war niedlich, aber er war auch unheimlich.

»Er hat drei Kinder irgendwo, aber kümmert sich einen Dreck um sie«, sagte Nosso.

»Neulich hielt er die ganze Zeit meine Hand und küsste sie ab und zu. Ich habe mich nicht getraut, sie wegzuziehen. Das war schrecklich, und er hat das nicht mal gemerkt«, sagte Judith.

Nosso hatte sich ein zweites Bier bestellt und Judith einen Gin Tonic, den sie trank, indem sie den Strohhalm eintauchte, ihn oben zuhielt, zum Mund führte und dann den Finger wegnahm. Die süße, prickelnde, leicht bittere Flüssigkeit lief ihren Schlund hinunter und tröstete sie, obwohl es nichts mehr zu trösten gab, jetzt, wo alles vorbei war.

Jetzt, wo alles vorbei war und sie nichts tun konnten, konnten sie genauso einen netten Abend verbringen. Judith erzählte Nosso, dass sie in Mathe in der letzten Klausur dreizehn Punkte gehabt habe, und das bei Mathe-Mülli, der besonders streng war. Seitdem überlege sie, Mathe zu studieren und eine Dissertation in Mathe zu schreiben über die grafische Veranschaulichung eines 5:5-Vektorsystems.

»Da muss ich halt nur noch die vierte und fünfte Dimension entdecken. Ich stelle mir schon vor, wie ich den Nobelpreis bekomme und bei meiner Rede in Stockholm *besonderen Dank an meinen Mathematiklehrer Manni Müller* ausspreche, *der mich die Mathematik lieben gelehrt hat*, und wie er zu Tränen gerührt in der letzten Reihe sitzt.«

Nosso lachte.

Judith brauchte mehr als eine Stunde, um ihren Longdrink auf diese Weise auszutrinken. Sie überlegte, dass, je weniger im Glas war, desto weniger auch im Strohhalm sein würde, und versuchte zu eruieren, ob das Verhältnis von Glasinhalt zur Zeit – gesetzt, man würden den Strohhalm in gleichen Abständen eintauchen – eine Gerade oder eine Kurve ergeben würde.

Nosso konnte sich für die Frage durchaus erwärmen und riet Judith, darüber ihre zweite Doktorarbeit zu schreiben. Judith lachte.

»Ich stelle mir vor, dass ich mit fünfzig eine total zerstreute und total verrückte Professorin bin.«

Sie fand Gefallen an der Geschichte, gemeinsam mit Nosso spann sie sie weiter aus. Das große Haus, das sie haben würde, mit einem großen Grundstück und möglichst einem kleinen See dabei.

»Das Haus liegt etwas außerhalb der Stadt. Ziemlich einsam. Dann habe ich ein paar Schafe, Hühner und eine Kuh. Einen großen Gemüsegarten und viele Obstbäume. Pferde.

Einen Einspänner und eine alte Rostschüssel von Auto. Einen verrückten Mann und frei erzogene Kinder. Tausende von Büchern. Viel Unordnung. Ein paar Katzen. Alte Möbel. Dann feiere ich wilde Feste, mit Unmengen von Freunden.«

Ihre Begeisterung spiegelte sich in Nossos Gesicht. Manchmal dachte Judith, dass er in sie verliebt sei. Aber für sie war er nur wie ein Bruder. Nicht mehr. Auch wenn sie miteinander geschlafen hatten. Obwohl sie miteinander geschlafen hatten. Sie genoss es, dass seine warmen Augen auf ihr ruhten. Auch wenn die Welt unterging, war es schön, sich geliebt zu fühlen.

»Wer will, darf für eine Weile bei uns wohnen«, fuhr sie fort. »Da gibt es keinen Zwang. Ich male Bilder, töpfere, stricke und spinne und mache ab und zu mal einen Skandal. Dann reise ich natürlich in alle nur erdenklichen Länder. Was ich dann noch an Geld übrig habe, verschenke ich. Im Garten arbeite ich auch viel. Ich gehe spazieren und wandern und schwimmen und lese unter dem blühenden Apfelbaum.«

Bei dem Wort Apfelbaum stockte Judith. Es stockte ihren Atem. Sie hatten sich getroffen, um über Tschernobyl zu sprechen, um über ihre Zukunft zu sprechen.

Am Nachmittag war Judith bei einer Informationsveranstaltung der Grünen gewesen, wo werdende Mütter mit dicken Bäuchen geweint hatten. In was für eine Welt würden ihre Babys geboren? Was sollten, was konnten sie ihnen noch zu essen geben? Eine Frau hortete Mineralwasser. Eine andere schluchzte, weil sie ihr Kind nichts ahnend im Sand hatte spielen lassen.

»Wie geht es dir mit deinem Vater?«, fragte Nosso in ihre Gedanken. Judith war überrascht. Dann fiel es ihr wieder ein.

»Ach so, wegen Silvester? Wo ich angekündigt habe, zum Schlafen nicht nach Hause zu kommen?«

Nosso nickte.

»Das ist jetzt schon so lange her für mich. Dabei war es erst vor vier Monaten. Er hat gesagt, dass ich das nicht tun darf, wenn ich noch ein bisschen Konsens mit ihm haben will. Dass ich es mir dann für immer mit ihm verscherze. Und dann hat er mir noch vorgeworfen, in was für eine verkommene Gesellschaft ich geraten bin. Das sind alles Leute, die sich gegen die verkommene Gesellschaft wehren, habe ich ihm geantwortet. Aber das hat er nicht mal kapiert: dass ich mit verkommen seine Gesellschaft gemeint habe, die, die er für anständig hält.«

Was Judith damals noch nicht ahnen konnte: dass die, die sich gegen die Gesellschaft zu wehren gewohnt waren, es verlernten, sich gegen sich selbst zu wehren. Dass das ihr größter Denkfehler war. Dass sie sich die Wahrheit über sich selbst nicht eingestanden und auch nicht über den Menschen. Es gab sie nicht, die Guten, die von der bösen Gesellschaft verdorben wurden, denn sie alle waren die Gesellschaft.

»Die Gesellschaft gibt es nicht«, sollte der Satz werden, mit dem Margaret Thatcher in die Geschichtsbücher eingehen würde als eine, die kein Mitleid hatte mit denen, die sich nicht selbst helfen konnten, die einen rücksichtslosen Wettbewerb propagierte. Aber sie hatte es anders gemeint, als Judith es später verstehen würde.

Die Gesellschaft, die ihre Freunde anklagten und die sie auch anklagte, weil es sich so gut anfühlte, zu den Guten zu gehören, zu denen, die alles durchschaut hatten, war nur ein Abstraktum, ein Sündenbock, der sich nicht wehren konnte, weil er nur ein Wort war.

Untaten wurden immer von Menschen begangen, nicht von Wörtern, und wenn viele Menschen etwas gemeinsam wollten, kam oft etwas dabei heraus, das niemand gewollt hatte.

Wenn man der Gesellschaft die Schuld gab, konnten alle so weitermachen wie bisher – und es änderte sich nie etwas. Oder man führte eine Revolution herbei und wurde selbst zum Täter.

Judith sollte mit dieser Frage nie zu einem Ende kommen. Sie sollte sich immer kleiner fühlen, je älter sie wurde. Sie sollte sich damit abfinden, dass ihre Macht begrenzt war, und daran nicht mehr so verzweifeln wie jetzt.

Aber einstweilen war sie überzeugt, auf der richtigen Seite zu stehen, ein erhebendes, ein triumphales Gefühl. Sie war aufgestanden, gegenüber ihrem Vater, hatte sich verabschiedet mit eiskaltem Gesicht und dem Gefühl der Endgültigkeit. Um Mitternacht hatte sie bei ihrer Mutter angerufen, um ihr ein gutes neues Jahr zu wünschen.

»Warte, der Papa will mit dir reden«, hatte ihre Mutter gesagt. Und der hatte etwas gemurmelt von »halb verziehen«. Judith war erleichtert gewesen. Trotz allem.

Konnte man die Welt retten? Das war die Frage, die sie im Moment mehr beschäftigte als der Sieg über ihren Vater. Nosso ließ sich darauf ein.

»Von Atomkrieg, Waldsterben und Aids war mir immer noch Aids am liebsten«, meinte er, »aber das kann man jetzt noch leicht sagen, wo es noch nicht richtig angefangen hat. Wenn erst einmal alle Menschen um uns herum sterben, unsere besten Freunde, dann wird der Horror schon noch kommen.«

Dann sagte er noch, dass die Seuche zumindest das Problem der Überbevölkerung lösen würde. Das war natürlich zynisch. In schwarzem Humor war Nosso unschlagbar. Judith liebte ihn dafür.

»Ich kann mir nicht vorstellen zu sterben«, sagte Judith. »Das ist schon seltsam, denn Ella sagt, sie könne es sich sehr wohl vorstellen.«

Sie starrte in ihr Glas, das leer war. Nosso bestellte zwei Whisky.

»Ich lade dich ein.«

Judith hatte seine Augen nie wirklich schön gefunden. Sie

waren groß und von einem satten Dunkelbraun, aber die Augenwinkel zeigten leicht nach unten. Eigentlich mochte sie blaue Augen lieber. Aber sie hatte noch nie ein so weiches Gefühl gehabt, wenn ihr jemand in die Augen sah. Das konnte Nosso. Die Frau, die ihn bekam, hatte Glück. Ein Mann zum Pferdestehlen. Zum Herumkuscheln, zum Lachanfällekriegen.

Aber das waren auch nur Phrasen. Nosso erschien ihr so groß und so kindlich zugleich. Sie wäre ihm am liebsten ins Haar gefahren mit der Hand. Im Nacken sah es noch samtiger aus. Genau das mag ich an Nosso, wusste sie plötzlich, dass er ernst und heiter zugleich sein kann.

Dann redeten sie wirklich über Tschernobyl. Aber es gab so wenig zu sagen. Sie wussten nicht, was kommen würde, sie waren überzeugt, dass es nicht mehr lange dauern würde, bis alles vorbei wäre. Sie fühlten sich betrogen. Und trotzdem waren sie erleichtert.

Jetzt hatte sich gezeigt, dass sie recht gehabt hatten, mit allem. Es war so gekommen, wie es nicht hatte kommen dürfen, und dass daran nur die maroden Meiler des Ostens schuld waren, war der größte, der neue Betrug, den man ihnen aufzuschwatzen versuchte.

»Hier bei uns?«, äffte Nosso den Innenminister nach, »kann so was nie passieren.«

»Hierher kommt nur die Wolke«, assistierte Judith, »aber damit haben wir ja nichts zu tun. Die atmen wir nur ein.«

Sie dachte an alle Bücher, die sie gelesen hatte, alle Vorträge, die sie gehört, an alle Sendungen, die sie gesehen hatte. Das alles half jetzt nicht mehr weiter.

Die Bedrohung war da, man konnte sie nicht mehr wegreden mit Theorien. Man konnte sie nicht mehr auf Abstand halten mit Analysen. Man war ihr ausgesetzt, machtlos und klein. Das

Bild war gekippt. Die Natur, ihre letzte Zuflucht, die ihnen gerade noch so bedroht vorgekommen war, die sie gerade noch hatten schützen wollen, hatte ihr Gesicht gewechselt, war zum geharnischten Feind geworden.

Die gesündesten Lebensmittel waren am meisten toxisch: Milch, Salat, Spinat, Pilze. Sie lernten neue Wörter und Zahlen kennen: Becquerel war die Maßeinheit, an der man sehen konnte, wie viele Atomkerne wie schnell zerfielen, Caesium-137, Strontium-90 und Jod-131 hießen die Spaltprodukte, die in der Wolke über den Eisernen Vorhang geflogen waren.

Bei der Nennung der Halbwertszeiten wurde ihnen schwindelig. Jod-131 lag bei acht Tagen, Strontium-90 bei achtundzwanzig Jahren und ein paar zerquetschten, und Caesium-137 lag bei dreißig Jahren. Judith würde fast fünfzig sein, und dann war immer noch die Hälfte da.

Caesium war wasserlöslich und konnte leicht in den Körper gelangen. Jod lagerte sich in der Schilddrüse an, und Strontium konnte man in den Knochen und in den Zähnen nachweisen.

Judith und Nosso tauschten Wissen aus, Wissen mit dem sie die Zeit füllten und das ihnen nicht weiterhalf.

Müde und ratlos gingen sie nach Hause. Sie hatten die Katastrophe vorausgesehen, sie hatten sie eingeübt, aber nun hatten sie trotzdem keine Antwort. Sie waren allein mit sich, ihrem Körper und ihrer Angst.

Wie schon im Jahr zuvor hatte die Clique eine Wanderung in den ersten Mai geplant, der dieses Mal auf einen Donnerstag fiel. Sie hatten Schlafsäcke mitgenommen und übernachteten in einer Hütte. Die Stimmung war ausgelassen, aber bedrückt. Sie wollten Spaß haben, aber es gelang ihnen nicht.

»Ob dein Gott mit Bart sich jetzt wohl die Hände reibt«, ätzte Ella, »weil die Geschichte ihm recht gegeben hat?«

Judith hatte auch schon an Diethelm von Dillingen gedacht. Aber sie wusste ja nur zu gut, was der jetzt dachte. Lieber hätte sie gewusste, was im Kopf von Michail Gorbatschow vor sich ging.

»Das Schlimmste war die Reaktion von Gorbi«, antwortete sie. In Gorbatschow hatten sie all ihre Hoffnungen gesetzt. Und jetzt hatte er reagiert wie ein Betonkommunist und die Öffentlichkeit nicht informiert und dann von einem *Störfall* gesprochen.

»Wem soll man denn jetzt noch glauben?«, assistierte Nosso.

»Jetzt muss etwas passieren!«, war Heidi überzeugt.

Nosso schnaubte verächtlich. Seit der Trennung demonstrierte er gerne, wie wenig er Heidi ernst nahm. Dabei hatte sie sich von ihm getrennt. Hamster lachte nur sein zynisches Lachen und sagte, dass jetzt sowieso alles vorbei sei.

Judith sah ihn erstaunt an. Er schien nicht einmal darunter zu leiden. Hatte Hamster überhaupt Gefühle? Wenn, dann versteckte er sie gut hinter seiner männlichen Stirn und seinen braunen Locken.

Manchmal bewunderte Judith Leute, die cool waren, so wie Ella oder Hamster. Die sich nicht alles so zu Herzen nahmen. Die nicht immer das Gewicht der ganzen Welt zu schultern versuchten, sondern sie abblitzen ließen mitsamt ihren Dramen und Widersprüchen und Katastrophen.

Sie taten so, als ob sie feiern würden wie immer, umgeben von Wald und Dunkelheit, wo sie so laut sein durften, wie sie nur wollten. Sie hatten französischen Käse mitgenommen, Oliven und selbst gebackenen Kuchen mit Rosinen. Das Bier hatte Nosso wie immer mit dem Motorrad raufgefahren, war dann aber wieder zurückgefahren, um sich das Fest mit ihnen zusammen zu erwandern. Aber sie konnten die Stimmung nicht aufrechterhalten. Sie zogen sich früh in die Schlafsäcke zurück, jeder in seinen eigenen, und am nächsten Morgen gingen sie schweigend nach Hause.

Das Wetter wurde wärmer, und am Samstag trafen sich alle zum ersten Mal in diesem Jahr an dem kleinen See, in dem Baden eigentlich verboten war und wo sie, beäugt von Anglern und vorbeiradelnden älteren Herren, ihre Kleider auszogen und nackt ins Wasser sprangen, mutwillige Schreie ausstoßend, und in der Sandgrube nebenan, wo ein Baggersee entstand, eine Schlammschlacht veranstalteten.

Sie kullerten die Sandberge hinunter, lachten und probierten Handstand und Handstand-Überschlag, bis Hamster und Nosso entdeckten, dass einige der Wasserlachen aus Lehm bestanden. Da gab es kein Halten mehr. Hermann hatte seinen Fotoapparat dabei.

Hamster und Judith zeigten sich besonders unerschrocken darin, ihren Körper zu beschmieren und zu exponieren. Sie posierten als lehmverschmiertes Paar, Adam und Eva, vor der Vertreibung aus dem Paradies, einander mit weit geöffneten, verzerrten und aufgerissenen Mündern in die Augen schauend.

Nachher gingen alle noch zu Heidi, auch Nosso, der zum ersten Mal in die Wohnung kam, seitdem er ausgezogen war, erwartungsgemäß melancholisch wurde und sich abrupt verabschiedete.

Judith saß mit Hamster, der eigentlich Tobias hieß, aber als Kind Hamster genannt worden war, weil er so dicke Backen gehabt hatte, auf dem Sofa. Heute hatte Hamster keine dicken Backen mehr, im Gegenteil, er hatte ein kantiges Gesicht, das viel zu männlich aussah für sein Alter.

Judith nahm sich vor, nie mehr Hamster zu ihm zu sagen. Hamster war ein Kind. Aber Tobias ein Mann.

Das Schönste an ihm waren seine Lippen. Wenn er sprach,

bewegten sie sich so anmutig, dass Judiths Blick nicht davon loskam. Er hatte ebenmäßige Zähne, nur seine Eckzähne standen ein wenig vor. Als er anfing, sie zu küssen, schwindelte ihr.

Das Gespräch, das sich an diese Küsse anschloss, ein wenig abseits von den anderen und von diesen unbemerkt, vermochte sie in ihrem Tagebuch kaum wiederzugeben.

Sie beschränkte sich darauf zu schreiben, dass es ein Wunder gewesen sei, dass sich zwei verschlossene Menschen geöffnet hätten. Sie hatten geredet, geschwiegen, geredet und geschwiegen. Und Judith hatte zum ersten Mal das Gefühl, dass sie verstanden wurde. Sie war glücklich.

In dieser Nacht kam der erste Regen. Er verfrachtete die Gefahr, die man nicht sah, in die dunkle Erde. Von da an hieß es, dass Milch und Frischgemüse nicht mehr ohne Weiteres verkauft werden dürften. Verglichen mit den Halbwertszeiten war die Dauer dieser Einschränkung aber nicht einmal lächerlich zu nennen. Da waren sich alle einig. Sie war eine Frechheit.

In der Schule sagten ihnen die Lehrer noch einmal, was sie zu meiden hätten: Milch, Pilze, Salat, Spinat, barfuß gehen. Birte saß da mit einer hochmütigen Miene, dann fing sie unvermittelt an zu weinen.

Sie sollte eine Woche keinen Spinat essen und den Unfall dann wieder vergessen. Zumindest würde sie Judith erstaunt ansehen, als sie beim Abiball nebeneinander zu stehen kamen und Judith sie auf den GAU ansprach. Sie würde nicht einmal das Wort verstehen.

»Größt-mög-li-cher Un-fall«, würde Judith Birte vorbuchstabieren und dann ohne Abschied davonstiefeln mit ihren hohen, breiten Ökoschuhen, in denen sie sich deplatziert vorkam, unverstanden, rücksichtslos und unfähig, klein beizugeben.

Birte sollte ihr entgeistert nachblicken und nicht verstehen, worum es ging. Vermutlich hatte sie keine Ahnung, was ihr Verrat in Judith angerichtet hatte. Vermutlich hatte sie seit ihrem Verrat noch kein einziges Mal von Judith geträumt, während Birte Judith beinahe jeden Monat im Traum erschien, die verlorene Schwester, mit der sich Judith zurückzog in die Höhle der Kindheit, in die Vergangenheit, so, als ob nichts gewesen wäre.

Wenn sie aufwachte, wunderte sie sich jedes Mal, wohin dieser Teil in ihr, der Birte immer noch liebte, tagsüber verschwand. Denn es musste ihn ja geben, so viel wusste Judith über Träume, aber sie konnte ihn nicht spüren.

Am Tag nach dem Regen ging Judith in den Garten, sobald sie mit den Hausaufgaben fertig war. Sie wollte die Bedrohung sehen, auch wenn das natürlich unmöglich war. Das Gras war giftig, sein leuchtendes Grün versuchte sie in Sicherheit zu wiegen.

Sie starrte auf seine aufrechten, kräftigen Halme und auf seine satte Farbe mit demselben Blick, mit dem sie seit Jahren den Wald absuchte, aber hier würde sie die Zeichen noch weniger wahrnehmen können, nämlich gar nicht. Man konnte seinen Augen nicht mehr trauen.

Judith hob ihren Kopf, schaute in den Himmel und dachte das Wort *strahlend*. Es war eine Farce.

In der Schule hatten sie einen Geigerzähler. Aber diese Gefahr konnte man nicht durch Rechnen zähmen. Denn der Krebs hielt sich nicht an Zahlen, er wurde durch Zufall und nicht durch die Höhe der Dosis hervorgerufen.

Sie überlegte, die Schuhe auszuziehen, um das Gras zwischen ihren Zehen kitzeln zu lassen. Aus Trotz. Aber sie verwarf diesen Gedanken in dem Moment, in dem er aufgetaucht war, und ging in ihr Zimmer. Sie schrieb, aber jetzt halfen auch die Wörter nicht mehr.

6.5., Dienstagnachmittag
Jetzt ist alles in den Boden geregnet. Im Fernsehen sagen sie, Baden in stehenden Gewässern sei im Moment nicht ratsam. Aber die Werte, die unsere liebe Bundesregierung als tolerierbar bestimmt hat, sind sowieso zu hoch.

Außerdem wird eine ganz gemeine Verharmlosungspolitik betrieben. Die Bevölkerung sei zu keinem Zeitpunkt gesundheitlich gefährdet gewesen!!

Kohls lieber Innenminister, der Herr Zimmermann, verkündet: »Bei uns könnte so etwas nie passieren! Natürlich bauen wir weiter!«

Damit meint er natürlich unsere absolut sicheren deutschen Reaktoren! Da glaubt der naive Mensch, dass sie angesichts einer solchen Katastrophe vielleicht einmal aufwachen würden und etwas tun – aber nein! Nichts dergleichen. Und wenn die Leute an Krebs sterben werden, werden sie sagen, dass etwas anderes daran schuld war!

Es ist übrigens heiß geworden, Sonne und Temperaturen bis zu dreißig Grad! Die Obstbäume blühen in aller Pracht. Alles grünt. Blumen auf den Wiesen. Strahlender Himmel und Sonne, die einen wärmt. Doch das ist nur scheinbar (wie Kafka sagen würde).

Der strahlende Himmel strahlt Radioaktivität, den schleichenden Tod. Über den »lebensspendenden« Regen gelangt sie in den Boden, in unsere Nahrung und in unser Trinkwasser. Wenn die Menschen nicht einmal aus einem Super-GAU (= größter anzunehmender Unfall) lernen, werden sie nie lernen!

Am Donnerstag ist Christi Himmelfahrt, ein Feiertag. Zum Frühstück haben wir dreizehn Leute zu mir eingeladen. Da werden wir mindestens drei Bleche Brötchen und einen Kokoskuchen backen!

7.5.
Die Zeit fängt langsam an, mich zu bedrängen, sie zerrinnt mir zwischen den Fingern: Anfangs war ich noch ganz verzweifelt, dass in zwanzig Jahren alles zu Ende sein würde. Doch die Bedrohung rückte immer näher, bis auf circa fünf Jahre (so lange soll es dauern, bis der Tschernobyl-Unfall die Krebsraten steigen lässt), dann zwei Jahre (so lange soll es dauern, bis der Wald tot ist), und jetzt hatte ich plötzlich das Gefühl, dass es sich nicht einmal mehr um Jahre handeln könne.

Wenn man noch einen Baum in den Alpen sehen will, muss man sich beeilen, denn in den Höhen geht es am ehesten los.

Das, was ich bei mir manchmal mit Erschrecken bemerke, nämlich dass es mir zeitweise Genugtuung bereitet, Schreckensnachrichten des drohenden Verfalls und Untergangs zu lesen oder zu hören, weil ich dann recht bekomme, ist bei Tobias schon viel weiter gediehen.

Er kann gar nicht mehr verzweifeln darüber, sondern nur noch lachen. Werde ich in fünf Jahren auch so sein?

9.5.
Heute habe ich die letzte Prüfung abgelegt. Zumindest in der Schule.

12.5.
Jetzt habe ich nur noch drei Tage Schule.

15.5.
Ich bin so glücklich. Tobias und ich gehen in Konzerte, er will mich in die Alte Oper nach Frankfurt mitnehmen. Er studiert ja schon im vierten Semester Musikwissenschaften. Aber, oh weh, er will Ende Juni mit Nosso für drei Monate auf Weltreise gehen: Ägypten, Sinai, Rom.

Wie soll ich das nur überstehen? Wie wird es sein, wenn er wiederkommt? Werden wir dann noch ineinander verliebt sein?

Judith hatte sich von ihren Freundinnen entfernt. Heidi hatte neben der Kindergärtnerinnenausbildung noch eine als Logopädin begonnen, und Ella hatte kurz nach ihrer Rückkehr aus Berlin in der Teestube einen Amerikaner namens Jeff kennengelernt, der fromm war und Ella davon überzeugt hatte, dass sie Jesus brauche, so wie er selbst.

Dabei hatte Ella, als sie zu dritt bei Heidi gekocht hatten, noch vor ein paar Wochen zwei aufdringliche Zeugen Jehovas, die an der Tür geklingelt hatten und die sie zu Judiths Entsetzen reingelassen hatte, um ihre aalglatte Zuversicht gebracht, dass sie recht hätten, dass sie alle Fragen für immer gelöst hätten. Natürlich nur für ein paar Sekunden.

Ella hatte es sichtlich genossen, die beiden smarten Männer in den sandfarbenen Anzügen mit Argumenten zu bombardieren, zu denen ihnen irgendwann kein Gegenargument mehr eingefallen war.

Judith schlug immer gleich die Tür zu, wenn solche Leute klingelten. Wenn sie jemanden für resistent für religiöse Anwandlungen gehalten hatte, war es Ella gewesen. Aber bei Ella konnte man offenbar nie wissen.

Jeff war nett, aber schon mindestens dreißig. Als er kurz darauf ohne Ankündigung verschwand, zurück nach Chicago, schickte Ella ihm lange Briefe.

Diese Briefe waren eigentlich randvoll geschriebene Hefte und manchmal sogar Büchlein, und Judith hätte gerne gewusst, was jemand, der so alt war wie sie selbst, jemandem, den er nur ein paar Wochen lang kannte, auf Dutzenden Seiten zu sagen haben könnte.

Ihre eigenen Tagebucheinträge waren nie länger als zwei, drei Seiten. Und Judith hatte immer gedacht, dass sie viel schrieb.

»Was schreibst du denn da alles?«, fragte sie Ella.

»Geschichten«, lautete die Antwort, mit der Judith auch nicht viel mehr anzufangen wusste.

Sie hätte selbst gerne Geschichten geschrieben, wusste aber nicht, worüber, und war sich beinahe sicher gewesen, dass es daran lag, dass sie noch nichts erlebt hatte, jedenfalls nichts Schlimmes oder Spannendes oder sonst irgendwie Außergewöhnliches.

Weil Jeff auf diese Briefe irgendwann nicht mehr antwortete, weil er offenbar den Wohnsitz gewechselt hatte, verkaufte Ella kurz entschlossen ihre Stereoanlage, ihren Fotoapparat und einige Bücher, hinterließ ihrer Mutter einen Brief, nahm das Flugzeug nach Chicago und reiste dann mit dem Bus durch drei Bundesstaaten, auf der Suche nach ihm. Sie fand ihn bei seiner Exfreundin, verbrachte ein paar Tage zusammen mit den beiden und reiste wieder ab.

Judith hatte Ella am Tag vor dem Abflug zufällig besucht. Sie hatte beide Augen aufgerissen, als sie das ausgeräuberte Zimmer gesehen hatte.

»Bekommst du überhaupt ein Visum?«, hatte sie gefragt.

»Wieso? Ich bin doch volljährig!«, hatte Ella geantwortet.

»Aber die Ferien haben dort noch nicht angefangen«, hatte sie gemeint.

»Das ist doch nur noch Formsache«, hatte Ella gesagt, »die Prüfungen sind vorbei.«

Seitdem wunderte sich Judith über gar nichts mehr. Nicht darüber, dass Ella nach ihrer Rückkehr mit dem Christentum abgeschlossen hatte. Nicht darüber, dass es Ella immer noch nicht einfiel, auch einmal bei Judith anzurufen oder vorbeizukommen. Nicht darüber, dass Ella das Abitur trotz ihrer Abwesenheit anstandslos ausgehändigt bekam. Ella hatte dem Direktor irgendeine Geschichte aufgetischt, warum die Reise notwendig und unaufschiebbar gewesen war. Fantasie hatte sie ja.

Bei Ella wusste man nie, was sie als Nächstes tun würde. Physikerin oder Astronautin werden oder auf Weltreise gehen oder obdachlos werden. Niemand war Judith gleichzeitig so nah und so fremd.

Der Amerikaner mit dem vertrauenerweckenden Vollbart war der erste echte Verbrecher, den Judith kennengelernt hatte. Ella hatte das erst in Amerika mitbekommen.

»Weißt du«, sagte Ella, als ob es das Normalste der Welt wäre, »Einbruch, Mord, Drogengeschäft und so etwas. Er war in Chicago im Knast, bevor er nach Deutschland kam und Christ wurde.«

Judith war tief beeindruckt. War das das richtige Leben? Schließlich hatte sie schon Kaffee getrunken mit Jeff, nur mit ihm allein. Sie hatte ihn eigentlich nett gefunden. Jeff sah absolut vertrauenswürdig aus.

Am sechsten Juni fuhr Judith mit Heidi zum ersten Deutschen Umwelttag in Würzburg. Tobias hatte sich geweigert mitzukommen. Er legte einen sarkastischen Frohsinn an den Tag, eine Verleugnung, hinter der sich eine Starre verbarg.

Die Zärtlichkeit des ersten Abends hatte sich nicht wiederholt, aber Judith liebte ihn, weil sie ahnte, was tief in ihm steckte. Weil sie es zu wissen glaubte. Weil sie ihn knacken wollte.

Er nahm sie mit nach Frankfurt in die Alte Oper, wo sie Neue Musik hörten, mit verirrten, schrillen Streichertönen und mutwilligen, erschreckenden Bläsereinsätzen. Einmal hielt der Musiker seine Trompete einfach in einen Wassereimer. Der Ton erstarb.

Judith saß stocksteif im Publikum und überlegte fieberhaft, was sie sagen sollte, wenn Tobias sie nachher fragen würde, wie es ihr gefallen habe. Zum Schluss klatschten alle höflich. Dabei sah man genau, dass es den meisten kein bisschen gefallen hatte.

Auf Tobias' Frage nach ihrer Meinung zur Musik sagte sie, sie habe es spannend gefunden, wisse aber nicht, was danach kommen solle.

»Wenn Musik nicht mehr für das Ohr gemacht ist, sondern für das Gehirn, ist es dann noch Kunst oder schon Philosophie?«

Auf diese Frage ging Tobias nicht ein, sondern warf mit Begriffen um sich, mit *Vierteltönen* und *Zwölftonreihen*, *Terzquintseptakkorden* und *verminderten Septimen*, bis Judith ihre Vermutung bewiesen fühlte, aber nichts mehr sagte.

Tobias brauchte die Musik wie einen Bissen Brot, er brauchte sie, um atmen zu können, um fühlen zu können, um nicht fühlen zu müssen.

Sie hörten zusammen Genesis, »The Lamb Lies Down on Broadway«, »Nursery Cryme«, »Foxtrot«, »Trespas« und Peter Gabriel, den Tobias verehrte wie einen Heiligen.

Nosso war immer mit von der Partie, sie waren zu dritt, Judith und Tobias versuchten, es Nosso nicht merken zu lassen, und Nosso war darauf bedacht, so zu wirken, als ob es ihm nichts ausmachte, dass Judith ihn vom Sockel gestoßen hatte, dass sie in eine Männerfreundschaft eingedrungen war, die schon einen Riss gehabt hatte und in der sie nun wie ein Keil steckte.

Nosso war in sie verliebt, aber ging es ihm um Judith, oder liebte er sie, weil Tobias sie liebte?

Das Leben war so kompliziert wie die schwülstigen Gesänge und verfremdeten Stimmen von »Anyway« und »In the Rapids«, sie zogen Judith in einen Strudel, berückend und bedrückend, ätherisch und erdenschwer.

Die melancholischen Melodien legten sich auf ihre aufgepeitschte Seele wie Balsam, wie Honig, in dem sie feststeckte, wie in ihren alten Träumen von einem Becken voll goldgelber, klebriger Flüssigkeit, in dem sie schwamm und nicht vorankam.

Tobias kannte jede Zeile, die bitterböse Sozialkritik der Texte tröstete ihn, ohne dass er daraus Rückschlüsse für sein eigenes Leben zog. Tobias bestand darauf, sich alt zu fühlen, und Judith war entschlossen, ihm seine Unbeschwertheit oder zumindest ein wenig Optimismus zurückzugeben. Aber sie hatte keine Ahnung, wie sie das machen sollte.

Bei einem Konzert in der Alten Oper, das sie erneuerte und den letzten Resten ihres Mädchendaseins enthob, entdeckte sie Gustav Mahler, dessen sarkastischer Frohsinn und tollwütiger Abstand zu den eigenen Gefühlen sie an Tobias erinnerte, und Johannes Brahms, in dessen Musik sie die Weite der russischen Ebene zu spüren glaubte, eine Gelassenheit und ein Getragensein, die sie in sich selbst suchte und noch nicht gefunden hatte.

Sie fühlte sich unsicher, sie fühlte sich erwachsen. Wenn sie später, viel später in ihrem Tagebuch von dieser Zeit lesen sollte, sollte sie erschrecken über die künstliche Aufgeblasenheit ihrer Wörter und ihrer Gefühle. Oder hatte sie damals noch Gefühle gehabt und war jetzt nur noch abgebrüht?

Am sechsten Juni lag sie am Abend todmüde mit Heidi in einer Sporthalle in Würzburg in ihrem Schlafsack. Der Tag war eiskalt und nass gewesen. Die Weinberge waren an die Stadt herangerückt, auf den Brücken wehte ein erbarmungsloser Wind, der Judith Tränen in die Augen trieb. Ihr Hals kratzte, und trotzdem war sie so aufgekratzt, dass sie nicht schlafen konnte.

Dabei waren sie von den Organisatoren des Umwelttags wegen des Regens und der für die Jahreszeit ungewöhnlichen

Kälte in dieser Schule einquartiert worden und nicht in Zelten, wie es eigentlich geplant gewesen war.

Auf der Eröffnungskundgebung hatten sie Reden und Berichte von Betroffenen aus Wackersdorf, Bocksberg, von der Nordsee, den Alpen gehört, und Judith hätte am liebsten schon wieder geweint.

Wut, Ohnmacht, Hilflosigkeit gegenüber denen, die sie regierten, wechselten sich mit der Gewissheit ab, doch nicht allein zu sein, gemeinsam etwas bewegen zu können, wenn sie nur wollten.

Sie hatte noch nie so viele Menschen auf einmal gesehen, die das wollten, außer in Bonn, aber da war es um Waffen gegangen und nicht um die Natur.

»Wachstum und Fortschritt – zwei Zauberworte, die zu Todesgeflüster geworden sind«, schrieb sie in ihr Tagebuch, auf dem Rückweg, zwei Tage später.

Die Foren und Arbeitskreise hatten sie bereichert, ihr das Gefühl gegeben, zumindest eine Idee davon zu ergattern, was zu tun wäre. Aber der Regen und die Kälte waren ihr nachhaltig in die Glieder gefahren, sie schnupfte und fühlte sich fiebrig.

Am Ende hatten die Veranstalter die Hoffnung betont, den Willen, jetzt zu handeln. Aber waren sie genug, um alles zu ändern, was notwendig war zu ändern? Das Zukunftsbild, das sie vor Augen gehalten bekommen hatten, untermauert und bewiesen mit gründlichen Statistiken, die wunderschönen Dias von Bäumen in ihrer alten Pracht, von Keimlingen, die lebensunfähig waren, von Wäldern, die Ruinen glichen, von abgerutschten Berghängen und Autobahnen bebten in Judiths Fantasie nach. Würden sie genug Zeit haben?

In Bayern, las Judith in einer Broschüre, die sie bei einem Infostand mitgenommen hatte, seien bereits zwei Drittel des Waldes beschädigt, teilweise einundsiebzig Prozent. Nicht nur die Fichtensamen waren nicht mehr keimfähig, sondern auch die Obstbäume. Die Krebsrate stieg.

Wenn alle bald starben und nichts mehr zu essen hatten, *verkrebsten und verhungerten, vielleicht erstickten*, wie Judith mit zitterndem Stift schrieb, denn der Zug wackelte, als ob er gleich aus den Schienen kippen würde, welche Konsequenzen sollte sie daraus ziehen?

»Jetzt noch so viel Vergnügen wie möglich in das verbliebene Leben stopfen? Die Augen verschließen, so als ob nichts wäre? Hier bleiben und versuchen, noch etwas zu retten? In die Wildnis ziehen???«

An dieser Stelle brach ihr Tagebuch ab. Sie sollte es erst drei Jahre später wieder aufnehmen. Es waren zu viele Fragen, die Bürde war zu groß geworden. Oder waren es die falschen Fragen gewesen?

Bevor Tobias und Nosso abreisten, auf ihre lang geplante Weltreise, wollten Tobias und Judith für eine Woche ins Berner Oberland zum Wandern.

Vorher kam es zu einem Eklat zwischen Judith und ihrem Vater, der sagte, er komme sich verarscht vor, dass Judith jetzt doch trampen wolle, obwohl er ihr eine Interrailkarte zum Abitur geschenkt habe. Nur deswegen habe sie jetzt noch ein paar Mark übrig, um noch einen Urlaub vorzuschalten. Als er Schüler gewesen sei, sei er nie auf Urlaub gefahren.

Judith hatte ihn verstanden, aber keine Rücksicht nehmen können. Sie lebte nur einmal, sie war nur einmal frisch verliebt, und wenn sie nicht aufpasste, würde ihre Jugend vorbei sein, bevor sie verstanden hatte, sie zu genießen.

Und wenn ihr Vater ihr nur eine Interrailkarte geschenkt hatte, um sich von den Sorgen um eine autostoppende Tochter freizukaufen, konnte sie ihm sowieso nicht helfen. Wer sagte überhaupt noch Autostopp! Wohl nur Leute, die nichts verstanden hatten!

Die Wut tat Judith gut, sie lenkte ab vom Denken. Tobias hatte ihr noch so wenig von sich erzählt. Sie wartete. Sie machte sich keine Sorgen, denn sie spürte, wie ähnlich sie einander im Grunde ihres Herzens waren. Wenn sie Tobias trösten konnte, konnte sie auch sich selbst trösten. Sie musste es schaffen.

Die Zeugnisverleihung absolvierte Judith im Vorbeigehen, vom Abiball stahl sie sich nach einer Stunde davon, nach dem unvermuteten Zusammentreffen mit Birte, das ihrer schlechten Laune den Rest gab. Sie rannte davon, ohne sich zu verabschieden, überzeugt, am falschen Ort zu sein mit ihren Mitschülern, die nun schon ihre ehemaligen Mitschüler waren und Judith noch nie so fremd vorgekommen waren in ihrem Willen, ein sorgloses Leben zu beginnen mit Betriebswirtschaftslehre und Elektrotechnik, Medizin und Jura als Studienfächern. Sie wussten, was sie wollten: Geld verdienen. Und Judith – wusste nichts.

Am Tag nach dem Ball trampten sie los. Obwohl Tobias sich mit den Rucksäcken im Graben versteckte, dauerte es ewig, bis jemand anhielt, und als sie, einen halben Tag später, die Schweizer Grenze überquert hatten, wurde es noch schlimmer.

Sie erreichten Grindelwald erst nach Anbruch der Dunkelheit und mussten, weil es zu spät war, nach einem Heuschober Ausschau zu halten, in dem man sich verkriechen konnte, sich in einer Pension einquartieren, was ihr Budget empfindlich schmälerte.

Am nächsten Morgen zog Judith die Vorhänge weg, und es verschlug ihr den Atem. Gleißendes Licht fiel von den Bergriesen auf sie herab wie Sternenstaub. Sie verzichteten auf das

Frühstück, kauften ein paar Müsliriegel und begannen mit dem Aufstieg zur über zweitausend Meter hoch gelegenen Glecksteinhütte.

Judith verstand zum ersten Mal, warum man in den Bergen Waden brauchte. Sie hatte keine, marschierte mit nichts als mit Willenskraft, um mit Tobias mithalten zu können und ihm zu imponieren. Um den Bergen gerecht zu werden, die sie umringten, ungerührt von den Machenschaften der Menschen.

Grindelwald sah bald aus wie ein Zwergendorf, und der Steinbock, dem sie begegneten, schien auf sie gewartet zu haben. Er lief nicht gleich davon, so wie die Murmeltiere und Bergdohlen, die von ihrem guten Recht Gebrauch machten, sich vor ihnen zu fürchten.

Auf einer Hütte bekamen sie frische Ziegenmilch, später fing es an zu regnen.

Judith sah alles wie zum letzten Mal, voll Pathos und Wehmut.

Sie übernachteten in einem Heuschober und ließen sich am Morgen von einem Bauern beschimpfen, der sie beim Herauskommen erwischte. Sie tranken Milch und aßen Käsefondue, bis ihnen schlecht wurde. Sie kosteten die letzten drei Tage, die sie gemeinsam hatten, bis zur Neige aus, denn niemand wusste, was danach kommen würde.

Sie schliefen miteinander, heftig und gierig auf das, was sie dem nackten Leben noch zu entreißen vermochten. Ihre Liebe war voller Verzweiflung und voll der Hoffnung, sich mit etwas zu verbinden, was von Wert und von Dauer war.

Dann gab es für eine Weile nur noch Briefe. Postlagernd nach Kairo, mit Absendern wie Brindisi oder Abu Simbel.

Judith lag in der Badewanne. Morgen würde sie mit Ella und Heidi zu ihrer ersten Interrailtour aufbrechen, nach Frankreich, Spanien und Portugal. Sie würden in Zügen schlafen, auf Bahnhöfen, vielleicht unter Brücken. Sie würden nach Schweiß riechen und nach Knoblauch.

Das Wasser lief ein, sein Pegel stieg. Es war sauber und warm. Judiths Haut war schon ein wenig gebräunt an Bauch und Brust. Nur der Schambereich war weiß.

Das Wasser umschloss ihre Bauchdecke von außen kreisförmig. Der noch trockene mittlere Bereich, in den der Bauchnabel so sanft einsank, schien dunkler als die bereits vom Wasser bedeckte Haut.

Den Kontrast des großen Muttermals, das neben ihrem Nabel thronte wie ein Schönheitsfleck, die dunklen Locken des Schamhaars, das sich in einem sich verjüngenden Strang bis zur Vertiefung des Nabels vorschob, die gerade Trennlinie zwischen ihrer Bräune und der Blässe, dort, wo die Bikinihose war, darüber die Wölbung der prallen Brüste, die durch die Pille etwas gewachsen waren und sich aus der Fläche des Wassers erhoben wie Vulkaninseln, die Brustwarzen, die rot und noch fest waren und im Warmen bald weich werden würden: Judith prägte sich alles ein, sich selbst als junge Frau, zwischen Schönheit und Gram.

Sie wollte diesen Augenblick nie vergessen. Sie wollte sich an ihren Körper so erinnern, dass sie ihn nie vergaß, wenn er begann zu verblühen. Wenn sie doch nur dazu käme!

Judith öffnete den ersten Brief von Tobias, Absender: Kairo. Er schrieb von einem Trip zur Tempelanlage von Abu Simbel, dem renitenten Taxifahrer, der sie dort hingebracht hatte, dem stickigen Hotel mit dem mageren Menü von Schafskäse und Fleischspießen. Von dem Moloch Kairo und seinen stinkenden Auspuffen, von der bevorstehenden Weiterfahrt ans Rote Meer.

Judith seufzte. Sie beneidete Tobias und Nosso, und gleichzeitig gönnte sie es ihnen. Sie legte den Brief zur Seite und nahm die Abizeitung in die Hand. Sie hatte nicht mitgewirkt, weil nur Popper in der Redaktion gewesen waren, Zahnarztsöhne und Tenniskurstussis. Weil sie gerade beschäftigt gewesen war mit dem Super-GAU. Weil sie nicht witzig sein konnte, während die Welt unterging.

Nun stellte sie zu ihrem eigenen Erstaunen fest, dass ihre Mitschüler, die sie verachtete für ihre Angepasstheit, durchaus Humor hatten, sogar rabenschwarzen.

»Abi 86 – unsere strahlende Zukunft«, lautete der Titel der Zeitung. Zuerst kamen seitenweise Originalzitate von ihren ehemaligen Lehrern. Manche schienen Judith schon so weit weg, als ob sie einem anderen Lebensabschnitt angehört hätten.

Häuptling Kalter Fluss würde sie nicht vermissen, Lyrik-Leo und Mathe-Mülli schon. Hatte er wirklich so witzige Dinge gesagt, oder hatten sich die Schreiber nur so gut in seinen von Zahlen und Gleichungen überquellenden Schädel hineinversetzt?

»Mathe-Mülli: Also hört mal, Jungfreunde, ohne Mathe könnt ihr gar nichts werden! Gärtner müssen Wurzeln ziehen, Germanisten müssen Parabeln interpretieren. Juweliere fertigen Bernoulli-Ketten, Bergführer kennen die Pfadregel, Ersteller von Wahlkampfprogrammen müssen mit der empirischen Standardabweichung rechnen und Bi-nome sind für Rechtsverdreher unerlässlich! (Mülli beiseite: Die verstehen gar nicht, wie wichtig die heilige Mathematik ist, vor allem für das Leben im Erdenraum.) Mathe-Müllis Tagebuch: Es ist eine notwendige Bedingung, zum Lehrer freundlich zu sein, um eine Zwei zu bekommen, aber es ist nicht hinreichend!«

Dann kamen Tipps, wie der geschätzte Lehrkörper die Zeit ohne sie, die scheidenden Schüler, verbringen oder sein Leben verbessern konnte. Der Sozialkundelehrerin als »Frau, die schneller spricht, als sie denkt«, wurde empfohlen, Assistentin von Schnellsprech-Showmoderator Hans Rosenthal zu werden.

Lyrik-Leo sollte sich zum Staatsoberhaupt von einem Kleinstaat putschen, um sich bei einem der besten Tennisspieler aller Zeiten, Greffi Straf oder Bumm-Bumm-Boris Becker, einzumieten, die Tabak- und Alkoholsteuer abzuschaffen, die Lehrer-Ruhestandsgehälter drastisch zu erhöhen und alle kleinbürgerlichen Krämerseelen auf eine einsame Insel zu verbannen oder, bei Weigerung, standrechtlich zu erschießen.

Dem Heiligen Georg wurde geraten, sich beim *Spiegel* zu bewerben, um eine größere und hoffnungsfrohere Zielgruppe zu lukrieren zur Rettung der Welt und der Umwelt als die elende und unbelehrbare Schülerschaft eines winzigen Gymnasiums. Und Häuptling Kalter Fluss wurde nahegelegt, sich als Dressman für die Zigarettenwerbung zu verdingen. Oder als Bademeister. Und sich unabhängig davon für die Verkleinerung der Karokästchen einzusetzen, um seine gegenwärtige Höchstleistung, zwanzig Wörter in ein Kästchen zu schreiben, erneut in Angriff nehmen zu können!

Judiths Bauch bebte vor Lachen unter der Wasserdecke. Das Wasser wurde kälter, während ihr selbst wärmer wurde.

Wer hatte sich nur diese Wahr-unwahr-Reihen ausgedacht? Falls sie in Teamwork entstanden waren, hatte Judith jede Menge Spaß verpasst.

»Wahr ist, dass der Direktor in regelmäßigen Abständen stotternd den Feueralarm widerruft, unwahr dagegen, dass er selbst den Feueralarm auslöst, weil er sonst überhaupt nichts zu sagen hätte, und dass er panische Angst vor Feuer hat, weil er als Vierjähriger mit dem Dreirad einen Feuersalamander überfahren hat und seitdem dessen stille Rache fürchtet. – Wahr ist, dass Häuptling Kalter Fluss leidenschaftlicher Nichtraucher ist, unwahr dagegen, dass er 1968 der Berliner Kommune I angehörte und dreimal wegen Exhibitionismus und Drogenmissbrauch in Moabit in der Zelle von Rudolf Hess einsitzen musste. – Wahr ist, dass Lyrik-Leo ein hervorragender Kenner des deutschen

Liedguts ist, unwahr dagegen, dass er früher Opernstar an der Mailänder Scala war, nach einem Vollrausch in Sizilien erwachte und seitdem der Pate der ortsansässigen Mafia ist.«

Auf der letzten Seite wurde Judith so blass wie ihre Haut im Bikinibereich.

»Elitegymnasium verseucht? Tschernobyl und die Folgen«, lautete die Überschrift.

Sie hatten es nicht ausgespart. Judith spürte, wie sich ihre Härchen aufrichteten. Das Wasser war kalt geworden. Und Judith wusste plötzlich: Sie hatte nicht mitgemacht bei der Zeitung, weil Birte dabei gewesen war. Weil sie keine Zeit dafür hatte, diese alte Wunde, die wehtat wie am ersten Tag, von Neuem aufzureißen. Weil es keinen Sinn machte und sie sowieso bald wegziehen und Birte nie mehr in ihrem Leben sehen würde.

Birte, die nach Tschernobyl eine Woche lang keinen Spinat gegessen hatte. Und das war es dann gewesen. Birte, die Wirtschaft studieren wollte. Die mitmachte bei allem, was ihre eigene Zukunft zerstörte. Die lachte mit ihrem selbstgewissen, von keinem Selbstzweifel angekränkelten Lachen, die Spaß haben wollte, auch wenn die Welt unterging.

Von seiner eigenen Freundin verraten zu werden war noch viel schlimmer, als von den Eltern, den Lehrern, den Wirtschaftsbossen und den Politikern verraten zu werden.

Judith ließ heißes Wasser nachlaufen und las weiter.

»Unser Gymnasium bekam vor einigen Tagen ungewöhnlichen Besuch. Nach einer zweitausend Kilometer langen Reise und einem längeren Umweg über den Balkan fand die radioaktive Wolke, die nach einem Reaktorunfall in der Ukraine freigesetzt wurde, auf dem Handballfeld hinter dem Neubau eine neue Heimat.

Umringt und gemessen von den Geigerzählern der Strahlenschutzbeauftragten in der Lehrerschaft ergriff sie erschrocken die Flucht und versteckte sich in den Milchbechern des Schulkiosks, wo sie allerdings nicht lange unentdeckt blieb.

Sie brachte eine nicht für möglich gehaltene Betriebsamkeit in die verstaubten Direktionszimmer, von wo dann auch nach nächtelangen Konferenzen die Anordnung kam, das Handballfeld zu meiden, als sie daselbst schon längst nicht mehr weilte.

Pech hatten diejenigen Schüler, die seit der Einnahme von Hunderten von Jodtabletten unter anhaltender Appetitlosigkeit leiden und noch nicht einmal ein Cäsium- oder Strontiumbrötchen runterkriegen, ohne sich in Magenkrämpfen durch die Gänge der Schule zu winden, die anderen wiederum, weil ihre Schilddrüse inzwischen eine derartige Größe angenommen hat, dass sie nirgends mehr lang laufen können, ohne ständig irgendwelche Leute anzurempeln.

Kleiner Trost für alle, die es unbeschadet überstanden haben und auch nicht strahlender aussehen als vorher: Tschernobyl ist überall, sogar in Biblis! Und beim dreißigjährigen Abitreffen wird alles (hoffentlich) wieder gut.«

Daneben prangte die Anzeige des Chemiekonzerns, für den Judiths Vater arbeitete.

Als Judith aus der Badewanne stieg, klingelte das Telefon. Judith hob ab.

»Sind Sie das Fräulein mit dem guten Notendurchschnitt?«

Sie kannte die Stimme nicht, offenbar ein Kollege ihres Vaters, wie sie gleich darauf erfuhr. Ihr Vater gab also an mit ihr. Sie hatte eine blöde Bemerkung über die Anzeige auf der Zunge, verbiss sie sich aber.

»Ich wollte schon sagen: Sind Sie der Chemiekonzern, der seine Anzeige neben den Artikel über die Verseuchung unserer Schule mit Cäsium, Strontium und Jod geschalten hat«, sagte sie zu ihrem Vater, als er vom Einkaufen im Baumarkt, seiner liebsten Freizeitbeschäftigung, zurückkam. Zumindest wollte sie es sagen. Aber sie ließ es sein.

Sie fragte ihren Vater auch nicht, ob er seinem Kollegen erzählt hatte, dass das Fräulein mit dem guten Notendurchschnitt Altherrenhemden trug und alle Menschen, die in der chemischen Industrie arbeiteten, für Unmenschen hielt.

Sie hatte keine Kraft mehr zu kämpfen. Bald zog sie sowieso aus.

Judith war noch nie so lange weg gewesen wie auf ihrem Interrailtrip mit Ella und Heidi. Sie kam verschwitzt und glücklich nach Hause, nachdem sie einmal hinauf bis Narvik und einmal hinunter bis Lissabon gefahren waren.

Sie hatten sich von Brot und Käse ernährt, meistens in Zügen, einmal unter einer Brücke und dreimal in einer Bahnhofshalle übernachtet. Sie waren in Paris mit dem Aufzug auf den Eiffelturm gefahren und waren enttäuscht gewesen vom Blick auf nichts als Häuser mit ein bisschen abgezirkeltem Grün dazwischen.

Sie hatten sich in Les-Saintes-Maries-de-la-Mer von Mücken zerstechen lassen und in der Camargue Flamingos beobachtet. Die Pyrenäen waren eine Enttäuschung gewesen, heiß und untauglich zum Wandern.

In Santiago de Compostela fotografierten sie Kindergartenkinder in rosa und hellblauen Uniformen, die steinernen Markthallen, saßen in dem großen Park unter Eukalyptusbäumen und Palmen.

In Vigo, dem letzten Ort vor der portugiesischen Grenze, kamen sie erst um elf Uhr nachts an. Der nächste Zug fuhr um sieben Uhr am nächsten Morgen. Zusammen mit zwei Deutschen und einem Schweizer verbrachten sie die Nacht im Park vor dem Polizeipräsidium, denn in Spanien war wildes Campen erlaubt.

Um drei Uhr nachts fing es an zu regnen, sie schlugen ihr Zelt auf, in das sie sich zu sechst zwängten. Wenn nur die Rucksäcke nicht gewesen wären!

Ihre Lieblingsstadt wurde Porto mit dem Café Majestic im Stil des Art déco, seinen braunen Wänden und seinem beschädigten Boden, wo sie *café com leite* tranken und kegelförmiges Schokoladengebäck aßen. Sie liebten die gekachelten Gebäude. Judith hatte schon ihren zweiten Film verschossen, und sie hatte nur drei dabei.

Sie schlugen auf einem billigen Campingplatz am Meer in der Nähe von Porto ihr Zelt auf, grillten kleine Fische und Knoblauchzehen. Nach den Wochen, in denen sie sich vor allem von Sandwiches und Schokolade ernährt hatten, gierten sie nach Tomaten, Pfirsichen und Trauben.

Judith kostete zum ersten Mal in ihrem Leben frische Feigen. Seitdem war ihr klar, warum es im Märchen einen Obermundschenk brauchte, um die besten Feigen zu finden. Feigen waren am besten kurz bevor sie verdarben. Ihre samtige, kernige Süße vernebelte ihr die Sinne. Sie konnte nicht mehr aufhören zu essen.

Judith, Ella und Heidi ergänzten einander prächtig. Judith war am besten darin, die Fahrpläne zu checken und Züge herauszusuchen. Heidi war am besten darin, Leute kennenzulernen. Ella war am besten darin, einfach bei allem mitzumachen.

Irgendwann hatten sie genug von Städten und folgten dem Tipp eines Interrailers aus Norwegen, nach São Pedro de Moel zu fahren. Das letzte Stück mussten sie, wie schon so oft, trampen, aber es sollte sich lohnen.

Der Campingplatz war kostenlos und lag direkt neben einem regulären Platz. Es gab trotzdem fließendes Wasser aus einem Hahn, primitive Duschen und sogar eine Gelegenheit für die Notdurft. In dem unebenen Gelände war genug Platz, sein

Zelt wie ein Feldherr auf einem Hügel zu platzieren und sich alleine in der Natur zu fühlen.

Dank Heidi hatten sie bald viele Freunde, die mit ihnen nachts vor dem Zelt saßen und die Sterne betrachteten, aus England, Frankreich, Schweden und anderen Ländern. Manche schauten sie komisch an, als sie erfuhren, dass sie Deutsche waren. Zumindest bildeten sie sich das ein.

Wieder einmal schämten sie sich dafür, Deutsche zu sein, wenn auch nur für kurze Zeit. Denn schließlich waren sie jung und damals noch nicht geboren gewesen. Sie hassten die Bürde der Vergangenheit, aber sie gab ihnen Gewicht. Die Scham machte sie stolz und frei für die Zukunft.

Der Wein war billig, und sie gratulierten sich täglich dazu, nichts von Wein zu verstehen, denn er schmeckte ihnen hervorragend. Sogar Portwein war günstig, sie verlängerten ihn mit Milch und freuten sich, wenn die anderen sich vor dem rosafarbenen, leicht flockigen Gesöff ekelten. Sie begannen sich von den Reisestrapazen zu erholen.

Sie lernten von ihren neuen Freunden, wie es war, sich leicht zu fühlen. Und sie lernten leicht.

Judith saß am Meer. Sie hatte sich davongeschlichen unter dem Vorwand, den Sonnenuntergang fotografieren zu wollen. Der helle, breite Sandstrand verlor sich zu ihrer Linken in eine diesige Endlosigkeit, und der Atlantik brandete mit solcher Wucht gegen die schwarzen Felsen, dass die Gischt meterhoch spritzte.

Judith hatte sich vorgenommen, als neuer Mensch von ihrer Reise zurückzukommen. Natürlich war so etwas utopisch. Sie saß und ließ die Zeit vergehen. Vor ihr erstrahlte der Himmel in satten Rottönen, und die bauschigen Wolken, die sich über der sinkenden Sonne zusammentürmten, erinnerten sie eine Sekunde lang an einen Atompilz. Sie schloss die Augen und zwang sich, zumindest jetzt, für diesen einen Abend, nicht daran zu denken.

Als sie die Augen wieder öffnete, leuchtete der Himmel über ihr bereits in einem tiefen Mittelblau, und die schmale Sichel des Mondes prangte zart und sicher inmitten der königlichen Klarheit.

Was war zu tun? Sie musste leben. Sie wollte nicht nur überleben, sie wollte leben. *Dies ist ein Ding, das keiner voll aussinnt, und viel zu grauenvoll, als dass man klage: dass alles gleitet und vorüberrinnt. Und dass mein eignes Ich, durch nichts gehemmt, herüberglitt aus einem kleinen Kind. Mir wie ein Hund unheimlich stumm und fremd.*

Sie wusste, sie würde Literatur studieren, Hugo von Hofmannsthal zuliebe, der die richtigen Worte gefunden hatte für so vieles, was sie anging, dabei hatte sein Leben mit dem ihren nichts, aber auch gar nichts zu tun. Aus einem Grund, über den Judith sich keine Rechenschaft abzulegen vermochte, tröstete sie dieser Umstand am allermeisten.

Judith legte den Kopf in ihren Ellenbogen. Sie wusste nicht, wie lange sie so gesessen hatte. Sie dachte an nichts und an alles, sie spürte eine unheimliche Verbundenheit, und als sie ihren Kopf abermals hob, stand der Himmel voller Sterne.

Judith fuhr sich mit der Hand ins Haar. Es war ungekämmt und zerzaust. Vielleicht würde sie doch Astronomie studieren, Diethelm von Dillingen zuliebe. Auch wenn das nichts nutzte. Sie war aus Atomen gebaut, die von fernen Sternen stammten, im Zentrum von Sonnen zusammengebacken, die vor Jahrmillionen zugrunde gegangen waren.

Sie war nicht in das Leben hineingeraten. Das Weltall hatte sie hervorgebracht. Das Leben war ein Prozess. Wer in ihm handeln wollte, brauchte ein Hirn, einen Kopf mit Ideen. Manche Erfahrungen erwiesen sich erst im Nachhinein als sinnvoll. Man musste entscheiden, was man an sich heranlassen oder in sich hineinlassen wollte.

Judith hatte oft versucht, die unsinnige Frage zu beantworten, welche drei Lebensmittel sie auswählen würde, wenn sie vor die Wahl gestellt werden würde, sich den Rest des Lebens von drei Lebensmitteln zu ernähren.

Brot, Äpfel, Oliven. Die Antwort war klar gewesen, in dem Moment, in dem die Frage aufgetaucht war. Sie wusste, dass sie ihr nichts nützen würde.

Sie war jung, ihr standen unzählige Möglichkeiten offen. Aber mit jeder Entscheidung würden es weniger werden. Das war beängstigend und gleichzeitig beruhigend.

Ihre Zukunft begann jetzt. Sie wollte noch so viel wissen. Sie wollte alles verstehen. Sie wollte noch so viele Oliven essen wie möglich, bevor die Welt unterging.

EPILOG
1989

Judith brauchte Luft. Sie hatte sich vor einigen Monaten endlich von Tobias getrennt, der trank und arbeitete, um nicht studieren zu müssen. Der sich alt vorkam, derweil sie versuchte, jung zu werden. Der ihr umso rätselhafter wurde, je verbissener sie versuchte, ihn zu verstehen, und je sturer er versuchte, das zu verhindern.

Das Alleinsein hatte ihr gutgetan, aber sie hatte das Gefühl, eine Veränderung würde sie noch mehr zu sich selbst bringen. Sie fühlte sich bedrückt von Berlin, umgeben von Mauer und Stacheldraht, von der toten Strecke der Transitzone, von den eingefrorenen Verhältnissen.

Ella hatte beschlossen, nach dem dritten Studienjahr nach Wien zu wechseln, sie hatte sich als Schauspielerin beim Max-Reinhardt-Seminar beworben und war zu Judiths Erstaunen genommen worden.

Ella war ein anderer Mensch geworden. Sie hatte sich einen Stil zugelegt, mit großen Ohrringen und weiten schwarzen Hosen und steifen Lederjacken. Sie schien aufzuleben, wenn sie auf der Bühne stand und spielte. Sie hatte einen Sinn gefunden.

Ihre kleine Tochter wollte sie mitnehmen. Denn Ella war einen Monat nach dem Abitur auf einer Fete schwanger geworden, von einem Unbekannten, von dem Ella noch nicht einmal den Namen wusste.

Sie wollte das Kind eigentlich abtreiben, aber zuvor, überlegte sie, sei es wohl recht und billig, sich auch die Argumente der Abtreibungsgegner anzuhören. Sie behielt das Kind und zog wie Judith nach Berlin, wo sie in einer Frauen-WG lebte.

Da sie sich weiterhin nie bei Judith meldete und als Studentin und Mutter naturgemäß wenig Zeit hatte, sahen sie sich nur noch ein, zwei Mal im Semester.

Judith rief bei Ella an, aus Treue und Pflichtgefühl, sagte, sie würde auf einen Kaffee vorbeikommen, und Ella ließ es geschehen. So auch dieses Mal, bei dem Ella verkündete, dass sie Tapetenwechsel brauche und damit ein neues Leben meinte.

Als Judith zurück in ihre WG gekommen war, hatte sie gewusst, dass sie in die Bundesrepublik zurückkehren würde, nach Heidelberg, der ländlichschönsten Universitätsstadt, wie Hölderlin sie genannt hatte. Die Geisteswissenschaften genossen einen hervorragenden Ruf, und im Germanistischen Seminar, dem Palais der Gebrüder Sulpiz und Melchior Boisserée, wo schon Goethe residiert hatte, saß man unter der nebelverhangenen Schlossruine und konnte von alten Zeiten träumen.

Heidi hatte endlich ihre Ausbildung abgeschlossen und wollte für ein Jahr nach Paris gehen, um als Au-pair-Mädchen zu arbeiten und ein wenig Metropolenduft zu schnuppern.

Als Judith im August bei ihren Eltern zu Besuch war, um sich das Auto ihres Vaters für den Umzug auszuleihen, traf sie in der Fußgängerzone auf Nosso.

Sie hatten sich drei Jahre lang nicht gesehen, Judith hatte von ihrer Mutter gehört, dass er ein Kind hatte, wer die Mutter des Kindes war, hatte Mama nicht gewusst, nur dass Nosso nicht mehr mit ihr zusammen war. Nosso konnte nicht allein sein. Wahrscheinlich hatte er schon die Nächste. Er war immer noch zu nett, und genau das war sein Problem.

Sie gingen in die Alte Mühle, wo es immer noch überbackenen Schafskäse und Weißbier mit Reiskorn und Zitronenscheibe gab. In manchen Orten änderte sich nie etwas. Und bei manchen Menschen auch nicht.

Nosso schrieb gerade seine Abschlussarbeit in Maschinenbau, hatte aber viele Vorlesungen in Musikwissenschaft besucht, vor allem in Heidelberg. Er haderte mit seinem Studium genauso wie vor drei und wie vor sechs Jahren.

Judith blieb der Mund offen, als sie erfuhr, wer die Mutter seines Kindes war. Die scheppe Babsi hatte Nosso nie attraktiv gefunden. Aber sie hatte ihn sich geangelt. Nosso war unfähig, Widerstand zu leisten. Oder erst, wenn es zu spät war.

Er habe Babsi drei Monate nach der Geburt verlassen, erzählte Nosso. Das sei nicht anders gegangen, sagte er und sah dabei so schuldbewusst aus, dass Judith sich bemüßigt fühlte, ihn zu trösten, obwohl sie sein Verhalten schäbig fand. Aber Nosso war nicht zu trösten.

Sein Leben sei verpfuscht, sagte er und sah so aus, als ob er das wirklich glaubte, dabei war er erst siebenundzwanzig.

»Manche studieren bis dreißig, mindestens, und was heißt manche … Das machen heute alle, weil sie wissen, dass sie danach keinen Job finden. Deswegen hängen sie dann auch noch eine Dissertation an, nicht aus wissenschaftlichem Interesse, sondern um vorzutäuschen, zu etwas nütze zu sein«, erinnerte Judith ihn und hatte einen Einfall.

»Vielleicht willst du dich ja ablenken und mir beim Umzug von Berlin nach Heidelberg helfen!«

»Waaas, ich darf mit der tollen Judith …«, rief Nosso mit einer so ehrlichen Begeisterung, dass Judith entwaffnet und geschmeichelt die Augen senkte.

Sie hatten noch eine Rechnung offen. Judith hatte genau gewusst, wie es enden würde, als sie die Frage gestellt hatte, ob er ihr beim Umzug helfen würde. Sie würden miteinander schlafen, und es würde schön sein.

Sie war seelenruhig diesen Schritt auf sein Unglück zugegangen. War es Eitelkeit gewesen, war es Neugier, war es Gier? Sie wusste, dass es mit Nosso schön sein konnte, aber das reichte ihr nicht. Sie wollte es spüren. Sie wollte das erste misslungene Mal wiedergutmachen, bevor sie ins Leben hinauszog. Sie wollte sich vor dem Zufall retten. Dabei stolperte sie mitten hinein.

Wenn sie später auf ihre erste Clique, aber auch auf die Freundeskreise danach zurückschauen würde, würde sie sich wundern über das Gewirr von Beziehungen und darüber, wer mit wem geschlafen hatte oder eine Beziehung geführt.

Es war nicht so, dass diese Paare alle so gut zueinander gepasst hätten. Sie waren einfach da gewesen, und der Rest hatte sich ergeben. Heidi mit Nosso, Judith mit Anders, Tobias mit Heidi, Ella mit Anders, Judith mit Tobias, die scheppe Babsi mit Hermann, Nosso mit der scheppen Babsi. Gelegenheit macht Liebe, sagte Oma Finni immer. Aber das war es nicht, das war zu unromantisch.

Es hatte nur einen kleinen, klitzekleinen, zufälligen romantischen Augenblick gebraucht, um die jeweiligen Paare einander in ihre hungrigen, liebesbedürftigen Arme zu treiben.

Sie hatten gemeinsame Erfahrungen gemacht und sich dann wieder getrennt. Sie hatten einander Schrammen zugefügt und manchmal sogar Wunden. Sie waren aneinander gewachsen.

Aber an all das dachte Judith in diesem Moment keine Sekunde. Sie dachte nur an Nosso, an seine braunen, weichen Augen und seinen braunen, festen Körper. Sie fühlte, wie ihr das Blut in die Wangen stieg. Sie fühlte sich lebendig.

Nosso grinste und zeigte seine Zähne, die wie alte Grabsteine in seinem Mund standen. So nannte er sie selbst, Grabsteine, deshalb durfte man das sagen. Nosso war als Kind so unglücklich von der Schaukel gefallen, dass sein Nasenrücken gebrochen war.

Sie hatten ihn wieder zusammenbastelt, aber in der Nase, die nun etwas unförmig aussah, befand sich kein Knochen mehr. Wenn man ihn besser kannte, zeigte Nosso einem, wie weich sie war. Als er Judiths Finger das erste Mal auf seine Nase gelegt hatte, war ihr schlecht geworden.

Sie wollte das gar nicht wissen. Was wissen? Wie fragil der menschliche Körper ist, gab sie sich selbst zur Antwort. Zum Glück war sie nicht hypochondrisch. Besser, man dachte nicht zu oft daran, was alles passieren konnte und welche Krankheiten es gab.

Nosso hieß eigentlich Werner. Wie der Spitzname Nosso entstanden war, wusste niemand mehr. Ob das etwas mit seiner Nase zu tun hatte?

Judith hatte das Bedürfnis, mit Nosso über alles zu reden. Über Tobias, über das Leben. Dafür hatte man im Auto viel Zeit.

Sie redeten die ganze Fahrt bis Berlin, ohne Unterbrechung, als redeten sie um ihr Leben: über Ziele, über das Bauchgefühl, dem Nosso den Vorrang vor dem Kopf gab, über ihre Jugend, über den Kalten Krieg, der nie enden würde, zumindest nicht zu ihren Lebzeiten, über Tobias und seine schwierige Kindheit mit Scheidung und cholerischem Stiefvater, über Heidi und ihren Vater, den Nosso immer noch bewunderte und ab und zu traf.

Heidis Vater hatte die alte Mühle am Rande ihrer kleinen Stadt erworben, wo er immer noch Schafe züchtete, neben seinem Lehrerjob. Im Jahr zuvor hatte er sich ein Schuljahr freigenommen und war um die Welt gereist: Indien, Bali, Neuseeland, Kanada.

Heidis Vater war ihr aller Vorbild gewesen. Sie waren immer froh gewesen, dass es ihn gab. Einen Erwachsenen, der nachdachte und der trotzdem das Leben genießen konnte. Einen Erwachsenen, der so dachte wie sie.

In Berlin angekommen, stürzten sie sich in die Arbeit. Sie räumten Judiths Studentenzimmer aus, ihre Matratze, ihre Regale, ihren Schreibtisch, ihren Anteil an dem auf Flohmärkten zusammengekauften Geschirr aus der WG-Küche.

Ihr Besitz passte immer noch in ein kleines Auto mit zusammengeklappten Rücksitzen, darauf war Judith stolz.

Sie verbrachten einen heißen Tag in Berlin, saßen in Kreuzberg in einem Biergarten und wunderten sich, wo die drei Jahre geblieben waren, in denen sie älter geworden waren.

Judith hatte eine heimliche Mission. Sie wollte Nosso bekehren. Nosso, der sich vom Leben treiben ließ und nie zufrieden war. Der sich abhängig machte von der nächsten Beziehung, in die er schlitterte, von Frauen, die ihn eigentlich nicht interessierten.

Sie wollte nicht mit ihm spielen, sie wollte ihm nur zeigen, was in ihm steckte, denn sie wusste, es war eine Menge. Dass sie sich einfach holen wollte, was sie verpasst hatte, bevor sie weiterzog, hätte sie sich ungern zugestanden. Und es war auch nicht ganz wahr. Wahr war nur dieser Augenblick, diese langen kurzen Tage, in denen sie glücklich war.

Vielleicht hatte sie jemanden gebraucht, um sich endlich einmal zu öffnen, allen Schutz abzulegen, alle Gedanken, Zweifel und Hoffnungen mit einem Menschen zu teilen, der das zu schätzen wusste. Auf einem Spaziergang durch den Tiergarten hatten sie sich offenbart, Judith zitternd vor Angst, Nosso erleichtert, sich selbst gefunden zu haben.

Sie hatten sich gegenseitig beseelt. Sie fühlten sich wieder jung, so jung, wie sie gewesen waren, als sie noch in der kleinen Stadt gewohnt und sich die Welt zurechtgedacht und zurechtgefürchtet hatten, umringt von Freunden, die sie vor der Wirklichkeit abschirmten. So jung und gleichzeitig so alt, wie sie nie gewesen waren.

Ihre Seelen hatten sich getroffen. Es war ein Abgesang, ekstatisch und intim, ohne dass es notwendig gewesen wäre, die Körper zu involvieren.

Die ganze Rückfahrt nach Heidelberg, durch die Zonengrenze, mit Passkontrolle und Stopp im Intershop, fühlten sie sich wie auf der Rückkehr von einer langen Weltreise, die sie jeder alleine angetreten hatten.

Nach ihrer Ankunft trugen sie die Sachen in Judiths neue WG, tranken vor Erschöpfung zu viel Bier und fielen todmüde ins Bett. Sie schliefen bis zum nächsten Morgen, Judith wachte auf und begann, Nossos Körper zu erkunden.

Sie wollte mit ihm schlafen. Diesmal richtig. Das hatte er verdient. Das hatten sie beide verdient. Nossos Körper war braun und fest. Sie streichelte seine Achselhöhlen und sog an seinem Kiefer. Sie balgten sich wie Kinder, voller Inbrunst und Zärtlichkeit. Sie rollten sich ein, in die Bärenhöhle der Kindheit.

»Ach«, sagte Nosso unvermittelt, indem er seinen Schwanz schnell aus ihr herauszog. Die weiße Flüssigkeit ergoss sich ins Laken. Judith bemühte sich, nicht zu enttäuscht zu sein. Sie schmiegte sich an ihn.

»Dreh dich um«, sagte sie plötzlich. Sie hatte noch nie bemerkt, dass Nosso einen so runden, knackigen Hintern hatte. Zum Durchkneten. So fest und hoch. Judith fuhr mit ihren Haaren über seinen Rücken, durch die Falte zwischen den Gesäßbacken, liebkoste seine Arme und Beine und drehte ihn schließlich, um seine Vorderseite zu küssen.

Die Vorhöfe seiner Brustwarzen sahen aus wie seine Augen, ein bisschen traurig. Judith konnte nicht anders, als in den Torsi von nackten Männern Gesichter zu sehen.

Manche waren froh und entschlossen, manche traurig oder verzagt. Nossos Brust-Gesicht war traurig, aber nicht verzagt. Eigentlich sehr schön. Dass ihr das nie aufgefallen war. Oder hatte sie es vergessen?

»Ich hätte nicht gedacht, dass du so weich bist«, sagte Nosso. Dann war Stille.

»Jetzt kümmere ich mich um dich«, sagte Nosso.

Judiths Erregung stob auf wie ein Schwarm von Vögeln und ergoss sich über ihren ganzen Körper, von der Krone des Kopfes bis in die großen Zehen. Sie fühlte sich geborgen. Sie dachte die Worte *nach Hause kommen*. Aber genau das war das Problem.

»Verlieb dich bloß nicht in mich!«, sagte sie beim Abschied zu Nosso, »ich kann jetzt nichts versprechen. Ich muss allein sein.«

»Ich auch nicht«, antwortete er, »ich weiß nur, dass ich glücklich bin. Lass uns einfach genießen, was da ist und da war.«

»Ja«, sagte sie.

Eigentlich gab es kein Problem.

Die Wochen waren vergangen wie im Flug mit den neuen Seminaren und neuen Kommilitonen. Auf dem Kopfkissen lag der Brief von Nosso. Sollte sie ihn zuerst lesen und Nosso dann schreiben oder ihm zuerst schreiben und dann erst seinen Brief lesen? Es machte sowieso keinen Unterschied.

Sie musste ihm schreiben. Sie wollte gar nicht wissen, was in seinem Brief stand. Sie wollte sich davon nicht beeinflussen lassen.

Vielleicht sollte sie mit dem neuen Computer schreiben, der

immer noch nicht von seinem Platz in der Zimmerecke auf den Schreibtisch vorgedrungen war, ein fremder, grauer Kasten, mit dem sie sich noch nicht angefreundet hatte. Wie konnte man sein Herz in so einen Apparat ergießen?

Sie hatte ihn mit dem Geburtstagsgeld von ihren Eltern und Oma Finni gekauft. Natürlich war er gebraucht und, wie Papa sagte, eigentlich schon veraltet. Aber zum Schreiben von Seminararbeiten war er noch gut genug. Judith verwarf die Idee von einem elektronisch hergestellten Brief im gleichen Moment, in dem sie ihr kam. Das war lächerlich.

Ein Brief ohne Handschrift versuchte Objektivität vorzutäuschen. Aber sie war nicht objektiv.

Judith versuchte allen Mut zusammenzuklauben, fand aber nichts als Verwirrung in ihrem Inneren. Sie war so verwirrt wie vielleicht noch nie in ihrem Leben.

Sollte sie Nosso von Martin schreiben? Eigentlich hatte Martin damit ja nichts zu tun. Nosso sollte nicht glauben, dass sie ihn wegen Martin … Vielleicht hatte sie sich wirklich verliebt, aber Martin war nicht der Grund. Und warum sollte sie Nosso kränken. Judith nahm ein Blatt Papier.

»Lieber Nosso!«, schrieb sie. Sie begann damit, dass er schon immer wie ein Bruder für sie gewesen sei. Obwohl es ihr wahr zu sein schien, war es nicht fair, das zu schreiben. War das nicht eine Beleidigung? Aber was sollte sie sonst schreiben? Sie mochte ihn ja. Wie einen Bruder. Nur passten sie nicht zusammen. Wahrscheinlich.

»Der größte Unterschied zwischen uns«, schrieb sie, »ist, dass du es dir in deiner Bärenhöhle gemütlich machen willst, während ich das nicht kann, obwohl ich mich danach sehne.«

Judith strich *nicht kann* wieder durch und ersetzte es durch *nicht will.*

»Ich will weiter. Wir haben uns ja nichts versprochen.«

Das stimmte natürlich, aber ihre letzten Briefe hatten anders geklungen, das wusste Judith nur zu genau.

»Du willst wie der Bär und der Tiger bei Janosch losgehen und doch wieder nur zu Hause ankommen, in Panama, im Altbekannten. Im Zimmer mit dem gemütlichen Sofa und den schiefen Bildern. Zu Hause an der kleinen Weinstraße.

Aber wenn man bei sich selbst zu Hause ist, ist man überall zu Hause, sagt Ella immer.

Ich kenne das Panama noch nicht, in dem ich wohnen will, aber ich hoffe, ich glaube, dass ich es erkennen werde, wenn ich dort ankomme. Ich will nicht zu viel mitnehmen.

Ich will auch nicht zwischen Bauch und Kopf, Herz und Hirn unterscheiden«, schrieb sie, »wenn alles in Ordnung ist, müssen sich Gefühl und Verstand nicht bekämpfen.«

Judith dachte nach. Sollte sie den Satz schreiben? Er war ihr im Moment wichtiger als alles andere. Dass sie ihn von Martin hatte, musste Nosso ja nicht wissen, das würde er ja nie erfahren.

»Der Sinn des Lebens besteht darin, sich jeden Morgen zu fragen, ob nicht alles, was man bisher gemacht und gedacht hat, falsch war.«

Der Satz war von Sokrates. Er mochte als Devise gelten.

Bei Martin hatte sie keine Sorge, zu anstrengend zu sein. Mit Martin konnte man vorwärts und rückwärts und um die Ecke denken. Eigentlich hatte sie Nosso auch von Platos Höhle schreiben wollen, dass sie das helle Licht der Wahrheit den trügerischen Schatten an der warmen Höhlenwand vorziehe, aber sie tat es nicht.

Sie konnte nicht einfach annehmen, dass Nosso die Wahrheit nicht wissen wollte. Dabei war sie sich fast sicher, dass er lieber einen Abenteuerfilm sah, als ein Abenteuer zu erleben, dass er nicht die Energie aufbringen würde, um aufzubrechen ins Ungewisse.

Judith steckte den Brief in einen Umschlag. Sie würde ihn gleich einwerfen. Ihr Blick fiel auf die Papierschere, mit der sie Nossos Brief geöffnet hatte. Nur gelesen hatte sie ihn noch nicht. Sie brauchte noch Zeit.

Sie ging ins Badezimmer, hielt sich das Haar über der Stirn hoch und überlegte kurz. Dann schnitt sie es entschlossen ab, sehr nahe am Haaransatz.

Zuerst war sie erschrocken. Sie sah noch jünger aus mit diesem kurzen Pony, aber irgendwie auch weiblich. Wie in früheren Zeiten, in alten Filmen. Eine merkwürdige Mischung. Ella würde sicher wieder sagen, dass sie das süße Mädel markiere – und sich dann selbst einen Pony schneiden.

Was Martin wohl dazu sagen würde? Martin, über den sie, als sie ihn das erste Mal sah, gedacht hatte: »Nicht schon wieder so einer.«

Er war genauso groß wie Anders und hatte genauso so schöne Locken wie Tobias. Sie hatte ihn gleich wieder vergessen, diesen Satz, der nur kurz aufgeflackert war, von irgendwoher.

»Wäre das nicht einer für dich?«, hatte Heidi sie prüfen wollen nach dem ersten Abend.

Sie hatte Judith in Heidelberg besucht, vor ihrer Abreise nach Paris.

»Nein, nein«, hatte Judith nachlässig geantwortet, »der ist mir zu langsam. Nicht mein Typ.«

Martin hatte so eine bedächtige Art zu sprechen. Er sagte »irrsinnig« und »urarg«, und Judith konnte endlich wieder davon sprechen, dass sie an der Welt litt. Martin verstand das.

»Die Bärenhöhle ist nur ein Teil von mir«, hatte sie Nosso

eigentlich schreiben wollen, »und wahrscheinlich der uninteressantere.« Aber das hatte sie dann zu kompliziert gefunden.

Martin war undurchschaubar. Er erzählte jedem von seinen Ängsten und schien gleichzeitig so souverän.

»Ich interessiere mich nur für meine eigenen Probleme«, hatte er Judith erklärt.

Sie war beeindruckt gewesen.

Der Abend gestern bei ihm, die Nacht – Judith wusste immer noch nicht, was sie davon halten sollte. Sie war verwirrt und glücklich und unglücklich zugleich. Judith hatte auf der rotzgelben Couch gesessen, Martin auf einem Sessel. Sie hatten sich so lange in die Augen gesehen, bis einer es nicht mehr ausgehalten und weggeschaut hatte.

Kurze Zeit später hatten sich ihre Blicke wieder getroffen. Die Spannung im Raum war immer unerträglicher geworden. Ein merkwürdiger Raum. Er sah aus, als ob niemand da wohnte, fand Judith und sagte das auch. Martin hatte sie fragend angeschaut.

Die Zeit war unendlich langsam vergangen, während Judiths Gedanken hin und her gerast waren, wie in einem Käfig, zwischen Martin und Nosso, Unbehaustheit und Geborgenheit, Zukunft und Vergangenheit.

Sie hatte gewartet und sich gleichzeitig darüber geärgert. Sie hatte versucht, sich zu zwingen, etwas zu sagen, die Hand auszustrecken.

Aber ihre Hand hatte nur wie ein dumpfer Klumpen Materie in ihrem Schoß gelegen, und nichts war ihr schwieriger erschienen, als diese Hand auszustrecken und sein Haar zu streicheln.

Doch dann hatte sie sich überwunden. Sie waren sich in die Arme gefallen, und Martins Gesicht hatte sich verzerrt. Wohin begebe ich mich?, hatte sie sich gefragt, und ein Gedanke war ihr durch den Kopf geschossen, so klar wie ein Schwert und so flüchtig wie ein Blitz.

»Tu es nicht, es ist ein Fehler.«

Judith hatte diesen Satz zwei Mal gehört, von einer fremden und doch irgendwie bekannten Stimme. Aber sie wollte nicht vernünftig sein, nicht in der Liebe. War sie nicht sonst schon vernünftig genug?

»Ich wusste nicht, wohin ich mich begebe«, sagte sie jetzt, ohne ihren Worten eine Stimme zu geben, »und stand fast ein wenig neben mir.«

»Du hast so klare Konturen«, hatte Martin gesagt.

Das hörte sie gerne. Mit Martin zu diskutieren war gar nicht so einfach. Judith war es nicht gewohnt, dass jemand ihr nicht einfach alles abnahm, was sie so dahinbehauptete. Es ärgerte und reizte sie zugleich.

Sie musste Nosso die Wahrheit sagen. Also schrieb sie ihm, dass sie einen Mann kennengelernt und sich verliebt hätte. Irgendeine Begründung hatte sie schließlich dafür angeben müssen, dass er im Moment nicht kommen konnte.

Es tat ihr leid, ihn so vor den Kopf zu stoßen, aber vielleicht würde es leichter sein für ihn, wenn er denken konnte, es sei wegen eines anderen.

Vor ein paar Wochen hatte Judith ihren dreiundzwanzigsten Geburtstag gefeiert.

Dreiundzwanzig. So alt waren die Helden Dostojewskis. Revoluzzer. Niemand war so kompromisslos und so verwirrt wie diese Dreiundzwanzigjährigen, die keine Kinder mehr waren, aber auch noch keine richtigen Erwachsenen. Die noch glaubten, mit dem Kopf durch Mauern gehen zu können und alle Weltprobleme in einem Aufwasch zu erledigen. Deren Kräfte noch nicht von der Realität abgenutzt worden waren.

Sie war überzeugt, dass sich nichts ändern würde, nicht zwischen Ost und West und nichts in Hinblick auf den sauren Regen, den Wald und den Treibhauseffekt. Es wurde wärmer, Irgendwann würden sie explodieren. Judith kam sich alt vor.

Dabei sollte sie sich in wenigen Wochen so jung fühlen wie schon lange nicht mehr. Das Gefühl sollte für das nächste Jahrzehnt anhalten, das lang werden sollte und bis kurz nach der Jahrtausendwende dauern. Dann sollte das Gefühl der Bedrohung wieder über die Illusion des Friedens siegen. Ihre Eltern sollten einen neuen Feind bekommen.

Schon wenige Wochen nach dem Fall der Mauer sollte der Lieblingssatz von Oma Finni »Die Russen kommen« nahtlos durch einen anderen ersetzt werden: »Die Islam kommen.«

»Die Islam«, als wäre bei der Ersetzung des Feindbilds aus versehen der falsche Artikel stehen geblieben, unter der Regie der rasenden, namenlosen Angst vor dem Fremden.

Und Judiths Mutter sollte kein einziges Mal mehr von Gorbatschows Kainsmal reden.

Aber von alledem hatte Judith noch nichts gewusst, als das Telefon geklingelt hatte. Heidi war die erste Gratulantin gewesen. Paris sei wunderbar, nur leider die Kinder ein bisschen anstrengend. Der Vater steige ihr nach.

»Sonst alles super, vor allem der Käse.«

Als Nächstes hatte Ella angerufen, offenbar aus irgendeinem Wiener Lokal, im Hintergrund war Stimmengewirr und Musik zu hören gewesen. Judith hatte sich so gefreut, Ellas Stimme zu hören, dass sie vergessen hatte, sich zu wundern, dass Ella sich von sich aus bei ihr meldete.

»Rate mal, wer neben mir steht!«, hatte Ella gleich nach den Glückwünschen gesagt.

Ihre Stimme hatte aufgeregt geklungen, dabei war Ella sonst

durch nichts aus der Ruhe zu bringen. Sie hatte eine Kunstpause gemacht und dann so ernst und langsam wie möglich gesagt:

»Tanja und Mathias aus Ostberlin!«

Judith war verblüfft gewesen. Ella schauspielerte, oder?

»Willst du mich verarschen?«, hatte sie gefragt.

»Nein!«, hatte Ella gesagt und dabei geklungen wie früher.

Ella war ehrlich, bis zur Selbstentwaffnung. Sie konnte gar nicht anders. Aber Judith hatte einen Augenblick gedacht, sie teste ihre neue Schauspielkunst.

»Neiiin!«, kreischte sie auf.

»Doch!«, rief Ella, »sie sind über Ungarn geflohen. Ich hatte es ja schon geahnt. Aber wer glaubt das denn wirklich!«

»Ich hatte es mir auch gedacht«, sagte Judith, »oder gehofft. Jetzt waren ja jeden Tag Berichte über die Ausreisewelle. Aber sag mal, wie …«

Dann war plötzlich Tanja am Apparat. Judith erkannte die Stimme sofort. Sie sah Tanjas lebendiges, hübsches Gesicht gleich vor sich.

»Wie geht's?«, sagte sie und korrigierte sich gleich selbst. »Blöde Frage. Wie soll's euch schon gehen. Super natürlich, oder?«

Sie war ein wenig konfus. Und Tanja fing an zu erzählen, mit vielen *uss* und *wirklich* und einer Stimme, die selbst noch nicht glauben konnte, was sie da behauptete. Judiths Hand zitterte, sie musste sich setzen.

»Aber ich fange besser von vorne an«, sagte Tanja, »im August sind wir im 311er Wartburg, sozusagen einem kleinen DDR-Oldtimer, losgefahren. ČSSR, Hohe Tatra, Ungarn – wir waren zu sechst. Fünf männliche Wesen und ich.

Und wir haben es geschafft – ob du es glaubst oder nicht –, mit dem gesamten Gepäck in dieses Auto zu passen und über die Karpaten Rumäniens – nein durchs ganze Land zu tingeln.

Die ganze Zeit haben wir ›The Dark Side of the Moon‹ von Pink Floyd gehört. Es war ein Abenteuer. Rumänien hat mir ja schon im vorigen Urlaub gut gefallen – die Natur, das Meer und die Sonne und vor allem die armen, aber herzlichen und gastfreundlichen Rumänen …«

»Mensch, du machst es spannend«, stöhnte Judith, »und ›The Wall‹ habt ihr nicht gehört?«

»Klar doch, liegt doch nahe«, lachte Tanja.

»Erzähl weiter«, forderte Judith.

»Nachdem wir noch in Bulgarien unsere Körper ins Schwarze Meer getaucht hatten«, fuhr Tanja ungerührt fort, »waren wir noch eine weitere Woche in Rumänien. Ich sah alles wie zum letzten Mal, denn dann kam Ungarn – und ich musste mich entscheiden.

Mathias war ganz sicher, dass er nicht mehr zurückwollte, ich war hin und her gerissen, wusste, dass ich das nicht mehr mitmachen will in der DDR, aber ich wollte meine Eltern nicht verlassen.

Dann erst hörten wir von den Lagern, von den Menschen, die sich in die Botschaft in Budapest geflüchtet hatten. Wirklich, vorher haben wir davon nichts mitgekriegt.

Da war es klar für mich: Wenn so viele Menschen gehen wollen, wird sich vielleicht irgendwann doch etwas verändern, und es wird auch eine Amnestie für uns geben. Ich meine für die, die geflohen sind. Wenn sie zurückwollen. Ich wusste auf einmal: Jetzt fängt ein neues Leben an! Ich kann gar nicht mehr zurück.«

Der Abschied von Ungarn, erzählte sie, sei ein großes Fest gewesen.

»Sie haben dem Gyula Horn sogar Rosen gebracht! Wir haben in Budapest extra auf den Bus aus Wien gewartet. Irgendwie waren wir nicht sicher, ob die ungarischen Busse uns nicht schnurstracks nach Hause zurückbefördern würden.

Genau um Mitternacht haben sie dann den Schlagbaum gehoben, es war wie Silvester und Weihnachten und Ostern und Jugendweihe zusammen.

Die Leute haben die Sektkorken knallen lassen. Es war eine große Entladung.«

Tanja und Mathias wollten weiter nach Nordrhein-Westfahlen, wo sie Verwandte hatten. Sie machten aus, sich zu treffen. Doch dazu sollte es nie kommen.

Judith verscheuchte die Gedanken an ihren Geburtstag, der nun schon ein paar Wochen her war, und wandte sich wieder dem Brief zu. Er lag immer noch da, ein Urteil, von dem sie nichts wissen wollte, ein Urteil, dem sie sich stellen musste.

Sie nahm den Brief, vertrieb die Gedanken an Tanja und Mathias aus ihrem Kopf und ging in die Küche, um sich einen Kaffee zu kochen.

Dort lag die lokale Zeitung. Judith hatte keinen Fernseher und seit ein paar Wochen keine Zeitung mehr gelesen, sie war beschäftigt gewesen mit dem Umzug, mit Nosso, mit Martin, mit ihrem neuen Computer, den sie noch nicht ganz beherrschte und der im Moment noch mehr Zeit fraß als einsparte, mit dem Seminar über die Kunsttheorie von Martin Heidegger und Immanuel Kant, wo sie Martin kennengelernt hatte.

Auf der Titelseite der Zeitung prangte ein großes Foto von einer Menschenmenge. Menschen, die vor und auf einer Mauer standen, dahinter das Brandenburger Tor. Judith betrachtete das Bild aufmerksam, ohne zu verstehen, was es zeigte. Dann las sie die Schlagzeile.

»Ost- und Westberlin feiern gemeinsam. DDR-Grenzer reißen die Mauer nieder«, stand da.

Judith verstand gar nichts mehr.

»Sepp, schau mal«, rief sie.

Sepp war ihr neuer Mitbewohner. Er war gerade aus der Küche gegangen.

»Ich glaube, die Mauer ist gefallen.«

»Waaas?«, Sepp kam zurück. »Spinnst du? Ich meine, wirklich?«

»Hier steht«, Judith begann zu lesen, »die DDR hat am neunten November den Eisernen Vorhang geöffnet. Im Fernsehen wurde mehrmals der laufende Spielfilm unterbrochen, um über die Öffnung der Grenzen für Reisende und Übersiedler zu berichten.«

Sie stutzte.

»Heißt das, dass … Das kann doch kein Scherz sein. Schau, hier, die Leute stehen auf der Mauer, obendrauf.«

Judith konnte für ein paar Sekunden nichts mehr denken.

»Das kommt mir wie ein Traum vor, ich meine, das kann doch nicht sein. Die können uns doch nicht so verarschen.«

Sepp rannte zum Telefon, um seine Mutter in München anzurufen. Sie hatte eine Tante in Greifswald.

»Kann ich die Zeitung ins Zimmer mitnehmen?«, fragte Judith und schnappte ihre Sachen.

Sepp hörte nichts mehr.

Der Brief von Nosso fiel zu Boden. Den gab es ja auch noch. Musste immer alles auf einmal passieren?

Judith warf sich mit der Zeitung aufs Bett und betrachtete noch einmal das Foto auf der Titelseite. Die Mauer war voll von jungen Männern in Wind- und Lederjacken. Die Gesichter waren kaum zu erkennen.

Auf der nächsten Seite sah man Menschen, die über die Mauer kletterten, dicht an dicht, sich auf der anderen Seite herunterließen und unten aufgefangen wurden.

»Wir erleben einen historischen Moment« – sagten das

nicht immer die Nachrichtensprecher, wenn etwas Wichtiges geschah? Ein blöder Satz. Jeder Moment ist doch historisch, dachte sie, als sie bemerkte, dass Tränen aus ihren Augen liefen.

Sie hatte sich aus dem Staub gemacht, sie war nicht dabei gewesen. Aber das konnte der Geschichte ja egal sein. Das war kein Grund, um traurig zu sein. Der Grund war etwas anderes. Wenn Judith traurig war, musste sie bei erschütternden Nachrichten so leicht weinen, bei tragischen Ereignissen genauso wie bei überraschenden Wendungen zum Guten.

Judith konnte sich nicht ausmalen, was die Nachrichten bedeuteten, die da schwarz auf weiß vor ihr standen. Dabei – sie schlug sich innerlich an die Stirn – war es ja nur folgerichtig. Dass sie daran nicht gedacht hatte! Einfach nicht zwei und zwei zusammengezählt. Und schon hatte einen die Geschichte – überrollt hätte sie beinahe gedacht. Es fiel ihr kein besseres Wort ein.

Sie vertiefte sich wieder in die Zeitung.

Ein Journalist berichtete über eine Kneipe am »Brenzlauerberg« in Ostberlin. Mit B statt P! War es erst drei Jahre her, dass sie zum ersten Mal dort gewesen war? Es kam Judith vor wie Jahrzehnte.

Als die Nachricht durchgedrungen war, dass die Grenzen offen waren, seien die zwanzig Stammgäste in dem Lokal am Prenzlauer Berg sofort hinausgestürmt. Nur eine Kellnerin sei mit einem verzweifelten Gesichtsausdruck stehen geblieben:

»Was, ab sofort können wir raus? Und ich Unglücksvogel habe morgen Dienst.«

Judith sah sie vor sich, ihre dicken Armen und ihre mürrische, herrische Miene, und lachte.

Wahrscheinlich war es nicht dieselbe Kellnerin, die ihnen ihren einzigen Abend im Osten versauert hatte, aber das war egal. Den Osten gab es jetzt nicht mehr.

»Janz Berlin is eene Trabiwolke« stand über dem Artikel und etwas von Freudentaumel. Judith wartete auf das Gefühl der Erleichterung, aber sie spürte nur Unglauben.

Einen Moment lang rang Judith mit dem Gedanken, Nossos Brief zu zerreißen. Die Zukunft hatte begonnen, das Alte war vorbei. Aber dann siegte doch die Neugier.

Sie wollte nicht wissen, was er ihr zu sagen hatte. Aber sie wollte sich auch nicht davor drücken.

Der Brief war in Form eines Musikstücks geschrieben, und er verschlug Judith die Sprache. Sie hatte Nosso für zu leicht befunden und ihn loswerden wollen. Aber so einfach war das nicht.

»Allersüßeste Honigmelone!
Erster Satz: Sonntagabend, halb zehn. Ich hüte immer noch die Mühle und spiele Schäfer und Naturbursch, weil Heidis Vater auf einem Begräbnis in Norddeutschland ist. Das dauert ein paar Tage länger. Tobias ist gerade gefahren. Er hatte mich übers Wochenende besucht.

Jetzt habe ich endlich Zeit, um dir, neben guter Landluft, ein paar Gedanken zu schicken.

Einleitung, erstes Hauptthema. Allegro: Danke für deine Postkarte. Die Qual, die du wegen des unfähigen Pianisten beim Konzert erlitten hast, kann ich gut nachempfinden. Mir geht es auch immer so.

Sind die Jungs und Mädels auf der Bühne so unsicher, dass ich das merke, entwickelt sich das Konzert zu einer einzigen Anspannung. Ich bin froh um jede gelungene Stelle, kann das Stück aber nicht mehr genießen. Kommt ein Patzer, stellen sich mir die Nackenhaare auf, ich bekomme nasse Hände, mein Magen formt sich zu einer Kugel, und mein Hirn arbeitet fieberhaft, um mich auf den nächsten vorzubereiten.

Würde ich nicht regelmäßig einer doppelten Beinlähmung erliegen, würde ich das Konzert verlassen. Aber nein, das würde ich den Musikern nicht antun wollen, also harre ich aus.

Es folgt die Durchführung, die Modulation von Musik zu Tobias, wobei diese Idee, scheinbar banal und sofort einleuchtend, doch einige Schwierigkeiten mit sich bringt.

So ist der Zusammenhang zwischen Musik und Tobias zwar offenkundig, bei der Verarbeitung des Seitenthemas – also Tobias und das, was nicht Musik ist – doch problematisch. Konkret: Das Wochenende mit Tobias war wieder einmal – scheiße!

Er hat seinen CD-Player und alle Beethoven-Symphonien mitgebracht, wozu ich telefonisch eingewilligt hatte. Gestern haben wir zuerst eingekauft und dann im Städtchen hier in der Nähe in dem Russische-Schokolade-Café den Tractatus von Wittgenstein ausgelesen.

Alles interessant. Aber wo bleibt mein derzeitiges Glück mit dir? Andeutungen werden von ihm nicht im Entferntesten wahrgenommen.

Ob's schön ist, mit dir zu schlafen, wollte er wissen. Mehr als schön, habe ich gesagt. Ja, wir haben dann gekocht, die Erste bis Sechste gehört, gepennt, gefrühstückt, die Siebte bis Neunte gehört, sind spazieren gegangen, haben gekocht, Schach gespielt. Ende der Vorstellung.

Jetzt bin ich in ein kleines Loch gefallen. Denke an alte Zeiten, wo ich noch alles bei ihm loswerden konnte. Ich weiß nicht, ob sich das noch einmal so richtig geraderücken lässt. Ich liebe ihn und merke, dass wir so verschieden sind, dass diesem Gefühl immer weniger Spielraum bleibt.

Zweiter Satz: Scherzo oder besser Spaßo, gleichzeitig die Verarbeitung der Einleitungsphase Landleben.

Hast du schon einmal Schafe gefüttert? Du lachst dich tot.

Bekanntlich sind Schafe neben Ziegen die besten Rasenmäher der Welt, denen man jeden Abend einen neues Stück Wiese zur Verfügung stellen muss.

Damit sie nicht abhauen, benutzt man einen Elektrozaun, dem sie wegen ihrer empfindlichen Nasen niemals zu nahe kommen. Zunächst muss man den Strom abschalten am alten Gehege. Die Schafe können nun abhauen. Dazu gibt es ein Zaubermittel: Hafer in einer Plastikschüssel! Auf das Rascheln in der Schüssel fahren die Viecher so ab, dass sie alles andere nicht mehr checken. Sie rasen auf einen zu, und man muss festen Fußes auf der Erde stehen, um nicht umgeworfen zu werden.

Dann kann man, quasi als oberster Schafbock, mit der Schüssel vorneweg gehen und sie in ein Ausweichgehege locken. Dort bleiben sie so lange, bis der ganze Elektrozaun umgesteckt ist und ein frisches Stück Wiese umschließt. Nun wiederholt sich die Prozedur. Schüttel, schüttel, Schafe hinterher ins neue Land. Eine neue Rasenmäherrunde ist eröffnet …

Trio: Und ich wünsche mir so sehr, du wärest hier, und wir würden jetzt noch ein Glas Wein trinken und dann ins Bett gehen und morgen Früh vom ersten Hahnenschrei geweckt werden.

Gegen acht Uhr dreißig gibt der älteste Hahn mit einem gut ausformulierten Kikerikiii das Signal für den obersten Körnergeber, endlich aus der Koje zu steigen. (Ich bin gemeint!) Es folgen die jämmerlichen Versuche der Junghähne, es dem Erfahrenen gleichzutun.

Das geht von einem kräftigen Ööööht bis zu einem ellenlangen Gurgellaut mit abschließendem Iiiiieh. Immerhin haben es die Gockel geschafft, mich an meine Aufgabe zu erinnern. Also besorge ich mir ein Blech voll Spreu. Das ist der lustigste Moment.

Aus allen Ecken kommen die Federviecher hervorgerannt

und freuen sich der Welt. (Gockgockgoooooaaack!!!) Und bald stehe ich mittendrin und verteile mit wiederholtem *Komm, komm, kooomm, putt, putt, puuutt* das Futter und bin den Tieren ähnlicher als einem Menschen.

Trio: Und ich wünsche mir so sehr, du wärest hier und wir könnten uns gemeinsam freuen über einen Tag, der so fröhlich beginnt.

Die beiden Hunde sind allerliebst. Zwar blöd (wie jeder Köter), sind sie doch für viele Überraschungen gut! Nach der eher langweiligen Hasenfütterung folgt die morgendliche Liebkosung der Hunde. Geifrig-gierig sitzen sie vor einem und wackeln mit dem Schwanz.

Es macht Spaß, sie zu streicheln, ihnen etwas zu werfen, das sie dann apportieren. Am schönsten wird es, wenn man einen etwa drei Meter langen Ast, der hier im Garten rumliegt, benutzt. Es staubt und stobt, beide erreichen gleichzeitig das Stückchen Holz. Jeder nimmt ein Ende ins Maul – und will in eine andere Richtung damit.

Coda: Und ich wünsche mir so sehr, wir könnten nun ins Haus gehen und gemeinsam frühstücken, die letzten Herbsttage durchs offene Fenster genießen und den Lauf der Zeit ein wenig vergessen.

Dritter Satz: Wie Brahms im zweiten Satz der vierten Symphonie setze ich hier ein Andante moderato und spinne die Coda weiter!

Süße, ich wünsche mir, du wärest hier. Ich kann mir das alles so gut vorstellen: Du sitzt mir gegenüber, wir frühstücken und reden über Gott oder Wittgensteins-Ludi (oder Heidi-Martin) und die Welt.

Die Zeit vergeht, und das ist egal. Wir sitzen einfach nur und reden, genießen den Tag. Ich wünsche mir, dass wir beide irgendwann einmal wegfahren, egal wohin. Nach Tibet …

Da würde einer meiner größten Träume wahr werden. Liebste Kastanie, lass uns das mal erleben.

Nun gut, der dritte Satz ist etwas kurz ausgefallen, aber dafür sehr gefühlvoll.

Vierter Satz: Hier also die Conclusio, die Vereinigung der drei Hauptthemen der ersten Sätze: Musik, Freude und du. Der vierte Satz ist angelegt als Allegro energico e passionato, er vereinigt alles Gewesene und Kommende. Mitte November in Heidelberg.

Jetzt lerne ich noch wie verrückt in jeder besuch- und tierfreien Minute auf die letzten Prüfungen (ich hasse Maschinenbau noch immer!) und kann mir nicht vorstellen, das irgendwann einmal hinter mir zu haben. Und dann gehe ich ja wandern mit Tobias. Ich habe es einfach nicht übers Herz gebracht, das abzusagen.

Der Übergang zum fünften Satz erfolgt also leider nicht attacca, sondern mit Pause. Hier folgt als vorläufiger Abschluss die Appassionata: Ich kann es kaum erwarten. Dann stehe ich vor dir, und es wird so sein, als ob die Welt rund wäre, rund und weich und voll. Honigmelone (= süß, riecht gut, schmeckt gut), ich beende diesen Brief. Ich liebe dich so ehrlich und freue mich auf dich und den fünften Satz!

Dein Nosso

PS: Verlieb dich bloß nicht in mich, hast du beim Abschied zu mir gesagt. Wie du merkst, ist es passiert – und nicht zu wenig. Ich hoffe, du fühlst dich nicht bedrängt. Was das bedeutet für die Zukunft, weiß ich selbst noch nicht, ich weiß nur, dass es der Fall ist, und was für ein Fall. Ein Knall.

PPS: Du hast am letzten Tag gesagt, dass du Angst hast, zu schwierig, zu anstrengend für mich zu sein.

Ich kann dazu nur sagen, dass schwierig relativ ist. Heidi zum Beispiel konnte meine Ausgeflipptheit in der ersten Zeit mit Tobias nicht verstehen. Das war ein anstrengender Zug für sie. Für Tobias war es genau umgekehrt.

Vielleicht bist gerade du der unschwierigste Mensch für mich! Oder ich schwierig für dich!

Jedenfalls habe ich keine Angst davor. Ich nehme die Herausforderung an.«

Judith nahm die Herausforderung an. Sie musste ihm antworten. Das war sie sich, das war sie ihrer Vergangenheit schuldig. Sie konnte nicht mehr denken. Deswegen ging sie ins Café.

»Lieber Nosso!«, schrieb sie. Sie bezog sich auf seinen vorigen Brief, auf den Judith noch nicht geantwortet hatte. Sie musste zuerst diesen Brief abarbeiten, um zu dem neuen Brief vorzudringen, gedanklich.

In den Briefen davor hatten sie ihre Gedanken über Spiegel ausgetauscht, über das Sichspiegeln im anderen.

»Lieber Nosso!«, schrieb sie. »Du schreibst, dass du mich liebst, und trotzdem hat mich etwas darin verletzt. Du schreibst, dass du mich liebst, weil du dich in mir spiegeln kannst. Weil du dich durch mich gefunden hast. Das macht mir Angst. Ich brauche Beziehungen nicht, um mich zu finden, sondern um mich zu teilen, mitzuteilen. Ich brauche einen Mann, der mir etwas entgegenhalten kann. Wenn man sich im anderen spiegelt, ist das vielleicht angenehm, aber eigentlich ist es eine Täuschung. Und wenn man dahinterkommt, ist es nur langweilig. Man versäumt dabei, den anderen zu sehen. Weil man glaubt, der andere sei wie man selbst.«

Judith hob den Kopf und schrieb weiter.

»Hast du wirklich so wenig Eigenleben, wie du schreibst?«

Sie strich den Satz wieder durch. Nosso war ihr über den Kopf gewachsen. Sie schrieb noch einige Sätze über das Spiegeln und Gespiegeltwerden, ohne daraus mehr Klarheit zu gewinnen und endete mit den Sätzen:

»Liebst du mich für das, was ich dir geschenkt habe? (Ich liebe dich, weil du mir die Augen geöffnet hast!) Weil du dich jetzt wieder liebst oder das Spiegelbild von dir, das du in mir zu sehen glaubst? Oder liebst du mich, weil ich bin und weil ich so bin, wie ich bin?«

Sie hoffte, Nosso würde irgendwie verstehen, was sie meinte. Die Antwort kam erst einige Zeit später. Aber Nosso war ja auch unterwegs gewesen. Judith hätte sich nicht gewundert, wenn er ihr gar nicht mehr geantwortet hätte. Vielleicht wäre es ihr lieber gewesen.

Auch er antwortete im Grunde auf einen Brief, den sie ihm schon früher geschickt hatte. Sie schrieben aneinander vorbei.

»Liebe Judy!

Ich habe deinen Brief erhalten, nachdem ich von der Schweiz zurückgekommen bin. Hier der Versuch einer Antwort.

Zunächst einmal: Beim Lesen das Gefühl von Abwehr, einem Tennisschläger, mit dem du meine Gedanken und Gefühle abschmetterst.

Du schreibst selbst, wir seien uns in vielen Dingen ähnlich, und deshalb hat es eine Zeit zwischen Berlin und Heidelberg geben können, die den Rahmen des Normalen gesprengt hat.

War es das Ausleben von Dingen, die du bei Tobias vermisst hast? Dann hast du dich auch in mir gefunden! Waren es die Gespräche, die Zärtlichkeiten? Auch da haben wir uns in uns gefunden!

Also schreibe nicht, du bräuchtest keinen Spiegel, keinen anderen, um dich selbst zu finden. Du wärst der einsamste Mensch der Welt, wenn es so wäre.

Dein Innenleben gibt dir zwar genug, eine ganze Weile Einsamkeit ertragen zu können. Aber du bist nicht der völlig losgelöste, abgeklärte Mensch, der das für immer ertragen könnte.

Du hast Ella, Heidi, mich. Gerade für deine intensivsten Beziehungen bist du sehr wohl ein Spiegel! Hast du dich mir nicht auch deswegen geöffnet, damit ich dich richtig sehe, um das falsche Bild, das ich von dir hatte, richtigzustellen, um deine Eigenschaften, Wünsche, Gedanken oder was weiß ich mit mir zu teilen?

Nun zu dem *Ich liebe dich* und seiner Abgrenzung zu *Ich hab dich lieb*. Ich weiß ja nicht, ob du ebensolche Schwierigkeiten mit diesem *Ich liebe dich* hast wie ich. Hast du in deiner letzten Zeit mit Tobias nicht auch manchmal gesagt, *Ich hab dich lieb*, obwohl es dir gar nicht so richtig danach war?

Du fragst mich, ob es kein ehrliches *Ich hab dich lieb* gibt. Natürlich gibt es das, und wenn ich dir das am Telefon oder in Briefen sage, so ist es ehrlich.

Mit dem *Ich liebe dich* wollte ich dir zeigen, dass mein Gefühl für dich über diese innere Schwelle hinausgeht. Dass ich diesem ehrlichen Gefühl noch ein explizites *ehrlich* hinzugefügt habe, kommt daher, dass ich wenige Menschen kenne, die diesen in Filmen überstrapazierten Satz noch ganz ernst nehmen, zumindest so ernst und ehrlich, wie ich ihn meine.

Nun zu deiner Frage, *warum* ich dich liebe. Das tut mir weh. (Hier ist übrigens meine Grenze, hier ist mein Innerstes sehr zu verletzen.) Du hast mich geöffnet und meine Liebesfähigkeit aktiviert. Natürlich liebe ich dich dafür, warum auch nicht.

Würde ich dich nur deswegen lieben, wäre das in der Tat

keine Liebe, sondern pure Selbstliebe. (Sprich: Judith, ich liebe dich, weil es mir jetzt wieder besser geht!) Dass man aber jemanden nur deswegen liebt, weil er einem die Augen geöffnet hat, weil er einem etwas geschenkt hat, und nicht weil er so ist, wie er ist, schließt sich aber, wenn man genau nachdenkt, aus!

Denn nur weil jemand so ist, wie er ist, kann er schenken und Augen öffnen.

Ich liebe dich, weil du so bist, wie du bist. *Und* weil du so bist, wie du bist, konntest du mir die Augen öffnen, mich beschenken mit solch schönen Tagen. Das konnte ich dir offensichtlich nicht klarmachen. Siehst du nun meine Grenze? Ich stehe da mit geöffnetem Herzen, und du zweifelst.

Liebste Judith! Ich liebe dich. Ich wünsche mir, dass du mich darin begreifst. Ich liebe dich und nicht deine Mission, aber ich liebe dich auch wegen dieser Mission.

Dein Nosso

PS: Für mich bist du auch die süße Judith, du bist Apfel und Kastanie, kalte Denkerin und manchmal auch Ungeheuer. Denke nicht, ich würde das vergessen. Aber wenn ich dir einen Brief schreibe, in dem ich dir etwas Liebes sagen will, dann gehe ich vom Apfel, der Kastanie und der süßen Judith aus! Und natürlich nicht vom Ungeheuer.

Wenn du schreibst: *Ich bin nicht die süße Judith, für die viele mich gerne halten oder für die ich mich auch gerne ausgebe,* dann ist das für mich zumindest falsch.

Du hast da ein *Nur* vergessen. Nicht *nur*.

Denn du bist manchmal in der Tat die süße Judith, und das obendrein noch gerne!«

Judith hatte Tränen in den Augen. Nosso, der Bauchmensch, wie er sich selbst immer nannte. Sie hatte geglaubt, nein befürchtet, dass er eben nur so entflammt sei für sie. Voller Begeisterung, die sich auch jederzeit wieder legen konnte. Hatte sie ihn unterschätzt?

Es war der schönste Brief, den sie je bekommen hatte. Noch schöner als der davor. Und der war schon der schönste Brief gewesen, den sie je bekommen hatte. Nosso hatte in allem recht. Versuchte er sie etwa mit ihren eigenen Mitteln zu schlagen, zu erobern, mit einer unbestechlichen Analyse? Durchschaute er sie am Ende besser als sie sich selbst? Obwohl, was hieß hier recht haben?

»Wer liebt, hat recht.«

Diesen Satz hatte sie kürzlich irgendwo gelesen und nicht mehr vergessen.

Konnte man sich mehr wünschen von einem Mann als diese bauchkopfgefühlsüberschwängliche Liebeserklärung, als diese bewusste Entscheidung? Musste man da nicht Ja sagen? Sich endlich fallen lassen?

Die Fragen rasten durch ihren Kopf. Was wollte sie überhaupt von Martin? Der nicht einmal verliebt war in sie, der nur an sich dachte.

Judith betrachtete den Brief, Nossos klare, schnörkellose, liebenswürdige Handschrift und wusste, dass sie es nicht konnte.

Der Brief reichte nicht aus. Sie wusste nicht, warum. Nur dass es vielleicht der größte Fehler ihres Lebens sein würde und sie nichts dagegen tun konnte. Wenn es die Liebe gab, stand sie hier, blau auf weiß, in Nossos Worten festgeschrieben.

Aber vielleicht konnte man die Liebe nicht in Worte fassen. Und aushalten? Wahrscheinlich war das das Schwerste überhaupt. Dieser Gedanke war neu. Oder doch nicht? Konnte sie die Liebe aushalten? Mit dem Glück war das ja auch nicht zu leicht. Judith wollte nicht mehr denken. Doch das sollte ihr auch dieses Mal nicht gelingen.

Warum fiel ihr jetzt plötzlich wieder Gorbatschow ein? Was hatte er zu den Jugendlichen in Ostberlin vor der Neuen Wache gesagt, kurz vor dem Mauerfall?

»Wer zu spät kommt, den bestraft das Leben.«

Natürlich hatte Gorbatschow, der ihnen die Freiheit bringen sollte, zumindest für zwölf lange Jahre, in denen sie mehr geschätzt werden sollte als ihr Gegenüber, die Sicherheit, das nicht genau so gesagt. Und er hatte es auch nicht zu den Jugendlichen gesagt, sondern einen Tag später zum SED-Vorsitzenden Erich Honecker, in einem Vier-Augen-Gespräch, dessen Inhalt von einem Übersetzer in einer verschachtelten Satzkonstruktion vor die Presse gebracht wurde. Zwei junge Journalisten hatten sich dann auf die Version geeinigt, die um die Welt gehen sollte. Sie sollte die Welt verändern.

In Wirklichkeit hatte Gorbatschow zu den jungen Leuten gesagt: »Ich glaube, Gefahren lauern nur auf jene, die nicht auf das Leben reagieren.«

Ein Satz, zu kompliziert für die Geschichtsbücher und so komplex wie das Leben selbst. So wie Gorbatschow selbst, in den Judith und ihre Freunde alle ihre Hoffnungen gesetzt hatten und der die Öffentlichkeit nicht nur nicht über den Unfall in Tschernobyl informiert, sondern beinahe eine ganze Million Liquidatoren in die Todeszone geschickt hatte.

Für Judith war damals ein Held gestorben. Zumindest hatte sie ihn auf das Abstellgleis ihrer Ideale gestellt, wo er dreieinhalb Jahre ausgeharrt und weiterhin die Entscheidungen getroffen hatte, die er für notwendig hielt.

Die Liquidatoren, diese Unschuldigen, diese Sündenböcke der Geschichte, größtenteils einfache Soldaten, hatten den strahlenden Schutt und die Graphitblöcke, die bei der Explosion von Reaktorblock vier auf den benachbarten Block drei geschleudert worden waren, mit simplen Schaufeln entfernen müssen.

Sie durften nur vierzig Sekunden auf dem Dach bleiben, diese Legende sollte sich halten und sogar Einzug in die Lexika halten. Aber was kann man in vierzig Sekunden mit einer Schaufel ausrichten? Und wurde die Zeit, die man braucht, um aufs Dach zu gelangen, mitgezählt?

Wahr scheint zu sein, dass die Liquidatoren eine Urkunde und hundert Rubel bekamen und dann einfach nach Hause geschickt wurden. Die zulässigen Strahlenwerte wurden vorsorglich um das Vierzig- bis Fünfzigfache hinaufgesetzt.

Von den Bildern, die der sowjetische Fotograf Igor Fjodorowitsch Kostin aus einem Hubschrauber geschossen hatte, vierzehn Stunden nach dem Unfall, hatte nur eins die Strahlung überstanden. Mehrere Kameras waren kaputt gegangen.

»Die Bilder der Liquidatoren sind meine absoluten Lieblingsaufnahmen. Sie haben die Drecksarbeit erledigt, und von ihnen spricht keiner. Deshalb sollen ihnen meine Bilder ein Denkmal setzen«, sagte er ein Vierteljahrhundert später im Fernsehen.

Wie viele der Liquidatoren an Krebs gestorben sind und wie viele noch leben, weiß niemand. Manche sprechen von hundertfünfzigtausend Toten infolge der Strahlung, manche von mehr.

Igor Fjodorowitsch Kostin, der eine mehrfache tödliche Strahlendosis abbekommen hatte und jedes Jahr für zwei Monate im Krankenhaus behandelt werden musste, starb im Juni 2015, mit fast achtzig Jahren, bei einem Verkehrsunfall.

Am zweiten und dritten Dezember 1989 traf sich Michail Gorbatschow mit dem neuen amerikanischen Präsidenten George H. W. Bush auf dem sowjetischen Kreuzfahrtschiff »Maxim Gorki« und sagte den zweiten wichtigen Satz, der Judiths Jugend beendete und es ihr zum ersten Mal erlaubte, jung zu sein: »Der Kalte Krieg ist vorbei.«

NACHSPANN

Judith schloss ihr Studium ohne Eile ab. Das Gefühl der Bedrohung ließ allmählich nach. Alles wurde besser, man durfte anziehen, was man wollte, und musste nicht mehr jeden Tag die Welt retten. Judith lernte das Leben zu genießen. Sie wollte sich nicht festlegen und arbeitete in mehreren Berufen. Wie viele ihrer Generation bekam sie erst spät Kinder. Sie träumte noch dreißig Jahre später, dass sie sich mit Birte versöhnte. Von Nosso träumte sie nie.

Ella arbeitete ein paar Jahre als Schauspielerin. Dann verliert sich ihre Spur. Vielleicht hat sie geheiratet und ihren Namen gewechselt, vielleicht ist sie im Internet einfach nicht auffindbar und lebt irgendwo ein glückliches, von der neuen Öffentlichkeit der Herzen unangefochtenes Leben.

Heidi lernte in Paris in der Métro einen marokkanischen Studenten kennen, konvertierte zum Islam und legte das Kopftuch an. Sie folgte ihrem Mann nach Marokko, als ihr drittes Kind unterwegs war, und brach den Kontakt zu ihren alten Freunden ab. Judith fand sie viele Jahre später auf Facebook. Sie lebt als Mutter von fünf teilweise schon erwachsenen Kindern wieder in ihrer Heimat, ist geschieden und verdient mit Kunsthandwerk ihr Geld. Auf ihrer Facebook-Seite hat sie fünftausend Freunde.

Anders machte seine Schreinerlehre fertig. 1990 stürzte er beim Klettern auf einem harmlosen Felsen in einem Mittelgebirge ab und sitzt seitdem im Rollstuhl. Er ist verheiratet und hat eine Tochter, fährt leidenschaftlich gerne Kanu und engagiert sich in der Lokalpolitik.

Nosso ging nach seiner letzten Prüfung für zwei Jahre nach Nicaragua und eröffnete nach seiner Rückkehr einen Bioladen mit kleinem Restaurant, wo er leidenschaftlich gerne kocht.

Tobias, auch Hamster genannt, schloss sein Studium der Musikwissenschaft nach vierundzwanzig Semestern ab. Er hatte daneben schon angefangen, als Fahrer für ein Bauunternehmen zu arbeiten und tut das heute noch.

Was mit *Hermann* geschehen war, wusste niemand, bis er kurz vor der Jahrtausendwende wieder auftauchte. Er hatte auf einem Bauernhof in Südfrankreich gelebt. Nach seiner Rückkehr in die kleine Stadt am Fuße der Weinberge arbeitete er sich als Autodidakt in Programmierung und Webdesign ein und verdient damit heute viel Geld.

Happy spielt immer noch Straßenmusik. Er lebt von der Sozialhilfe und fühlt sich immer noch vom Staat verraten.

Jan arbeitete nach seinem Studium der Biochemie zunächst für eine NGO, nach dem Fall der Mauer wurde er als Lobbyist für genveränderte Pflanzen tätig, setzte sich für mehr Modernität statt Schrumpelgemüse ein und wurde in der linken Presse als Verräter beziehungsweise Renegat beschimpft.

Martin studierte Philosophie, ist heute mit einer Zahnärztin verheiratet und betreibt eine philosophische Praxis. Er ist Vorsitzender des Freddie-Mercury-Fanclubs seines Ortes und steht jeden Tag um fünf auf, um tibetische Meditation zu betreiben.

Tanja studierte Geschichte und trennte sich fünf Jahre nach ihrer gemeinsamen Flucht von Mathias, der viel reiste. Sie ist heute Sozialarbeiterin und kommt sich immer noch verraten vor, weil wenige Wochen nach ihrer Flucht, vor der sie alles Hab und Gut verkauft hatte, die Mauer fiel.

Mathias konnte endlich reisen. Auch nach der Trennung von Tanja ging er noch leidenschaftlich gerne Bergsteigen. Er wurde zuletzt Mitte der neunziger Jahre in den Schweizer Alpen gesehen, als er von einer Hütte zum Gipfel aufbrach.

Diethelm von Dillingen starb am 1. November 1989, zehn Tage vor dem Fall der Berliner Mauer, an Krebs der Thymusdrüse, des Organs, das mit Ende der Jugend massiv schrumpft und seine Tätigkeit weitgehend einstellt. Im Frühjahr 1989 hatte er seine Autobiografie vorgelegt, die eine beeindruckende Abrechnung mit dem Nationalsozialismus enthält.

Michail Gorbatschow hatte gehofft, der Perestroika etwa dreißig Jahre Zeit geben zu können und dabei die Sowjetunion zu erhalten. Er wurde 1991 von der Geschichte überholt oder vielmehr überrollt und von seinem Zögling Boris Jelzin verraten. Nach seiner Abdankung beschäftigte er sich offensiv mit ökologischen Themen. In seinen Erinnerungen »Alles zu seiner Zeit« (2011) widmet er der Katastrophe von Tschernobyl nur drei Seiten und bezeichnet die Liquidatoren als chemische Truppen. Von Toten ist keine Rede. Trotzdem endet die kurze Rekapitulation mit dem Bekenntnis: »Für mich persönlich bedeutete das Reaktorunglück einen kritischen Moment nicht nur der Perestroika-Zeit, sondern meines ganzen Lebens. Vieles musste überdacht und korrigiert werden. Mein Leben teilt sich in zwei Hälften: eine vor Tschernobyl und eine danach.«

Nachbemerkung: Hinter Diethelm von Dillingen lässt sich unschwer der Wissenschaftsvermittler und Sachbuchautor Hoimar von Ditfurth (1921–1989) erkennen. Seine Gedanken und Sätze sind folgenden Büchern entnommen bzw. nachempfunden: Das Gespräch. Claassen (Hildesheim 1990) (mit Dieter Zillingen); Innenansichten eines Artgenossen. Meine Bilanz. Claassen (Hildesheim 1989); So lasst uns denn ein Apfelbäumchen pflanzen. Es ist soweit. Rasch und Röhring (Zürich 1985); Wir sind nicht nur von dieser Welt. Naturwissenschaft, Religion und die Zukunft des Menschen. Hoffmann und Campe (München 1981); Der Geist fiel nicht vom Himmel. Die Evolution unseres Bewusstseins. Hoffmann und Campe (München 1976)